U0937603

科尔姆·托宾作品 1

Colm Tóibín

I have been acquainted with the smell of death.

HOUSE OF NAMES

名门

［爱尔兰］科尔姆·托宾 —— 著

王晓雄 —— 译

上海译文出版社

献给赫迪·埃尔霍尔蒂

目 录

人物[①]

阿伽门农　迈锡尼王，希腊联军的统帅

克吕泰涅斯特拉　阿伽门农的妻子

伊菲革涅亚　阿伽门农和克吕泰涅斯特拉的长女

厄勒克特拉　阿伽门农和克吕泰涅斯特拉的次女

俄瑞斯忒斯　阿伽门农和克吕泰涅斯特拉的儿子

阿喀琉斯　希腊联军的主将

卡珊德拉　被俘的特洛伊公主

埃癸斯托斯　阿伽门农的堂兄弟，克吕泰涅斯特拉的姘夫

利安德　俄瑞斯忒斯的好友

忒俄多托斯　利安德的祖父

伊安忒　利安德的妹妹

米特罗斯　俄瑞斯忒斯的好友

① 人物表为译者所加。

克吕泰涅斯特拉

我已经熟悉死亡的气息。这可厌、腻甜的气息随风飘向宫殿里的房间。如今我容易觉得平静和满足。我在凝视天空和变幻的光中度过清晨。鸟鸣声开始响起，这世界充满其自身的喜乐，而后，白昼褪去了，这声音也褪去，渐渐消逝。我看着阴影伸长。如此多的事物都悄然溜走了，但这死亡的气息却久久徘徊。也许这气息已进入我的身体，像个到访的老友一样受到欢迎。这恐惧和惊惶的气息。这气息在此，就像此处的空气一般；它去了又来，如同清晨的光去了又来。它是我恒常的陪伴；它已将生气注入我的双眼，我那曾在等待中熬枯的双眼，如今却不再枯暗，有了生气和光彩。

我曾下令，这些尸体应当露天在太阳底下晒个一两日，直到其芬芳化为恶臭。我喜欢随之而来的飞蝇，它们困惑而无畏的小小躯体，在饱餐之后嗡嗡作响，被自身持续的饥饿所烦扰，而这种饥饿，我也已开始了解，开始体味。

如今我们都是饥饿的。食物只是引起我们的食欲，磨尖我们的牙齿；肉食只会使我们贪求更多的肉食，如同死亡贪求更多的死亡。谋杀使我们贪求无厌，它令灵魂充斥着强烈继而甘美的满足感，甘美到足以使我们生起对更深远满足感的嗜爱。

一把刀刺入耳下那柔软的皮肉，亲昵而又精准，然后无声地划过咽喉，如同太阳无声地划过天空，不过更加迅疾、狂热，然后他暗沉的血液寂静地淌下，如同暗夜落向熟悉的事物那般无可避免的寂静。

*

拖她去献祭之前，他们割去了她的头发。我女儿的双手被紧紧缚于背后，手腕上的皮被绳索磨破，脚踝处也绑着。他们封住了她的嘴巴，不让她诅咒她的父亲，她那懦弱、扯谎的父亲。尽管如此，当她最终意识到父亲是真的要杀她，真的要将她作为军队的献祭时，人们还是听到了她的闷声尖叫。她们仓促潦草地剃短她的头发；其中一个妇人使着一把生锈的刀，成功地割破了我女儿的头皮，当伊菲革涅亚开始诅咒时，他们拿一根旧布条绑住了她的嘴，好让她的言词无法被人听到。我骄傲于她从未停止挣扎，除却她曾做的那一番讨好的演说，她从未接受过她的命运，哪怕片刻都没有。她从未放弃过松开脚踝与手腕上绑缚的尝试，好让自己摆脱它们。也从未停止过诅咒她父亲的尝试，好让他感觉到她有多么地鄙视他。

现在没有谁愿意重提她被蒙住嘴巴前所说的话了，但是我知道她说了些什么。那都是我教她的。那些话是我编造出来震慑她的父亲及其部下的，那帮怀揣着愚蠢目的的人，那些话也是为了宣告，一旦消息传开来，他们是如何将我们的女儿，骄傲和美丽的伊菲革涅亚，拖去那个地方，是如何在尘土中拉拽着她献祭以赢得他们的战争，那么将会有怎样的事降临在他和他周遭那群人的身上。我听说，在她生命的最后一刻，她的高声惊叫，刺穿了所有听者的心脏。

当她的父亲阿伽门农归来之时，她遇害时的惊叫被沉默和密谋所取代，我诱使他相信我不会报复。我等候着，留意着信号，微笑着朝他张开双臂，并在此处备下一桌酒席。给这蠢人的酒席！我也用上了能使他兴奋的特殊香水。给这蠢人的香水！

我已准备就绪，而他没有，这大英雄在荣耀的胜利中归家，手上沾着女儿的鲜血，但现在却冲洗过了，似乎一尘不染，他的双手白净，双臂伸出去拥抱他的朋友，脸上挂着满满的笑容，这位伟大的战士，他相信自己很快就会举杯庆贺，将丰盛的菜肴扔进嘴里。他那大张的嘴啊！他在家可真放松！

我看到他在突至的疼痛中捏紧双手，他沮丧而震惊地认识到，最终这一刻还是来了，在他自家的宫殿中，在他满以为会于石砌的旧浴池中寻得安逸享受的松懈时候。

正是这些激励着他坚持下来，他说道，想到还有这些东西在等着他，治愈性的水和香料，柔软洁净的衣物，以及熟悉的空气和声音。他垂下头的时候仿佛一只狮子，咆哮不再，身子也变得疲软，嗅不到丝毫危险的气息。

我笑着说，是的，我也曾考虑该如何为他接风洗尘。我告诉他，他已填满了我清醒和睡梦的时分。我曾梦见他从香水浴中洁净地立起。我告诉他沐浴所需正在准备，食物正在烹煮，酒桌正在铺设，他的朋友正在会集。现在他必须得去了，我说道，他得去浴室了。他得去沐浴，在归家的慰藉中沐浴。是的，家。那是狮子回归的地方。一旦狮子回家了，我就知道该如何对付他。

*

自有探子告诉我他何时归来。人们点燃每一堆火，传消息给更远的山头，那山头上的另一些人再点火来给我警报。是火带来了消息，而非诸神。如今，诸神之中没有一个会援助我，监视我的行为，知悉我的心思。我不向他们中的任何一个求助。我孤孑地过活，在战栗和孤独中认识到，诸神的时代已经逝去。

如今我不对诸神祈祷。我在此处的人群中茕茕孑立，因为我不祈祷，并且以后也不会再祈祷。我会代之以日常的低语。我会运用来自此世的言词，言词中会充盈对逝去人事的悔恨。我会发出祈祷一样的声响，但这祈祷既没有来处，也没有去处，甚至连一个属人的去处都没有，因为我的女儿已经死了，她并不能听到。

没有人像我这样认识到诸神是冷漠的，他们有其他要牵挂的事情。他们不关心人类的欲求和滑稽行为，就和我不关心树上的叶子一样。我知道叶子在那儿，凋而复长，长而又凋，如同人类投生世间，而后同类更替。我帮不了它们，也无法阻止它们凋零。我不会去处理它们的欲求。

现在我真希望站在这里大笑。想到诸神让我的丈夫赢得战争，启示他实施每一个计划，采取每一步行动，知晓他晨间的阴郁情绪和夜间可能显露出的怪异而愚蠢的欢欣，听闻他的吁求并在神殿商讨此事，批准并观看了对我女儿的谋杀，我便嗤嗤地笑起来，随后变为放声的狂笑。

这场交易非常简单，许是他这样认为，抑或是他的军队这样认为。杀死这无辜的女孩，换来风向的改变。将她带离这个世界，拿刀刺入她的皮肉，以确保她再也不会步入某个房间，再不会在某个清晨醒来。这个世界再难寻到她的芳踪。作为回报，诸神将站在她父亲一边，在他需要风起航的日子里扬起大风。而在他的敌人需要大风的其他日子里，他们会让风止息。诸神将赐予他的人马警觉和勇猛，在其敌人的心中却注满畏葸。诸神将磨砺他的刀兵，使之迅捷而锋利。

他在世时，他和他身边的人都深信诸神关注着他们的命运，在乎他们。他们中的每一个。但现在我要说，过去诸神没有这么做，如今也不会。我们求助诸神，就好比悬于我们顶上天空的星辰在陨落前向我们求助，那声音我们无法听到，即便听到，我们也会全然无动于衷。

诸神有其自身的超然牵挂，非我们所能想象。他们几乎不晓得我们活在世间。即便他们能听到我们的声音，对他们来说，也不过像是林间柔和的风声，一种邈远、断续的窸窣声。

我知道情况并非一直如此。曾有过那么一段时间，诸神在清晨来唤醒我们，他们为我们梳理头发，赐予我们甜蜜的言语，倾听并设法满足我们的欲求，他们知晓我们的心思，能为我们展示神迹。在我们仍能忆起的不远的过去，人们能在死亡降临时，听到夜里女人的哭泣。那是召唤行将死去之人归家，催促他们上路，慰藉犹疑不决的他们走上安息旅途的一种方式。我母亲临终的那些日子里，我丈夫与我在一起，我们都听到了那泣声，母亲也听到了，这令她宽慰，因死亡已准备好以其泣声来诱她前行。

但那声响已经停歇。不再有像风那样的泣声。死者消逝于他们自己的时代。无人相助，也无人察觉，除了那些曾在他们此世短暂的生命里与他们亲密相处的伙伴。当他们逝去时，诸神也不再伴着那令人难忘的呼啸声响悬停空中。在此我察觉到，这死亡周遭的寂静。他们已经离开了，那些曾掌管死亡的神祇。他们走了，再也不会回来。

在风向这件事上，我丈夫是走了运，仅此而已，他也走运地拥有勇猛的部下，走运地赢得了战争。若非走运，事情很可能就是另一番样子了。他无须将我们的女儿献祭于诸神。

自我出生那日起，我的乳母就陪伴着我。在她最后的时日，我们都不相信她行将死去。我坐在她身旁，与她说话。如果曾有过哪怕最微弱的哭泣声，那我们也必定会听到。可是没有，没有任何声音陪伴她走向死亡。唯有寂静，或者厨房里惯常的声响，抑或犬吠声。然后她死了，停止了呼吸。对她来说一切都结束了。

我走出门，望着天空。我所拥有，且能给我帮助的也只有这残余的祈祷语言了。它曾是那么强大，施加意义于万物，如今却荒芜、生疏，只剩悲伤、脆弱的力量，而关于它鲜活过往的记忆则闭锁于它的韵律之中，在过去，我们的语词一出口升腾，就能寻到圆满。而现在，我们的语词受困于时间，充满限制，只带来扰乱；它们就如呼吸一样短暂和单调。它们使我们存活，也许我们应该，至少在目前，对此心怀感激。除此别无其他。

*

我已命人将尸体搬走掩埋。现在是黄昏了。我可以推开挡板，向着露台，看那金色的余晖，那褐雨燕在空中划出弧线，像一条条鞭子般抽向那浓稠、倾斜的光。暮气渐浓，我看见远处事物的边界变得模糊。此时一切都看不分明；我也不再向往看得分明。我不需要明晰。我需要像现在这样的时刻，每一物体都不再是其自身，都融合于其相邻的物体，正如我与他人所做出的每一行为，都不再孤零零地等待某人来评说或记录。

没有什么是稳定的，这样的光线下没有哪种色彩是静止的；阴影越来越深重，世间万物彼此融为一体，好比我们所有人的行为都合成一个行为，我们所有人的哭号和姿势都合成一个哭号，一个姿势。清晨时分，天光受了暗夜的洗濯，我们将再次面对明晰，恢复自我的独一。与此同时，我的记忆存活于那阴影重重的暧昧处所，因柔软、模糊的边界而觉得宽慰，眼下就够了。我要去睡了。我知道在强烈的日光下，我的记忆会再次变得分明和准确，犹如一把磨得锋利的匕首将往事刺穿。

*

在河的那边，朝向青黑色群山的某个灰蒙蒙的小村庄里有一个妇人。她又老又执拗，却拥有一种对其他所有人来说都已失传的力量。人们告诉我，她从不无谓地使用这力量，甚至多数时候，她根本都不愿去使用。她常常雇村里与她相仿的干瘪老妇坐在门口，对着太阳眯缝着眼，做她的替身。这老妇人雇她们扮演自己，诱使来访者相信她们就是拥有那种力量的人。

我们一直监视着这妇人。埃癸斯托斯，这个与我同床并且将要与我一同君临这个王国的男人，在一些部下的帮助下，已经学会去筛掉那些假扮的根本没有那种力量的女人，并找出那个真正的老妇人，如果那妇人愿意，她就能将毒药编织进任何织物。

任何人穿戴起那织物，都将遭受定身之法，无法动弹，也无法出声，全然没有声息。无论遭受多么突然的冲击和剧烈的疼痛，他们都没法叫唤出来。

我计划在我丈夫归来时下手。我会一直等着他，带着满面笑容。他的喉咙被我割开时将会发出的汩汩声响令我着迷。

那个老妇人被守卫们带到了这里。我将她关在其中一间靠里的仓库，那是个贮存粮食的干燥地方。埃癸斯托斯，他劝说人的力量与老妇人置人死地的力量一样强大，他知道该跟她说些什么。

埃癸斯托斯和老妇人都很鬼祟、奸猾。我却很明澈。我身处光亮之中。我虽为一切投下了阴影，可我自己却不在阴影中。当我在筹谋的时候，我处于纯然光明之中。

我的需求很简单。有时我丈夫沐浴结束会披上一条网袍。我要老妇人在其中缝入一些丝线，一旦浴袍贴上他的肌肤，这丝线就会让他动弹不得。她须得尽其所能将丝线缝得隐蔽。埃癸斯托斯也告诫她，我希望此事不仅做得隐秘，还得悄无声息。我不想让任何人听见阿伽门农被刺时的哀号。我不想让人听到他发出一丝声响。

好一段时间里，这妇人都佯称自己其实只是众多冒名替身中的一个。即便我杜绝了任何人与她的接触，只有埃癸斯托斯能见她并给她带去食物，她还是占卜出了自己为何会被带到这里，是为了协助刺杀阿伽门农，这位国王，这位伟大的、嗜血的战士，他赢得了战争，马上就要返回故里。这妇人相信诸神站在他那一边。她不愿干涉诸神的意图。

我从来都知道她会是一个挑战，但是我也逐渐明白，和这些怀着旧信念、相信世界仍然稳定的人合作其实会更加容易。

因此我筹划对付这妇人。我有时间。阿伽门农一时半会回不来，而且就算他启程回来了，我也会得到预警的。眼下，他的兵营中有我们的耳目，山头上也有我们的人马。我已做得滴水不漏，决不把任何东西交付给机遇。我算好了每一步。在过去的时日里，我曾把太多东西交付给运气，交付给他人的奇想和需求。我轻信过太多人了。

我下令将我们抓到的那个老丑的毒婆子带到其关押房间外走廊的墙上的一个高高的窗户前。在我的指示下，这邪恶的老东西被吊起来，这样她就能窥见围墙内的花园。我知道她将看到什么。她将看到她自己的宝贝孙女，她的生命之光。我们将这孩子从村里绑了来。她也成了我们的囚犯。

我安排埃癸斯托斯去告诉老妇人，只要将毒药织进袍子，且药性发作，那她们祖孙二人当即就能获释回家。“如果做不到的话……”我命令埃癸斯托斯到此打住，只恶狠狠地盯着她，露出明显的企图，那老妇人将会因之战栗，或者，更可能的是，她将努力显出并无惧色的样子。

事情进展得挺顺利。我被告知这编织工作只花费了约莫几分钟的工夫。编织时埃癸斯托斯坐在一旁，但完工后他也找不出袍子上新织入的丝线。做完这些，老妇人只是恳求他能对她那关押在此的孙女好一些，在她们被送回村庄时，确保没人会看到她们或知道她们曾和谁在一起，去过哪里。她冷冷地凝视着他，从这凝视中他看出任务已完成，而这美妙、致命的法术将在阿伽门农身上发挥效力。

*

当他传消息来说想在战争开始前参加女儿的婚礼，让爱与新生的气息环绕着他，给他力量，给即将进入杀伐攻占的军队带来满满愉悦的时候，他的厄运就已注定。他说，年轻军士中有唤作阿喀琉斯的，是珀琉斯之子，注定将成为比其父更伟大的英雄。阿喀琉斯长相英俊，我的丈夫这样写道，要是在其部下敬畏的注视中，阿喀琉斯对着我们的女儿伊菲革涅亚宣誓，那么苍天见之也会生辉。

“你们一定要乘战车来，”信上说道，“路上得走三天。准备婚礼就别想着俭省了。把俄瑞斯忒斯也带上。他现在年纪不小了，应该欣赏下战士们临战前的情景，以及见证他姐姐与阿喀琉斯这般高贵的男人的婚礼。

“你离开时，必须将权力交到厄勒克特拉手里，叮嘱她要牢记她的父亲，妥善使用权力。那些因为年纪太大没法上战场而被我留下的人，将会辅佐她，他们会带着关怀和智慧围绕在她的身边，直到她的母亲携她的姐姐和弟弟归来。她必须听从这些老者的建议，如同我不在时她母亲所做的那样。

“然后，等我们从战场归来，权力将回归正源。凯旋之后，天下将得安定。诸神站在我们这边。我已得到保证，诸神站在我们这边。”

我相信了他。我找到伊菲革涅亚并告诉她，她将和我踏上前往其父军营的旅程，然后她将嫁给一个勇士。我告诉她我们将让女裁缝们整日整夜地做活，准备她要带过去的衣服。我在阿伽门农的话中又添了些我的话。我告诉女儿，阿喀琉斯，她的未婚夫，说起话来很温柔。而且我还添了些别的话，如今这些话对我来说真是苦涩，也满是羞耻。我说他很勇敢，令人钦佩，虽然体力强健，气质却不粗野。

当厄勒克特拉走进房间询问我们为何悄声说话的时候，我还说了更多的话。我告诉厄勒克特拉，长她一岁的姐姐伊菲革涅亚就要出嫁了，然后她笑着紧握住姐姐的双手，正当我说到伊菲革涅亚的美丽在外流传，现在已四处闻名，阿喀琉斯会等着她，她的父亲则坚信将来会有故事讲述在婚礼那天的新娘，讲述苍天径自光亮，太阳天上高悬，诸神带着笑意，那些临战的将士因爱的光明而变得勇敢，似钢铁一般坚强。

是的，我说到爱，我说到光明，我说到诸神，我说到新娘，我说到临战前钢铁一般的将士，我说到他和她的名字，伊菲革涅亚，阿喀琉斯。然后我召来裁缝，以便动工准备我女儿的结婚礼服，这礼服将合衬她容貌的光华，而她容貌的光华在婚礼那天亦将合衬太阳的光华。我还告诉厄勒克特拉她的父亲信任她，所以留她在此与老者们一起，她敏锐的才智、精湛的洞察和记忆能力令她父亲骄傲。

数周之后，在某个金色的清晨，和手下的一些女人一起，我们出发了。

*

我们抵达的时候，阿伽门农正等着我们。他朝我们缓步走来，脸上带着一种我过去从未见过的表情。他的脸上，我想，显露出了悲伤，却又带着惊奇和宽慰。或许还有其他，但当时我只注意到了这些。悲伤，我想，是因为他思念我们，他已离家很久，又要亲手送女儿出嫁；惊奇，则因他在如此长久的时间里想象着我们，而如今，我们就在这里，有血有肉，全然真实，并且俄瑞斯忒斯已经八岁，长得超出父亲的想象，同时伊菲革涅亚十六周岁，已是花期。我想，他显露出宽慰缘于我们平安，而他也平安，我们可以互相陪伴。当他上前来拥抱我时，我感到来自他的一股悲痛的温暖，可当他退回去审视随他而来的士兵时，我看到了他身上的力量，那筹谋战争的领导力，以及他在战略、决策上的智识。阿伽门农，与其部下待在一起，就是纯粹意志的一个化身。我忆起成婚时我第一次被眼前的这意志的化身所迷住，那一天的感受甚至更加强烈。

并且我看到他——不像与他同类的其他人——是如何地做好了倾听的准备，这是我当下对他的感觉，抑或是与他独处时他将会给我的感觉。

然后他抱起俄瑞斯忒斯，笑着托着他转向伊菲革涅亚。

他转向伊菲革涅亚时充满了魅力。我看向她，仿佛看见一个奇迹的发生，仿佛某个女子擅自降临尘世，带着柔和而又肃穆的气息，远离一切寻常之物。她的父亲上前去拥抱她，手上仍抱着那男孩，如果有谁想要知晓爱的模样，如果有谁即将步入战场，需要随身携带一幅爱的图像保卫或激励自己，那么眼前便是为他们准备的，如同镌于石上永不改变的珍贵之物——这父亲，儿子，女儿，怜爱地看着这一切的母亲，以及父亲脸上热望的表情伴随着爱的神秘、温暖和纯粹，此时阿伽门农轻柔地将儿子放下，让他站在自己身边，以便把女儿揽在自己的臂弯之间。

我目睹了这一切并对之深信不疑。在那些时刻它就在那儿。

但这都是假的。

然而，我们这远道而来的一群人中，谁都不曾有片刻猜到过真相，即便围着我们的那群人中，有一些甚至可能绝大多数都必然知晓这一切。但是他们中没有一个露出过迹象，连一丝一毫都没有。

天空依然是蓝色的，日头火热地挂在天上，那一天，诸神——哦，是的，诸神！——似乎对着我们全家微笑，对着那待嫁的新娘和她年幼的兄弟，对着我，对着她那立于爱的怀抱之中的父亲，他最终将立于战争的胜利之地，赢得军队的凯旋。是的，那一天当我们全然无知地前来协助阿伽门农执行他的计划的时候，诸神微笑着。

*

我们抵达的次日，我丈夫早早地过来把俄瑞斯忒斯带在身边，还让人为他制作剑和轻型盔甲，好让他看起来像个战士。女人们来看伊菲革涅亚，她们欣赏起我们带来的衣服，生出许多骚动和惊叹，她们不断吵嚷着要喝清凉的东西，又不断地将衣服叠起又摊开。过一会儿，我站在我们的住处和厨房之间的空地上，听人们在那儿唠叨闲话，直到听其中一个女人提起有几个士兵在外边逗留。她提到的其中一个名字就是阿喀琉斯。

真是奇怪啊，我想，他竟会跑到离我们这么近的地方！但我随即转念，这并不奇怪，如果能瞥一眼伊菲革涅亚，那他就会来的。他当然会来！他一定非常渴望看见她！

我走出去，步入前场向士兵们打听他们哪一个是阿喀琉斯。是高高的那个，我发现了，他独自站在那里。当我走近时，他转过身看着我，我意识到在他的凝视中有一种直率，他自报姓名时的语气里也有一种真诚。我想，我们的不幸将就此终止了。阿喀琉斯是上天派给我们来结束我和我丈夫出生之前便已开始的事。那是我们血脉中的毒液，在我们所有人的血脉之中。古老的罪行和复仇的欲望。古老的谋杀和谋杀的记忆。古老的战祸和古老的背叛。古老的兽性，古老的进击，人们如野狼一般行事的年代。我想，只要这个男人迎娶我的女儿，这些都将结束。我看见未来将如丰饶之地。我看见俄瑞斯忒斯在这个年轻士兵迎娶他姐姐的光明中成长。我看到冲突都将消弭，在那个时代里，人们将安逸地老去，战争将只成为人们高谈阔论的主题，当夜幕降临，人们关于被砍杀的尸体以及血染的平原上绵延数英里的哭嚎声的记忆都渐次消退。他们可以转而谈论英雄。

当我告诉阿喀琉斯我是谁时，他笑着点点头，表明他已识得我，然后就转身要走。我将他唤回并伸出了手，好让他与我握手，将之作为要临近的好事以及未来岁月的标志。

我说话时他的身子似乎猛地一颤，他环顾四周，检查是否有人在看着。我理解他的沉默谨严，因而再次开口前远离了他几步。

“你都要和我的女儿成婚了，”我说道，“还不能和我握手吗？”

“成婚？”他问道，“我热切地盼着战争。我不认识你的女儿。你的丈夫——”

“我确信我的丈夫，”我打断了他，“要求你在婚前的日子里和我女儿保持距离，然而是和我女儿保持距离，不是和我。在未来的日子里，一切都将改变，不过，如果在和我女儿成婚前被人瞧见与我说话会令你困扰的话，那么我一定远离你，回到那帮女人中间去。”

我说得很轻柔。他脸上的神色显得痛苦而又茫然。

“你搞错了，”他说道，“我在等待的是战争，不是新娘。不会有什么婚礼，因为我们在等待风向转变，等待我们的船只不再被掼向礁石，等待……”

他皱了皱眉，似乎在克制自己，不让自己将开口说的话说完。

“也许我的丈夫，”我说道，“先把我的女儿叫来这里，等到战争结束——”

“战争结束我就回家了，”他打断我，“如果我能从战争中活下来，那我就回家了。”

“我女儿来这里就是为了和你成婚，”我说道，“她是被她父亲，也就是我的丈夫召来的。”

“你搞错了。”他说道。我又一次看到他身上的优雅，伴着坚毅和决心。在那片刻间，我看到未来的幻象，一个阿喀琉斯将为了我们而使之改变的未来，在那未来的一个到处可见松软角落和宜人荫蔽的地方，我将老去，正如阿喀琉斯将变得成熟，我的女儿伊菲革涅亚将成为母亲，而俄瑞斯忒斯将长大，变得智慧。突然，我意识到在那个未来的世界里没有阿伽门农的位置，也没有厄勒克特拉的，我瞬间惊了一下，几乎因某种若隐若现的幽暗缺席而倒抽了一口气。我试着将他俩放入那幅画面里，却不行。我无法看到他们中的任何一个，当阿喀琉斯提高嗓音似乎在引起我的注意时，还有其他一些东西我无法看到。

“你搞错了，”他又说了一遍，然后声音变得更为柔和，“你的丈夫一定告诉了你为何你女儿被召来这里。”

“我的丈夫，”我说道，“只在我们来时迎接了我们。他没有说其他什么事情。”

“那么你不知道？”他问道，“你怎么可能不知道？”

他脸上的表情变得阴沉，在最后一句问话中，他的嗓音几乎变了调。

我蜷着身子离开了他，回到我女儿和那些女人聚集的地方。她们几乎没看到我，因为她们正举着一块布料，惊叹于其中的某片针脚。我独自坐着，离她们远远的。

*

我不知是谁告诉伊菲革涅亚，她的到来不是为了成婚，而是为了献祭。我不知是谁知会她，她此次要面对的并不是嫁给阿喀琉斯，而是在露天里被一把尖薄的刀破开喉咙，许多旁观者，包括她自己的父亲，都将目不转睛地看着她，而为此目的受指派的人则向诸神吟诵凡人的祈愿。

那些女人离开的时候，我对伊菲革涅亚说话；那时她还不知道。但在接下来的一两个小时里，在我们等俄瑞斯忒斯回来的时间里，在我醒着躺在那儿，而伊菲革涅亚在房间里进进出出的时间里，有人将事情明白无误地告诉了她。我意识到此前，我是在自我欺骗，让自己相信阿喀琉斯对婚礼计划的不知情会有某种容易的解释。有几次，我都敏锐地暗察到事情的真相了，可如果说有人想要伤害伊菲革涅亚又不太可能，因为我的丈夫同其部下以那样的方式迎接了我们，并且他军营中的女人们也如此热切地来看新衣。

我在脑中回想和阿喀琉斯的对话，具体到每一个词。伊菲革涅亚朝我走来，我确信在夜幕降临时，我将接到令我宽慰的消息，然后所有事情都会得到解答。甚至当她开口，当她对我讲述她所得知的事情时，我仍深信于此。

“谁告诉你这事的？”我问道。

“其中一个女人被派来告诉我。”

“哪一个？”

“我不认识她。我只知道她被派来告诉我。”

“谁派遣的？”

“我的父亲。”她回答道。

“我们怎么能确定呢？”我问道。

“我很确定。”她说道。

我们坐着等俄瑞斯忒斯回来，他一回来，我们就可以恳求与他同来的人带我们去见阿伽门农，或者允许我们传信给他，告诉他一定要过来与我们说说话。有时伊菲革涅亚会抓住我的手，紧紧握住又松开，叹口气，在恐惧中闭上双眼，再睁开，神情茫然地凝视着远处。即便如此，在我们等待的时候，我还是觉得不会有什么事，一切都可能是子虚乌有，将伊菲革涅亚献祭给诸神的主意不过是女人们散布的流言，战争前夕，这样的流言在精神紧张的战士及其部下之间是很容易散布开的。

当我的女儿重新抓住我的手，并握得更紧更用力的时候，我的不确定和紧张感远去，转而觉得那最糟糕的事就要来了。有好几次，我都在想我们是否可逃离此地，是否可趁着夜色一起上路，去往家乡或者某个庇佑所，是否可找人带伊菲革涅亚离开，给她乔装改扮，找个藏身之处。但我不知道我们能往哪个方向走，我知道我们会被追踪，被找到。因为既然他已诱我们到此，我确信，阿伽门农也派了人在监视、看守着我们。

我们沉默着并坐了好几个小时。没有人走近我们。慢慢地，我开始觉得我们成了囚犯，并且从抵达那一刻起就已成了囚犯。我们被骗来此地。阿伽门农了解我一想到婚礼会何等激动，而这也是他诱使我们前来的策略。没有其他方式能如此奏效了。

我们首先听到俄瑞斯忒斯的声音，是在嬉闹中发出的，然后，令我吃惊的是，传来了他父亲的声音。当他俩走进来，全然一副精神焕发而又喧闹的样子时，我们站起身来对着他。在那一瞬间，阿伽门农看出他派遣来的女人，已如他所指示，将实情告诉了伊菲革涅亚。他低下头，然后又抬起，笑了起来。他让俄瑞斯忒斯给我们展示特地为他锻造和打磨的战剑，还让他给我们展示同样为他特制的盔甲。他拔出自己的剑，佯作认真地去挑战俄瑞斯忒斯，而俄瑞斯忒斯，在父亲小心的引导下，与他交锋，并摆出要与他作战的姿势来。

“他是一个很好的战士。”阿伽门农说道。

我们冷冷地看着他，面无表情。有那么一会儿，我都想唤来俄瑞斯忒斯的保姆将这男孩领走，安顿上床，可是阿伽门农和俄瑞斯忒斯之间发生的这一切，无论它是什么，阻止了我。阿伽门农似乎明白，他必须竭尽全力在他的男孩面前扮演父亲的角色。在空气中，或者在我们的表情里，存在着如此强烈的东西，我的丈夫一定已觉察到，一旦他放松下来面对我们，生活将就此改变，并且再也不能恢复。

现在阿伽门农没有再看我一眼，也没有去看伊菲革涅亚。他的格斗进行得越久，我就越明白他在害怕我们，或者是害怕格斗结束时他将不得不对我们说的话。他不想它结束。他继续这个游戏，他，没有勇气。

我笑了，因为我明白这将是我生命中所经幸福的最后一个片段，这片段正在由我的丈夫上演，他带着他所有的软弱，想要尽可能久地演下去。这父子间的模拟斗剑，全是戏剧，全是表演。我看到阿伽门农如何使之延续，他保持俄瑞斯忒斯兴奋的同时又不使之力竭，还令男孩觉得自己是在炫耀技艺，继而想不断地进行下去。他在操控着俄瑞斯忒斯，而我们俩则站在那里看着。

我突然觉得这正是诸神对我们做的——他们以模拟的争斗和生活的呼号来扰乱我们，也以和谐、美、爱的意象干扰我们，而他们则远远地观看，毫不动情，等待着枯竭到来的终结时刻。他们立于后方置身事外，正如我们此时一样。当一切结束时，他们耸耸肩。不再关心。

俄瑞斯忒斯并不想结束模拟斗剑，然而，根据规则，他们可做出的动作是有限制的。这男孩一度离父亲太近，使自己完全暴露于父亲的剑下。阿伽门农温柔地将他往后推，在他看来这显然只是一场游戏了，并且他清楚我们也都看到并注意到了这一点。认识到这一点，俄瑞斯忒斯很快便意兴阑珊，并同样迅速地显出疲态和怒意。但他仍不愿结束。当我大声唤来保姆时，俄瑞斯忒斯开始哭喊。他不想要保姆，他说道，此时他的父亲将他抱在两臂间，像抱柴火一样把他送去了我们睡觉的地方。

伊菲革涅亚没有看我，我也不看她。我俩一直站在那里。我不知时间过了多久。

当阿伽门农出现时，他朝帐篷口疾步走去，然后转过身。

“所以你们知道了，你们俩都知道了？”他轻声问道。

我怀疑地点点头。

“那没有其他话好说了，”他低语道，“事情必须如此。相信我，事情必须如此。”

他离去前留给我一个空茫的眼神。他摊开双臂，手心朝上，几乎耸了耸肩。他就像一个没有权力的人，要么他是在给我和伊菲革涅亚模仿这么一个人看起来会是什么样子的。是畏缩，易被他人愚弄或者说服的。

这伟大的阿伽门农以其姿态明确地表示，任何决定的做出，都非出自他，而是出自旁人。当他冲入夜色去与候着的守卫会合时，他似乎想让我们看到，这所有的一切，对他来说都太多，太沉重了。

然后四野一片寂静，是只有一支军队入眠时才会到来的那种寂静。伊菲革涅亚向我走来，我抱住她。她没有哭号，也没有抽泣。感觉她似乎会一直静止不动，而我们似乎也会保持这个样子，直至天亮。

*

拂晓时分，我穿过营房去找阿喀琉斯。找到时，他缓缓地避着我，但他有多么骄傲，就有多么恐惧，他有多么地顾及礼仪，就有多么地紧张有人在看着我们。我靠近他，说话却并不低声。

“我的女儿被骗来这里。他们借的是你的名义。”

“对她父亲，我也觉得生气。”

“如果需要的话，我可以跪在你跟前。我遇到这样的不幸，你能帮帮我吗？你能帮帮来这里做你妻子的女孩吗？是为了你，我们才让女裁缝们整天整夜地做衣服。所有的激动兴奋都是为了你。可现在，你们却说要杀了她。世人要是听说这样的骗局，他们会怎么想你？我没有其他人可求助了，我只能求你。别的不说，起码看在你自己名字的分上，你一定要帮我。把你的手放在我的手上吧，这样我就知道我们将会得救。”

“我不会碰你的手的。我不会这么做，除非我能使阿伽门农改变主意。你的丈夫不该用我的名义，弄得像个圈套一样。”

“如果你不娶她，如果你没能……”

“那我的名字将一无是处。我的生活也将一无是处。满是软弱，只是一个用来诱捕女孩的名字罢了。”

“我可以把我女儿带来。让我们俩都站到你面前。”

“别让她来了。我会去跟你丈夫说的。”

“我丈夫……”我话已出口，又停住了。

阿喀琉斯环顾四周，看了看离我们最近的那群人。

“他是我们的首领。”他说道。

“你要是能说服他，我们会报答你的。”我说道。

他沉静地看着我，迎着我的目光与我对视，直到我转身穿过营房独自回去。沿途人们纷纷离开，离开我的视线，仿佛努力阻止献祭的我，是降临于他们营地的巨大瘟疫，比那将他们的船只掼向岩石摔得粉碎，继而带着更盛的暴怒升起的狂风还要凶险。

抵达我们的帐篷时，我能听到伊菲革涅亚的哭声。帐篷里全是女人，一些是随我们一起跋涉过来，于前一天到的，而那些晚到的现在也在这儿了，把我女儿身边搅得一片混乱。我叱喝她们出去，她们没注意到，我便揪住其中一个的耳朵，拉到帐篷口赶走，接着对付下一个，直到她们所有人——除了随我们一起跋涉过来的——开始散去。

伊菲革涅亚用手捂住自己的脸。

“出什么事了？”我问道。

其中一个女人告诉我们，有三个相貌粗野、一身戎装的男人来帐篷找过我。得知我不在时，他们认为我是躲起来了，于是把起居区、寝睡区和厨房都搜了个遍。然后他们带走了俄瑞斯忒斯。女人们告诉我她的兄弟被带走的时候，伊菲革涅亚开始了哭泣。

她们说，俄瑞斯忒斯被扛走时，一直踢着腿挣扎。

“这些人是谁派来的？”我问道。

沉默了好一会儿。没有人愿意回答，直到最后其中一个女人开了口。

“是阿伽门农。”她说道。

我让其中两个女人随我去寝睡区为我沐浴更衣。她们为我清洗，施以芬芳的香料和香水，然后帮我挑选衣服，整理头发。她们问现在是否需要陪着我，但我想着我要独自一人穿过营房去找我的丈夫，我会大声叫出他的名字，我也会威胁、恐吓那些我在路上瞧见的却不帮我找他的人。

最终我找到他的帐篷时，他的一个手下堵在我面前，问我找他要做什么。

我正推开他时，阿伽门农出现了。

“俄瑞斯忒斯在哪儿？”我问道。

“他在学习怎样正确地用剑，”他回道，“他会被好好照顾的。那里另有些与他同龄的男孩。”

“你为什么派人来找我？”

“是要告诉你事情就快开办了。那些母犊会先被宰杀。它们现在正被送往指定的地方。”

“然后呢？”

“然后就是我们的女儿。”

“说她的名字！”

我不知道伊菲革涅亚尾随着我，我也依然不知道她是如何从一个啜泣、惊恐、伤心欲绝的女孩变为现在这般镇定自若的年轻姑娘，她是那么地孤独和坚忍，朝着我们走来。

“你不需要说出我的名字，”她打断道，“我知道我的名字。”

“看着她。你打算杀她吗？”我问阿伽门农。

他并不作答。

“回答我。”我说道。

“有许多事我必须解释。”他说道。

“先回答我，”我说道，“回答我。然后你尽可以解释。”

“我已经从你的使者那儿知晓你要对我做的事。”伊菲革涅亚说道，“你不用回答了。”

“你为什么要杀她？”我问道，“她死的时候你会做什么样的祷告？你割开你孩子喉咙的时候会求神赐你什么样的福祉？”

“诸神……”他话已出口，又停了下来。

“诸神会赞许杀死自己女儿的人吗？”我问道，“如果风向没变呢，你是不是还要杀死俄瑞斯忒斯？这是不是他在这里的理由？”

“俄瑞斯忒斯？不！”

“要不要我差人把厄勒克特拉召来？”我问道，“你要不要给她安排一个假丈夫，把她也骗来？”

“别说了！”他说道。

当伊菲革涅亚靠近他时，他看起来几乎是在害怕她了。

“我不善言辞，父亲，”她说道，“我所有的力量都在我的眼泪里，可是现在我也没有眼泪了。我有我的声音，我有我的身体，在时辰到来前，我能跪下乞求不被杀死。同你一样，我觉得这白日的光亮如此甜美。我是这世间第一个唤你父亲的，也是这世间第一个被你唤作女儿的。你一定记得，你曾如何地告诉我，最终我会幸福地生活在我丈夫的家里，然后我就问了：会比和你在一起更幸福吗，父亲？你笑了，摇了摇头，然后我把头埋进你的胸口，伸开双臂抱住了你。我曾梦想当你老了，我要接你到我家来，然后我们会幸福地在一起。我曾对你说过这些。你可还记得？如果你杀了我，这将成为我做过的一个酸楚的梦，也一定会给你带来无尽的悔恨。我已只身来到你身边，没有眼泪，也没有准备。我没有巧言。我只能用我所拥有的简单声音乞求你送我们回家。我乞求你放过我。我向我父亲所乞求的，岂是一个女儿应乞求的？父亲啊，不要杀我！”

阿伽门农低下了头，仿佛他才是那个被判刑的人。有几个手下靠近了他，他开口前紧张不安地看他们。

“我明白此事需要怜悯，”他说道，“我爱我的孩子们。我爱我的女儿，甚至现在看到她如此镇定，处于全然绽放的青春，我爱她比过往更甚。但是看看这将入海的军队是多么浩大！他们已准备就绪，躁动不安，可风向却不为我们的出征改变。想想这些人吧。他们在此滞留，他们的妻子正遭野蛮人诱拐，他们的土地正遭荒置。每个人都知道我们已请教诸神，每个人也都知道诸神给我下达了怎样的指令。这事并不取决于我。我别无选择。并且如果我们战败，那么将无人生还。我们都会被摧毁，每一个人。如果风向不改变，我们都将面临死亡。”

他朝着他面前某一无形的存在鞠了一躬，然后示意离他最近的两个手下跟他进帐篷，其余两个则守在帐篷口。

随后我觉得如果诸神当真在乎我们，当真如他们所注定的那样在天上监视着我们，那他们就会生起怜悯，迅速改变海上的风向。我想象声响从水面来，从海港来，继而欢呼声响彻人群，战旗鼓风猎猎，这新起的风将送他们的船只迅疾而隐秘地起航，然后他们将见识到胜利，明白诸神只是在试验他们的决心。

我想象的这些声响很快就被阿喀琉斯的喊叫声所驱散，他朝我们奔来，身后跟了一群人在咆哮着咒骂他。

“阿伽门农让我直接去跟士兵们说，告诉他们一切已不在他的掌控之中，”他说道，“现在我跟他们说过了，他们说她一定得死。他们还大喊大叫地威胁我。”

“威胁你？”

“说我应该被乱石砸死。”

“就因为你在设法救我女儿？”

“我求过他们了。我和他们说靠谋杀一个女孩才可能得来战争的胜利是懦夫的胜利。我的声音被他们的喊叫声淹没了。他们不会让步商量的。”

我转身面向阿喀琉斯身后的那群人。我想如果我能在他们中寻着一张脸，盯视着他，他们中最软弱或是最强大的那个人的脸，然后我就能逐个地盯过去，让他们觉出羞耻。但是他们不会抬眼看我。无论我做什么，他们一个都不会抬眼看我。

“我会做我能做的一切去救她。”阿喀琉斯说道，然而语气里带着挫败。他没有说出他能做的或可能会做的是什么。我注意到他也低垂着双眼。但是当伊菲革涅亚开始说话时，他看向了她，他身边那群人也是如此，现在他们将她完全看在眼里，仿佛她已变成一尊偶像，她临终的言语必须被谨记，也仿佛她已成为一个象征，她的死亡将改变风的方向，她的鲜血将向我们上方的天界传达一个紧急的讯息。

“我的死亡，”她说道，“将拯救所有处于危难的人。我将死去。这万难改变。对我来说，热爱生命是不适宜的。对我们中的任何一个来说，热爱生命也都是不适宜的。单个的生命是什么呢？总是有其他生命的。其他生命和我们一样降临并生存于世间。我们的每个呼吸后面都跟随着另一个呼吸，每个脚步后面跟随着另一个脚步，每个言词后面跟随着另一个言词，每个在此世间的现身后面都跟随着另一个现身。谁得死并不重要。我们终将被替代。我将献出我自己，为了军队，为了我的父亲，为了我的家国。我将笑着迎接我的献祭。然后战争的胜利将成为我的胜利。人们对我名字的怀念，将比许多人的生命更为长久。”

在她说话的时候，她的父亲及其手下从他的帐篷中缓缓走出，附近其他人则聚拢过来。我看着她，始终不能确定这是否是一个策略，是否她温和的语气，谦卑顺从、不高却足够能被听到的声音，是她已计划好的自救方式。

无人有所动作。整个军营寂然不语。她的言语落于这寂静的空气中，如同更为深远的寂静。我注意到阿喀琉斯想说些什么，但他很快还是决定保持沉默。在那些时刻，阿伽门农试图做出一副首领的姿态，他极目眺望遥远的天边，显出他心中牵挂着重大的事情。但无论他做什么，对我来说，他都像是一个衰损、垂老的人。在未来，我想他会遭到人们的鄙视，因为他诱骗他的女儿来到军营，而后将之杀死平息诸神之怒。我看出人们仍然畏惧他，但是我也能看出这并不会持续太久。

他处于最为危险的境地，如同一头被剑刺入半边身体的公牛。

带着尊严和骄傲的蔑视，我离开了他们，伊菲革涅亚则在后面和缓地跟着。我确信这软弱的首领和这群愤怒、不安的乌合之众将支配一切。我知道我们落败了。伊菲革涅亚在不停地说话，她让我不要哀悼她的死亡，不要为她怜悯，让我告诉厄勒克特拉她如何死去，恳求厄勒克特拉不要为她穿丧服，并且要我现在就动用我的力量护佑俄瑞斯忒斯免遭我们周围人事的荼毒。

*

远远地，我们能听到那些已被运往献祭之地的牲畜的嚎叫声。我要求所有那些再次到来的女人滚出我们的视线，除了陪我们来到军营，信得过的那几个可以留下。我命令她们准备伊菲革涅亚的婚服，并将我原本计划在婚礼穿的衣服摆好。我要了水，以便我们两人沐浴，然后要了特制的白色面霜和黑色眼线，这样我们在去往死亡之地的时候就会显得苍白而又神秘。

起初没有人说话。然后这寂静不时地被打破，有时是人们的喊叫，有时是祈祷响起的声音，有时是牲畜的怒吼和猛烈的尖啸。

当听说有人在外边准备进来时，我就朝帐篷口走去。那些人看到我似乎很害怕。

“你们知道我是谁吗？”我问道。

他们不看我，也不答话。

“你们懦弱到话都不敢讲了吗？”我问道。

“不是。”其中一个说道。

“你知道我是谁吗？”我问那人。

“知道。”他说道。

“我的母亲传给我一套咒语，这咒语也是她的母亲传给她的。”我说道，“我们不轻易使用这咒语。所有听闻咒语的人内里都会枯萎，然后他们所有的子女也是如此。只有他们的妻子可以幸免，但她们注定要在尘土里寻觅啄食。”

我看出他们脑中充斥着迷信，任何乞灵于诸神或古老诅咒的言语都会瞬时将恐惧注入他们的心田。他们中没有一个质疑我，甚至连质疑地看我一眼都没有，没有一丝怀疑掠过我所说的话，也没有一丝迹象表明这种诅咒不存在，从不曾存在。

“你们谁要是敢碰我的女儿或者我，”我继续道，“你们谁要是走到我们前面，或者说话，我就发动诅咒。除非你们像群狗一样走在后面，不然我就要念咒了。”

看来他们都被镇住了。与他们争论毫无用处，甚至寻求怜悯也是，唯有召唤某种超越他们的力量，哪怕只有最微小的一点才能把他们镇住。如果他们能再抬眼看我，就会看到在我脸上闪过的那全然蔑视的笑容。

帐篷里，伊菲革涅亚已准备就绪，她像历经了精工锻铸一般，庄严，平静，听到献祭处传来牲畜痛苦的嚎叫也毫无反应，很快，在那地方她将最后一次看到这世间的光亮。

我对她耳语："他们被我们的咒语吓住了。等静下来你就提高嗓音。告诉他们这咒语有多古老，在母女间代代流传，鉴于它的威力几乎不怎么使用。威胁他们你要施咒，除非他们心软了，要首先威胁你父亲，然后才是他们的每一个人，从离你最近的开始。警告他们一旦施咒，整个军队将片甲不留，留下的只有野狗在死寂里吠叫。"

然后我告诉她应该怎样念咒。我们遵从仪式，自帐篷出发去往杀戮之地，伊菲革涅亚在前，我隔一段距离跟着，后边是随我们一起来的女人，再后边则是士兵。天气很热，牲畜血液和内脏的气味以及恐惧和屠宰之后的一片狼藉向我们袭来，最终，我们耗尽所有的意志才能不在这恶臭面前掩鼻。那即将上演杀戮的献祭之地被他们弄得破烂不堪，看不出一丝庄严，士兵们在漫无目的地走动，死去牲畜的残骸散落一地。

或许正是这样的场景，以及我那么轻易就以杜撰的咒语祈得诸神吓住他们，令我心中已存在的某些东西变得更加明确。当我们走向屠戮之地时，我第一次觉得确信，全然确信，自己完全不信诸神的力量。我不知道是否只有我是这样。我也不知道阿伽门农及其部下是否当真在意诸神，当真相信存在某种超越他们的隐藏力量，凭一句非凡人所能施的咒语就能镇住百万之师。

他们自然是相信的。他们自然确定他们所相信的，确定要将这个计划进行到底。

当我们靠近阿伽门农时，他对女儿低语道：“世人将会永远记住你的名字。”

他转向我，用严肃和自大的声音低语道：“世人将会永远记住她的名字。”

现在我看到随我们过来的一个士兵走向阿伽门农，并对他低语。阿伽门农细心地听取，然后轻声、坚决地和他身边五六个人说了些什么。

而后吟唱响起，乐句中对诸神的呼唤充斥着重复和奇特的倒装。我闭眼凝听。我能闻到牲血开始酸败的味道，而天上盘旋着秃鹫，所以尽是死亡啊，那单一的吟唱声后，如涟漪般升起了最为紧随诸神之人的反复吟唱，然后一声群响突然指向天空，如同成千上万人在齐声应和。

我看着伊菲革涅亚独自立在那里。她浑身显露出一种奇异的力量，她的礼服绝美，脸庞皎净，发丝黑亮，眼线也乌黑，沉静而又缄默。

那时候，刀已经呈出。两个女人向伊菲革涅亚走去，解开她的发卡，按下她的头颅仓促、潦草地剃去她的头发。其中一个割到了伊菲革涅亚，她喊了出来，然而，这喊声来自一个女孩，并非一个祭品，而是一个年轻、恐惧、脆弱的女孩。于是神圣咒语片刻间就瓦解了。我知道这群人是何等的脆弱。人们开始呼喊。阿伽门农沮丧地环顾四周。当我看向他时，我知道他对于这一切的掌控是何等虚弱。

伊菲革涅亚挣开束缚后便开始说话，起初没人能够听到她，她不得不尖叫让大家保持安静。当她显然准备向她父亲施咒时，有一人从她背后出现，拿一块旧白布绑住她的嘴，迎着她乱踢的双脚和乱砸的双肘把她拖到献祭的地方，然后缚住她的手足。

我没有犹豫。我展开双臂，大声施展曾警告过他们的咒语。这咒语指向他们每一个。我跟前的好些人已开始惊惶地逃窜，然而背后却来另一人，无论我怎样挣扎，他还是将一块破布扯紧绑在我的嘴上。我也被拖走了，不过是朝着相反的方向，远离了献祭之地。

当我离开人们的视线和耳力范围后，他们对我拳打脚踢。然后在军营的边界，我看到他们搬起一块石头，要三四个人才搬得动。拖我来的那些人就把我推进了石头下面挖出的洞里。

这洞可以容我坐下，但无法站立和躺卧。他们见我进了洞，立马将石头放回了洞口。我的双手没有被缚，我可以取掉嘴上的破布，但那石头太过沉重，我无法将之推开逃生。我被困住了，甚至我发出的急促声音也似乎被困住了。

在我女儿独自死去的时候，我就这样被半埋于地下。我从没见过她的尸体，没有听到她的呼号，也没有对她呼唤。但别人向我讲述了她的呼号。她临终时的高声呼喊，充斥着无助和恐惧，当这呼喊转为尖啸，洞穿聚集人群双耳的时候，我相信这声响将永远被人铭记。除此便再无其他。

*

很快，我便开始觉得痛了，我的背因全身受限于这地下而作痛。手臂和双腿也很快从麻痹转为疼痛。脊骨底部开始有些不适，而后是火辣辣的疼。如果能让我舒展舒展身体，放松放松手臂腿脚，直立起来活动活动，那我真是做什么都愿意。这就是我刚入洞那会儿心中所想。

接着我开始渴了，恐惧似乎使这焦渴更甚几分。现在我心里想的全都是水，哪怕只有一滴。我忆起过去生命中的那些时刻，曾有一罐又一罐清凉的饮水摆在我面前。我想象着地里的泉，深邃的井。我悔恨自己不曾多多品尝水的滋味。和这焦渴相比，随后而来的饥饿真是不值一提。

尽管此处味道令人作呕，蚂蚁和蜘蛛在我身边爬来爬去，尽管我背上、手臂和两腿仍旧疼痛不止，尽管饥饿感愈发强烈，尽管我畏惧于无法活着离开这里，但最终，还是那焦渴让我转向，改变。

我意识到自己犯了个错误。我不应以诅咒来威胁随我们去往死亡之地的那些人。我理应随他们所愿，任他们走在前头，或是我们旁边，仿佛伊菲革涅亚是他们的囚犯。那个向我丈夫禀报的士兵，我敢肯定，与我丈夫低语时给了他一个警告。他已做好了准备，而现在，我身居地下，只能自责。我那么急切就把诅咒说了出去，如此一来，阿伽门农肯定下了命令，只要我们一开始施咒，不管是我女儿还是我，布条马上就会封住我们的嘴。

我设想如果他没有做好准备，那么在伊菲革涅亚施咒的时候，那些人会四处逃散。我设想她威胁他们要继续这个诅咒，将这一串可致他们枯萎的咒语念完，除非他们将她释放。我设想她本可以得救。

是我错了。在地下的那段时间里，为转移自己对焦渴的注意力，我下定决心若能活下去，那以后每说一句话，每做一个决定前都得掂量一番。从今往后，哪怕是再小的行为我也会掂量一番。

我顶上的石头是草草放置的，因此可见一点零星的光亮透入，当这光亮褪去，洞中难以见物的时候，我就知道是晚上了。在数个小时的黑暗中，我回想着这事件的始末。我们不该被骗来这里。并且阿伽门农的意图甫一显露，我们就该设法逃离。想到这些，我便觉得越发地焦渴了。这焦渴居于我的身体，像某种永远都无法缓解的东西。

次日清晨，有人往我容身的洞穴里扔了一罐水，我听见了笑声。我拼尽全力去喝渗入我衣服的水，却几乎什么也没喝到。这水只沾湿了我和我脚下的土地。这事也让我明白，假如我需要明白的话，那就是他们并没有将我忘记。此后的两天里，他们时不时地扔水下来。这水与我的粪溺混合在一起，散发出尸体腐烂一样的味道。我想这味道会永远与我相随。

除却这味道，萦绕在我脑畔的还有一个想法。这想法起初并不成形，只是因纯粹的不适和焦渴而生出的一股躁怒之气，但随后它就逐渐生长，变得比其他任何想法或事物都更具意义。如果诸神并未看我们，那么我便疑惑了，我们如何知道该做什么呢？还有谁会告诉我们该做什么？然后我意识到没有人会告诉我们，根本就没有，没有人会告诉我在未来什么该做，什么不该做。在那未来，将由我自己去决定做什么，而不是诸神。

那时节，我决意要杀死阿伽门农，报复他所做的一切。我不会求诸神谕和祭司。我不会向任何一位祈祷。我会一个人静静地谋划。我会将一切准备停当。而这对阿伽门农及其部下，那些满以为我们必须等候神谕的人来说，是绝难猜到，也绝难生出一丝怀疑的。

*

第三日一早，临近破晓，他们搬开石头，我全身僵硬，无法动弹。他们试图拉着我的胳膊把我拽出去，但我已陷于他们将我禁闭的这狭小空间中。他们只得慢慢地撬我出去，往我胳膊下方用劲，因为我无法站立，两腿已使不上力。我看不出和他们交谈有何价值，并且当我看到他们捏着鼻子，躲避那来自拘押我的洞穴在清晨的日光中升起的恶臭时，我也没有露出满意的笑容。

他们把我带到女人们候着的地方。那清晨的数个小时里，她们为我清洗，找来干净衣服，给我食物，我喝了水。没有人说话。我知道，她们怕我问我女儿生命的最后时刻是怎样的，他们怎样处置她的尸体。

我正准备打发她们离开，留我一人好能静静地睡会儿，外边传来走动和说话的声音。一个曾随我们去往死亡之地的男人喘着气进了帐篷。

“风向改变了。”他说道。

“俄瑞斯忒斯在哪里？”我问他。

他耸耸肩就跑出去奔回了人群。然后有声音响起，是指示和命令的声音。不一会儿，两个士兵进入女人们的帐篷，分立守卫于帐篷口；很快后面就来了我的丈夫，他向我们挤过来时不得不弓下身子，因为他肩上还驮了俄瑞斯忒斯。俄瑞斯忒斯手里拿着他小小的剑，在父亲佯装要把他摔下去的时候乐得大笑。

“他会成为一个伟大的战士，”他说道，“俄瑞斯忒斯是人们的首领。”

当放他下来时，阿伽门农笑了。

“今晚月落时我们就会起航。你带着俄瑞斯忒斯和那些女人一起回家，然后等着我。我会派四个人在路上护卫你们。”

“我不要四个人。”我说道。

“你会需要的。”

他向后退去时，俄瑞斯忒斯意识到自己被留在了我们这里。他开始号哭。他的父亲将他抱起来递给了我。

“等着我，你们俩。任务完成我就会回来。”

他大步走出帐篷。很快，四个男人进了来，都是曾被我以诅咒威胁过的。他们告诉我们想在夜幕降临前上路。当我说我们需要点时间准备时，他们看上去似乎有些怕我。我建议他们站到帐篷外面去，直到我叫他们。

他们中有一个较另外几个要温和、年轻些。在我们回家的路上，他接管了俄瑞斯忒斯，拿游戏和故事分散他的注意力。俄瑞斯忒斯充满了生气。当说及战士、战争以及他要如何追击敌人直至最后一刻时，他一刻都不让剑离了他的手。只有临睡前，他才会呜咽着靠近我要温暖和安慰，然后在开始哭泣时将我推开。在数个那样的夜晚里，睡梦中的他将我们吵醒。他要他的父亲，要他的姐姐，然后要他在士兵中结识的朋友们。他也要我，可当我抱住他对他低语时，他又在惊恐中退缩了。我们旅途的日日夜夜就这样被俄瑞斯忒斯填满，以致我们根本无暇考虑抵家之后将如何述说。

其他人必定也和我一样，不知伊菲革涅亚的遭际是否已传到厄勒克特拉的耳中，或是留下辅佐她的老者们的耳中。旅途的最后一晚，我全神贯注地让俄瑞斯忒斯在高远的星空下保持平静，同时我也开始思索现在我将做些什么，我将如何存活，以及我还能信谁。

我将不信任何人，我想。我将不信任何人。那便是存于我心最为有用的东西。

*

我们离家的几周时间里，厄勒克特拉听到了些流言，这流言使她长大，使她的声音变得尖利，或者是比我记忆中的尖利一些。她朝我奔来寻求消息。如今我明白，那时我没有关注她，没有只关注她一个，是我在她身上犯下的第一个错误。孤立和等待似乎使她身体的某一部分变得错乱，因此我很难使她好生聆听。也许我应该和她敞开心扉聊个通宵，一分一秒地向她逐步讲述发生在我们身上的事情，然后要她抱住我，安慰我。但我的双腿依然疼痛，难以行走。我依然渴望食物，并且再多的水也无法止息我的焦渴。我想睡觉。

但我不该把她晾在一边。对此我很确信。那时我梦想着洁净的衣物，我的旧床，一次沐浴，食物，来自宫殿井中的一罐清甜的水。我梦想着安宁，至少在阿伽门农归来前可得的安宁。我制订着计划。我留了别人给她讲述她姐姐死去的故事。我就如饥饿的鬼魂一般穿过宫殿的房间，远离她，也远离她的声音，而她的声音将跟随我，甚于其他任何声音。

*

第一日清晨醒来，我意识到自己成了囚犯。那四人被遣来监视我，也监视厄勒克特拉和俄瑞斯忒斯，以及确保那些老者对阿伽门农的忠诚。他们乐于看到我待在自己的房间，也乐于看到我除了吃喝、睡眠、花园散步以复健双腿之外什么都不干。只要我一离开自己的住处，他们中的两个就会跟着我。他们只许照顾我起居的女人见我，并且每晚还要盘问那些女人我都说了、做了些什么。

我想，必须在一夜间把他们四个全杀死。事成之后我才好做其他事情。我醒着时，就筹划如何将此事最好地执行。

即使这些女人为我递来消息，我也不能信任她们。我不能信任任何人。

厄勒克特拉继续疾步穿行于宫殿，扰乱着此处的气息。她养成了一个习惯，即朝我重复一样的台词，一样的指控。“你让她去献祭的。你丢下她回来了。”而我，也相应地继续不理睬她。我真该让她看看她父亲并非她依旧相信的那个勇敢之人，而不过是人堆里一只卑怯的鼬鼠。我也该让她知道，正是她父亲的软弱才酿成她姐姐的死亡。

我本应拉她与我同忾。但我没有，我任她留有她自己的忾愤，现在这忾愤很大一部分都对准了我。

她来我房间时，我常常装睡，或者转过脸不看她。她有好多东西要向那些老者以及她父亲遣来的那四人倾诉。我看出，他们也渐渐对她厌烦。

但是有一日，她似乎比往常更加焦虑，于是我开始认真听她讲述。

“埃癸斯托斯，”她说道，“晚上在走廊里走动。他在我屋里出现。有时候夜里我醒过来，他就站在床尾对我笑，然后退到阴影里去了。”

埃癸斯托斯是被挟持的人质，按我丈夫的说法，他被关在地牢受我们照顾已超过五年了。人们都觉得要好好养着他，不能让他受到伤害，因为他是一个耀眼的战利品，聪明、英俊而又残忍，人们告诉我，边境的蛮荒之地有很多他的手下。

我们的军队最初攻下埃癸斯托斯家族的本营时，没有人能够参透为何每个清晨都有两个我丈夫的守卫被发现卧于血泊之中。一些人觉得这是个诅咒。于是卫兵被派遣去护卫守卫。探子则被安置整夜放哨。但是每个清晨，第一道曙光降临时，仍会有两个守卫被发现脸朝下卧于血泊之中。很快人们相信埃癸斯托斯便是凶手，并获得了证实，因为他被挟为人质后，就再也没有守卫遇害。他的手下提出要将他赎回，但是我丈夫见埃癸斯托斯的地位如此重要，便觉得将之扣住，囚禁起来，比发兵去扑灭他逃入山林的手下要有效得多。

我丈夫和他的参谋们见面时，经常逗乐地问，那些被征服的领地有没有不规矩，当听说一切都好时，他就会笑着说道："只要我们还把埃癸斯托斯扣在这里，那天下就会太平。要确保他被锁得牢牢的。每天都要检查一遍。"

随着年月的流逝，总有话语谈及我们的这个囚犯，谈及他良好的举止和英俊的面容。几个服侍我的女人说到他如何驯服那穿过他牢房高窗的飞鸟。其中一个也低声对我说埃癸斯托斯知道如何引诱年轻女人去他的牢房，甚至还有小男仆。有一日我问那些女人为何都在忍着笑，最终她们解释说，她们中有一人听到埃癸斯托斯牢房里回响着链条叮叮当当的声音，于是就在外边站着，结果看见一个小男仆出来，面上表情鬼鬼祟祟、怯怯羞羞的，逃回厨房继续干活去了。

在我出嫁那会儿，我的母亲也曾告诉我一些事情。她说起一个故事，我的公公曾在暴怒中下令将埃癸斯托斯的两个同父异母的兄弟杀死，往人肉里填入香料烹煮，在宴会中献予他们的父亲食用。现在当我想起那囚犯时，这个故事就居留于我的心头。如果给他机会，他可能有其自身的理由去向我的丈夫复仇。

当厄勒克特拉再度提起她看到那囚犯站在她的房间里时，我告诉她她是在做梦。她坚持说她没有。

“他把我弄醒。低声说了些什么，我听不清。在我能把守卫叫来前，他就消失了。然后守卫过来了，他们赌咒说没有人经过，但他们错了。到了夜里，埃癸斯托斯就在宫殿里穿梭。问问你手下的女人吧，要是你不相信我。”

我告诉她我不想再听到这事。

“它每发生一次，你就会听到一次。”她挑衅地说道。

“听起来你还挺希望他出现似的。”我说道。

“我希望我父亲回来，”她说道，“那样我才会觉得安全。”

我本想告诉她，要求她那父亲关心女儿们的安危，可不是那么有把握的事，但最终我还是向她进一步地询问起埃癸斯托斯。我让她描述一下他。

“他不高。我醒过来的时候，他扬起脸来对我笑，好像认识我。他的脸是少年的脸，他的体格也很少年气。”

“他被关在这好多年了。他是个杀人犯。”我说道。

“我见到的他，”她回道，“就是那些瞧见他被拴于牢房的女人所瞧见的模样。”

我开始早睡，这样醒来时天依旧是黑的。我注意到周遭的寂静。门外的守卫还在沉睡。在某些夜晚，我练习光脚从一个房间走到另一个房间，几乎屏住呼吸。也并不走远。我能听见的唯一声音就是远处某个房间里男人的鼾声。我喜欢这声音，因为这意味着我弄出来的声响无足轻重，不会轻易被人听到。

现在我有一个计划，这计划涉及找到埃癸斯托斯并寻求其支持。

过了一周或更久的时间，我冒险潜入了这建筑的深处。我想，如果有人发现，我就假装是在梦游。然而，我无法确切地知道埃癸斯托斯被关在何处，是在厨房和仓库之下的那层地牢呢，还是在外面的某个地牢。

在夜晚的那些艰难时刻，万籁俱寂，我开始出没于走廊。也就是在那样的一个夜晚里，我无意间与我们那人质迎面相遇了。他如厄勒克特拉所描述的那般年轻、少年气，丝毫看不出已在地牢里关了很多年。

“我一直在找你。”我低语道。

他不害怕，也并不准备转身逃跑。他镇定地检视着我。

“你是那个被献祭了女儿的母亲，”他说道，“你曾被关在一个洞里。你一直在这走廊里走动。我一直在观察你。”

“你要是出卖我，”我答道，“那被守卫找到时，你将是一具尸首。”

“你想要什么？务必直接一点，”他说道，“我在你这儿若是派不上用场，也许在别人那儿可以。”

“那我会派守卫到你门口整夜看着你。”

“守卫？”他笑问道，“我认识他们中的关键人物。什么也瞒不了我。现在你想要什么？”

我即刻做了决定，但当我说话时，我知道在早些时候我便已做出了决定。现在我已准备就绪。

“那四个人，”我说道，“随我们从军营回来的那四个，我要他们死。我可以引你去他们睡觉的地方。他们门外有守卫，但是晚上守卫都在睡觉。”

“一晚上把四个全杀掉？”他问道。

“是的。”

“那你拿什么报答我？”

“我的一切。”说完，我将一根手指放到唇上，尽可能悄无声息地回到了我的住处。

此后没有什么事情发生。我意识到也许我过于冒险了，但我也明白，倘若真发生什么事情，那我还得冒更多的风险。我监视着那四个守卫。我也监视着我丈夫出征前留下的那些老者。我小心听取女人们的私语和流言。我以俄瑞斯忒斯为借口在我住处以外的区域游荡。我追随着他与其中一个守卫及其幼子斗剑，这守卫的儿子总是陪着他的父亲。在那段特殊的日子里，关于我们军队如何得胜的传言四起，我知道事态将会有所迁移、变化，我也知道将会有人给我讯号，哪怕是不经意地，这讯号将襄助我，在阿伽门农凯旋的正式消息传来之前。

每一个夜晚，我都无声地穿行于走廊，然后回屋睡觉，常常睡到黎明过去，睡到俄瑞斯忒斯来我身边才醒，他仍是满身活力，满嘴谈论的都是他的父亲、士兵和战剑。某个那样的夜晚，在沉沉的睡眠中，我被窗边一只猫头鹰的尖叫以及随后的其他声音弄醒。我躺在那儿听，听到门外有脚步声、人声，有人在朝守卫大喊，务必要用生命来保护我的安全。

我走到门边，他们不会许我出去，也不会许任何人进来。然后声音越来越大，我听到有些人在大声地发号施令，其他人在奔走，以及厄勒克特拉尖利的嗓门。然后两个男人仓促地冲入我的房间，带着俄瑞斯忒斯。

“出什么事了？”我问道。

“那四个随你回来的人被发现时全身都是血，被他们的守卫杀死了。”其中一人道。

“他们的守卫？”

“不用担心。那些守卫已被处死了。”

我走出门外，看见尸体沿着走廊被抬了出去，于是回到屋内和俄瑞斯忒斯轻声地说话，以转移他的注意。当厄勒克特拉进来时，我示意她不要在兄弟面前提及方才发生的事情。很快她便厌烦于噤声不语，走了，留我们母子一片清静。她再度回来时，对我低语道，她已与那些老者谈过，老者们确信这是守卫和那四人因卡牌或骰子游戏而起的一场纷争。当时他们在喝酒。

“那些守卫的脸上全是血，”她说道，“匕首上也是。他们一定喝多了。现在他们没法再喝，也没法再杀人了。”

这不过就是人们之间的一场纷争，厄勒克特拉补充道，等她父亲回来，这事对他来说似乎也微不足道。她已用我的名义下令禁止一切骰子、卡牌游戏。也禁绝一切饮酒，她说，直到阿伽门农归来。

我和俄瑞斯忒斯朝户外走去。我与他轻声地说话，一路上我们边走边寻找可进一步训练他剑艺的兵士。

我想，在夜间的走廊里跑那么远过于危险。在那些黑暗的时刻，我就待在我的门边，观察着，倾听着最为细微的声音。

一天夜里，埃癸斯托斯出现了，我知道他终会出现，如同一只循着影迹追踪的狐狸，他把我召到一个无人的房间。

“我手下有一些人，”他低语道，“我们现在已准备就绪。我们可以干任何事。”

“去每一个被我丈夫留下来管理国事的老者的家里，”我低语道，“每家都带走一个孩子。儿子或孙子都可以。你的人要告诉他们，是我下的命令，如果他们想要孩子回去，那就得来找我。把那些孩子带远点。别伤害他们。要确保他们的安全。”

他笑了笑。

“你确定？”他问道。

“是的。”说完，我悄然离去，回到了我的房间。

过了好些天，什么事情都没有发生。传来了更多关于阿伽门农获胜以及运送大量战利品回宫的流言。当人们清楚地看到，一旦阿伽门农将一些更远的地区划入自己的掌控，那就是他归来的时候，那些老者来找我商议了。

“我们必须为他准备一个适宜的欢迎仪式。”他们说完，我便鞠躬点头，向他们征得许可将俄瑞斯忒斯以及厄勒克特拉召进屋里，这样他们就可听闻他们父亲的荣耀，也可为父亲的归来做好他们自己的准备。俄瑞斯忒斯郑重地走进来，身上带着剑。他像个成人一样听着，也不笑，只模仿着做出一副成人的姿态。厄勒克特拉则请求说，她应该第一个迎接她的父亲，要先于我或其他老者，因为在我离家时，她是留下的那一个，也是确保其父亲的政令畅行的那一个。对此众人并无异议。我鞠了一躬。

过了几日，在天亮后的那段时间里，几个女人来到我的住处说道，那些老者想要见我，他们在天亮时一个个聚集起来，看起来很是焦虑不安。事实上，他们中有几个本想来我房间见我的，但被告知我在睡觉，不能打扰。我派一个女人去找俄瑞斯忒斯，以防他过来寻我，并要那女人陪他去往花园。我仔细而缓慢地穿戴。我想，把那些人晾在那儿等会更有好处。

他们劈头就问我被掳的孩子现在何处，随即，我就反问他们："什么孩子？你们说被掳是什么意思？"他们才意识到自己说得太急了。

"你们来这里做什么？"我问他们。

他们彼此间相互打断地解释道，夜里来了群人，全是陌生人，带走了一个男孩，是他们的儿子或者孙子，每一群闯入者都说是奉了我的命令行事。

"我没有下过什么命令。"我说道。

"那关于这事你知道些什么吗？"其中一个问道。

"我只知道我在睡觉，然后被吵醒，说你们来了。这就是我所知道的。"

他们中的几个这会儿已在焦急地往后退了。

“你们找过这些孩子了吗？”我问道，“我确信这是我丈夫会要你们做的。越早开始找越好。”

“我们被告知那样找是不会有结果的。”其中一个说道。

“那你们就信了？”我问道。

他们开始彼此交谈，直至厄勒克特拉到来，然后他们离我而去。我一整天都独自待在屋里，或者在花园陪俄瑞斯忒斯。我注意到现在守卫们变得更不安，也更警惕了，于是我决定今晚以及随后的任一夜晚，我都不会离开我的房间。而这样的日子不会持续多久了，我终将在白日里，在充足的光线中，去往任何我想去的地方。

忒俄多托斯，老者之一，他们中最为杰出、机敏的一位，在那天稍晚的时候来见了我。他说，他被掳走的孙子是他仅有儿子的唯一孩子。那孩子名唤利安德，很多事情都得靠他。他们希望他能成为一个伟大的领导者。听他说时，我尽我所能地表现出同情。当他最终问我是否真的无能为力，真的一无所知时，我犹豫了。我和他沿着走廊前行，分别时，我说道：“到一定时候，会有消息传来的。眼下，你可否告诉其他人，如果有人在阿伽门农回来前试图去联系他，递关于此事的消息给他，或者在他回来时告诉他此事，那这些做法将不会有任何用处。绝对没什么用处。但是，如果你和他们能保持沉默，顺服律法，那才算是明智的，并且将会看到希望。你能把我这意思转达给其他人吗？”

我建议他近期内再来见我一次，也许到时就有消息了也说不准。我确信在今天过去之前，他会告诉其他人，他相信我知道掳走孩子的人是谁，甚至从我的说话方式推测出，有可能是我一手策划了这出绑架。

那天夜里，我看到人们的性情起了变化，甚至守卫也是如此。他们看起来更加谦卑，几乎是在恐惧了。唯一没有变的是厄勒克特拉。她告诉我，人们已在四处搜寻孩子，并且她同意他们所说的，这事与土匪脱不了干系，我们必须在阿伽门农回来前的这短短时间里，保持更多的警惕。她说话时那样子，仿佛一个掌控全局的人。

两天后，更多关于我方在战争中获胜以及俘获大量奴隶的流言传来，我独自穿过宫殿，来到厨房和仓库，询问埃癸斯托斯被关于何处。起初，没有人愿意告诉我。当我表示没有看到他被关于何处就决不离开时，他们将我带进一间仓库，仓库地上开了一道暗门。

“他的地牢就在这下面。”他们对我说。

“去拿个火把。”我说道。

我们顺着梯子来到下面的楼层。

“埃癸斯托斯在哪里？”当看到三扇窄门时，我问道。

他们仍不愿告诉我，直到我清楚地表明我不仅下定了决心，还已经失去了耐心时，他们才妥协。一扇门最终打开，我看到我那猎物正坐在角落愉快地逗着一只鸟。房间里有些家什，包括一张床。一个极小的窗户透进一线光亮，照亮了整个房间。

“除非你把邻近牢房关的人都放了，否则我不能跟你走。”他说道。

“那边有几个人？”

“两个。”他说道。

当我要求察看另两个牢房时，守卫变得越来越不安了。

“我们没有权力打开这些牢房。”其中一个道。

“我就是权力，”我回道，“从现在起，你们将向我汇报情况。把牢房打开。”

正中那牢房里一丝光都没有。开门后，也不见有人出现，我相信它是一直都空在那里。在最后那间牢房里，有一个年轻人，似乎很怕我们，说要见埃癸斯托斯。我告诉他我们将释放他，因此他可以自由地走出去，自个儿去埃癸斯托斯的牢房里找他，但他却摇摇头说，在和埃癸斯托斯说上话之前，他不想离开自己的牢房。然后从正中那牢房里传出一个低沉而空洞的声音，听起来像人声，却并没有言词。当拿起火把走进牢房时，我发现有个老人待在角落。我慢步离开，返回去找埃癸斯托斯。

“那两个人是谁？”

“自我们有记忆以来，那老头就已经被关在这儿了。没有人知道他是谁，为什么关在这儿。现在，我需要和另一个说说话。”

“他是谁？”

“我不能说。”

埃癸斯托斯走出他的牢房，去到那年轻人的牢房里。他关上门，以防被他人听到。当他俩一起出现，并且埃癸斯托斯开始发号施令时，我往后退了退，看着他，很是诧异。

“把他的锁链除掉。给他干净衣服和吃的，”他说道，“留他在这儿直到天黑。然后他就可以上路了。给那老头也除掉锁链，把他的牢房门开在那儿。给他点东西吃，然后让他也走吧。”

而后他稍停一会儿，笑了。

“还得喂那些鸟，”他补充道，“它们习惯被人喂了。”

那随我们下到这阴湿窟窖里的守卫们错愕地盯着埃癸斯托斯，然后朝我看着。就在几分钟前，他还是他们的囚犯。

“照他说的做。”我命令道。

我们一起穿过宫殿来到我的房间，遇上了厄勒克特拉。

“这个人，埃癸斯托斯，”她说道，“既是囚犯，又是人质。他必须回他的牢房去。守卫会把他弄回牢房去的。”

“他是我的保镖，”我说道，“在你父亲回来之前，他会一直跟着我。”

“我们有我们自己的守卫。”她说道。

“喝得烂醉杀了四个人的那种守卫？”我说道，“埃癸斯托斯会留在我身边做我的守卫。任何人想要见我，或者想跟我说话，都得意识到，有他在我身边守卫。”

“我的父亲会想要知道——”她正开口。

“你的父亲会想要知道，”我便打断道，“他派来此处的那四个人身上究竟发生了什么，那四人是他的密友，而且他也会想要知道，被掳走的孩子身上又发生了什么。现在是最危险的时候。我建议你还是也防范起来为好。”

“没有人敢碰我。”她说道。

“既然这样的话，那你就完全不用防范了。”我说道。

很快，许多老者到了，想要见我。我命令埃癸斯托斯与我在一起时不许说话，且要走在我后头，始终保持沉默。

他答应了一声，仿佛这是一个有趣的游戏。

我向老者们解释道，在阿伽门农归来前的这段日子里，我们所有人都务必小心。务必提高警惕，务必不要再出任何事端，以免让我丈夫觉得我们还未做到万分的小心。为此，我为自己找了一个保镖。

“埃癸斯托斯一直是囚犯，”他们中一人道，“他是个杀人凶手。”

“很好，”我说道，“这样他就会把任何不经允许就靠近我房间的人都杀掉。等我丈夫阿伽门农回来，他自会对所有事项作出决断，到时我们也会更加安全，但在此之前，我要保护好我自己，我建议你们所有人也照我这么做。”

“埃癸斯托斯知道我们的儿子和孙子们在哪儿吗？”有人问道，“他有很多手下。”

“手下？”我问道，“这个人所知道的，无非就是我告诉他的一些。我已经与他说了，这里发生了一些严重的骚乱，他的任务就是在阿伽门农回来之前，保护我和我的儿子、女儿。而我的丈夫将会有很多话要和你们说吧，关于你们怎样容许孩子们被掳走，容许他最信任的那些人被他们的守卫谋杀。”

他们中有一个似乎想要说话，但随即又止住了。我能看出他们有些害怕。

我让忒俄多托斯单独来见我。他看起来很热切，想要知道是否有关于他孙子的消息。

“等我丈夫回来一两天之后，我们再跟他提这事。但你和我一样了解他。他听到这些玩忽职守的消息是不会高兴的。所以等一切平静下来，他也睡足了，我们再跟他说这件事。也只能这样办了。我们不希望他把气撒在我们头上。”

“是的，这样做很明智。”他说道。

埃癸斯托斯一直都在听着，他跟在我后面进了我的房间，我们发现俄瑞斯忒斯和几个女人待在屋里。我看到俄瑞斯忒斯在怀疑地检视埃癸斯托斯。他不清楚这个新来的人是有职责陪他斗玩的守卫呢，还是代表着高于守卫的级别，因而不能受命参与斗剑。在他做出判断之前，我就唤女人们将俄瑞斯忒斯带走，并给他找一个能陪他玩斗剑游戏直到他玩累的守卫。

随后，我命令埃癸斯托斯让其手下戒备起来，要他们在山头间游走，并做好点燃信号火光的准备，以便告诉我们阿伽门农所在的位置，以及多久之后他和他的随行人员将会出现。他消失了片刻。再度出现时，他说本已有瞭望的人手，但现在会增派人去，并且他们将获得在山上点火的许可。

“你刚才去哪儿了？”我问他。

“我有些人手在附近。”他答道。

“在宫殿里？”我问道。

“是的，就在附近。”他重复道。

那一晚我独自在桌前吃饭，同往常一样也是那些女人侍候我进餐。她们带给埃癸斯托斯的食物则摆在门边的一张小桌上。

俄瑞斯忒斯入睡后，我唤人将他带走，同往常一样，带回他自己的小房间里。

埃癸斯托斯坐于阴影中，并不说话。只有我们俩。在我制订的所有计划里，我都不曾考虑过此时可能发生的事情。我在我脑海中略去了任何亲密的想象。然而，我能确定的是，我并不想他离去。虽然我推测他已有所武装和戒备，但我想只要一句话，我还是能将他送回他的牢房。

在阿伽门农归来前，我需要对他确信无疑。但我仍不能确信。他就打算整晚坐在那儿看着我吗？要是我睡着了，我怎么知道他会不会离开，或者伤害我呢？

我意识到，他有选择的余地。他可以逃跑来保全自己的性命。或者可以等着，看看还能捞到什么东西。毕竟，我曾允诺他我的一切。他是如何理解我所说的意思呢？我不能确定，因而我也看不出他将会怎样。

他盯着我看，脸上的笑容变得更为羞怯、幽暗。如今在我们之间的沉默中，我明白了过去的日子里我阻止自己去想的事情。我意识到了，自我第一次听说这监禁中的囚犯时便遏制自己去想的事情。我要他入我的枕衾。我见他已明白此意。但他仍没有行动。我丝毫看不出，倘若我下令要他穿屋过来，他会如何应对。

他看着我，继而低下了头。他如同一个少年。我知道他在权衡将要做的事情。我会等他做出决定。

不知过了多久。我点起黯淡的火把，脱衣准备就寝，埃癸斯托斯一直观察着我。准备完毕我就熄了火把，我们被笼于黑暗之中。我想可能到天亮，他也依旧这样看着我。他随时都有机会离去，消失。如果他这么做，那被掳的孩子就送不回来了，或者他会去把他们赎回。我想我是过于冒险了，但我又别无选择，或者是我自以为别无选择。我怀疑忒俄多托斯才是个更好的结盟者。他似乎存有与我推心置腹的意愿。我正思忖着我是怎样让他生起这般意愿的时候，埃癸斯托斯穿过房间，弄出足够声响让我知道他在走近我的床铺。我听到他脱去了衣服。

他的身体瘦削。他的脸，当我触碰时，显得小巧而光滑，几乎像女人一样。我注意到他胸口有些毛发，然后是两腿间的硬毛。直到他张开小小的嘴，将舌头缓缓移向我的舌头时，他的性欲才被唤起。当我含住他的舌头，他倒吸了一口气。

我们没有入睡。黎明时分，当我看向他时，他笑了，这笑意味着他已得满足或者可能很快将得满足，而如我日后所知道的，在极度的阴谋和残虐之后，这同样的笑也会点亮他的脸庞。

但当我告诉他我的计划时，他的脸上就没了笑。得知我准备在丈夫战后归来时将之谋杀，埃癸斯托斯变得严肃起来。当他发现在这件事上我想得到他的帮助时，他朝我严厉地看了看，然后下床去到窗边，背对我独自站在那里。转过身时，他脸上的表情几乎怀有敌意。

“所以这就是你想要我做的？”他说道。

“我会自己去杀，”我说道，“我不需要你去做这事。”

“但是你需要我的帮助？这就是我在这里的理由？”

“是的。”

“还有谁知道？”他问道。

“没有了。”

“一个都没有？”他边问，边直勾勾地盯住我，以手指天，仿佛在询问我是否已祈得诸神的允许来执行计划，“一个人都没有商量过？”

“没有。”

而后，他脸上浮现的表情令我战栗。

“时机来临时我会帮你，”他说道，“你可确信我会帮你。”

很快，他就找到老妇人，那个会使毒的编织者，并将之带回宫殿，然后把她的孙女也带了来。那些日子里，我开始造访厄勒克特拉的房间，与她商讨我们为迎接其父归来而将设计的仪式，同时埃癸斯托斯则候在外边，如同一只忠犬。我们筹划得一丝不漏。我告诉她俄瑞斯忒斯将第一个迎接他的父亲。他的剑术已经熟练，并且我们说将允许他在阿伽门农的部下欢呼之时，和他父亲来一场短时的模拟斗剑。而后厄勒克特拉将迎接她的父亲，向他保证他的王国依旧安宁，子民依旧守法，忠诚于他，与五年前他离开时并无二致。

当厄勒克特拉问到她是否可在言语中提及伊菲革涅亚的名字时，我说不行，他父亲的心绪在长年征战之后可能会变得极易阴郁，因此她以及任何人都不该说出任何将会破坏他的欢迎仪式，破坏他幸福感受的言语。

“我们的任务就是使他觉得安逸，”我说道，“因为他将重新置身于他所爱的人群当中。这也是他从离开我们起就一直在考虑的事情，这荣耀的回归。”

阿伽门农到来前的一段时间里，山头上燃起了火光，提醒我们他的临近，我注意到周围一股紧张的气息。我确保每天能见到厄勒克特拉。当她问到埃癸斯托斯会否出现在迎接其父的队列中时，我说不会，他不会在队列里。我说道，要过个几天，我才会向阿伽门农解释，在这些日子里我觉得自身是多么地不安全，以及我是多么地需要一个人来保护俄瑞斯忒斯。她默默点头，似乎对此表示同意。我热情地拥抱了她。

我和每一位老者都谈及在向阿伽门农致欢迎辞时应使用怎样的语气。他们如此迅速习惯了埃癸斯托斯安静的存在，这简直令我发噱。流言在宫殿中急速传播，因此他们必然已知晓，他夜夜与我同床；他们也必然想要知道，等阿伽门农回来时，会有何事降临在埃癸斯托斯的头上，甚至是我的头上。

埃癸斯托斯与我经常演练这动乱或骗局中的每一种可能性。我们详细地讨论我丈夫回归那天将会发生的事情。我们商定，阿伽门农一准备踏入宫殿，我们就得分散厄勒克特拉的注意力，将她禁闭于某处，直至事件全部结束。俄瑞斯忒斯则会被送往某个安全之地，如此他也不会看到将要发生的事情。

埃癸斯托斯告诉我他手下有五百人待命，每一个都完全忠诚于他。这些人将会分毫不差地照命令去做。

我抱住埃癸斯托斯，心中却依然忧虑，在我丈夫回来的最初几个小时里，可能会出什么差池引发他的怀疑。这必须是一个开放的欢迎仪式，我想，也必须完全如节日一样喜庆。埃癸斯托斯自己及其部下决计不能出现。因此，我要做到，使这归来的战士觉得一切都如其本应所是的样子。

商定了一场欢呼迎接的盛大编舞后，我们激烈地交合，意识到自己担负着的风险，但也同样意识到可能会有的收益和缴获。

*

我们已能看到战车远远地闪耀，他们来了。我们派守卫跑上前去迎接他们，我们中的每一个，则扮演各自的角色。首先，俄瑞斯忒斯带剑在前。然后是他的姐姐，厄勒克特拉。再后则是各老者，每人都有一句不同的致辞，以表欢迎或称颂。而我将站在这一切之上，注视，微笑。最后，我会走向俄瑞斯忒斯——现在的他紧张而又兴奋——走近我的丈夫，证实厄勒克特拉所言非虚，他的王国与子民正如他离开时那样，安宁，忠诚，等待他的君临。而宫殿内部，在我们住处的下层，埃癸斯托斯与其手下将会等待，没有一点声响，甚至连一丝低语都没有。但在主要的廊道里，他将会留下若干守卫，他们准备就绪，将遵照我们的命令行事。

阿伽门农直立于他的战车之上。看起来他变得更伟岸了。看到我们在等他，他得意极了。当发现他注意到我时，我确保自己的神色里带有自豪，继而是谦逊。即便看到战车上另有一个女人站在他身边，年轻而又貌美，我也还是给予他们二人一个庄重、淡漠的微笑，然后我使这笑柔化，变得和煦。当俄瑞斯忒斯靠近时，阿伽门农大笑起来。他拔出自己的战剑，开始与儿子竞技，同时呼喊他的部下前来助他战胜这个有名的勇士。

我们已训练过俄瑞斯忒斯，要他让到一边，返回宫殿在我房里等着，他相信很快就可以在那里与父亲会合。而后厄勒克特拉走上前去。她身上洋溢着庄严、自负和严肃的气息。她向她的父亲及其身边的女人鞠了一躬，说了那些我们曾商定的话语，然后又鞠一躬，与此同时，她的父亲逐一向老者们致意。很快，一群老者就聚拢在他的战车周围，听他讲述他所赢得的战役，并听他详尽地说明那些为他带来胜利的绝妙策略。

随后我示意手下女人拿来花毯，铺在阿伽门农的落脚点和宫殿的入口之间。他牵起身边女人的手，那女人年轻、骄傲，敞开身上的披篷，露出内里一袭红袍，华美无方。与他走上花毯时，她任自己的头发披散。她也任自己的眼神四处游走，仿佛这一个国度，在她梦中常为她所有，而变为现实也只是为了使她满足。

“这是卡珊德拉，”我的丈夫说道，“她被我们俘虏。是运送到我们这儿的礼物和战利品的一部分。”

卡珊德拉抬起她美丽的头颅，傲慢地与我目光交接，好像我是来到这个世上服侍她似的；然后她看向厄勒克特拉，后者正惊讶地凝视着她。现在其他的许多战车也到了，有一些载着财宝，其余的则装满了奴隶，他们双手都被缚于身后。卡珊德拉远远站开，鄙夷地瞥视着这些被带走的奴隶。我走向她，邀请她进入宫殿，并示意厄勒克特拉也得跟上。

我们进了宫殿，留阿伽门农在外讲述更多的事迹，他洋洋得意地挥舞双手，开始给手下分配起奴隶。一进宫，卡珊德拉就变得忧虑起来了。她问我是否可以重新出去找我的丈夫，我说不行，我们女人必须待在里头。

她以受惊的语气说到危险的网袍，说到罗网和危险的编织物，在那一刻，我们很可能会前功尽弃。在提到谋杀时，她放低了声音。她能看到谋杀，她说道；她能嗅到谋杀。厄勒克特拉出现时，因太过激动于父亲的到来而没有听到卡珊德拉在说什么。我让厄勒克特拉去检查筵席要用的桌子。我知道埃癸斯托斯的人会等着她。我也知道俄瑞斯忒斯将会被两个守卫带离宫殿。

卡珊德拉还在继续说着，音调越来越刺耳，要求获得准许回到我丈夫的身边，我让守卫带她去里边的一个房间。我吩咐其中一个守卫，倘若我丈夫过问，就告诉他说卡珊德拉想找个地方休息，我们已找了最舒适的客房给她，她似乎也十分满意。

然后我独自站在宫殿门口，等待着，正值一列列战车临近，欢呼声再三地响起，我的丈夫将一个讲过的事迹不断重复，重复给那些渴望他迷人的笑容，渴望他熟悉的气息，渴望他丰富多彩的声音的人们。

现在我已使尽浑身解数。我不说话，不走动。我不皱眉，也不微笑。我看着阿伽门农，仿佛他是神祇，而我过于卑下，甚至卑下到连站在他面前都不够格。我的任务就是等待。那些人中只要有一人说出一声警告，就足以改变一切。但我观察着他们，看出他们并没有机会说话。阿伽门农正在吹嘘他所挨过的危难。没有人能戳破他膨胀、自满的发言。

然而，他与他们待得越久，他们越是惬意，形势就越是危险。如果他不赶紧离开他们，那么我想，他们中会有人低声给他一个警告，而这就足够了。他的所有守卫都在他身旁。他们也在大笑，炫耀着他们的奴隶。只要一句话，一切都可能转变。

我冷静地观察着，当阿伽门农径直向我走来时，他的脸庞饱经风霜，举止却显得坦率、友好和亲切，我知道我已经赢了。

“卡珊德拉说要洗个澡，”我说道，“以及一张晚宴前可让她休息的床。厄勒克特拉和她一道去了，还有几个女人。”

“好，那就好。”

有那么一会儿，他的表情有些阴翳，但随后又放松下来。

“我就等着这一天。”他说道。

“一切都已为你备好了，”我说道，“厨房里他们已经在忙了。随我去我们的内室吧。我已经命他们将浴池装满了水，我也备了干净衣服，这样晚些时候你出现在筵席上时，胜利的喜悦会更加圆满。”

“卡珊德拉必须住得和我近一点。”他说道。

“我会去安排。”我回道。

“是她的警告，使我在后期的战役中变得更加勇猛，”他说道，“没有她的话，我们是胜不了的。我们能打赢最后几场仗，她有一部分功劳。”

他如此沉浸于讲述，几乎不曾察觉我们在去往何处。又一次地，只要一个警告的呼喊，一个古怪的声音或景象，都将使他停下脚步。但是什么都没有，只有他自己的声音在絮叨，他开始描述起战役的细节，并告诉我还有哪些缴获尚在送来的路上。

我们进了房间，房里的浴池已注满了水，我知道我不可拥抱和触碰他。那样的时日已过去了。现在我是他的仆人，我为他褪去长袍，试了试水温。不寻常的是，当他裸身站在屋里，自始至终滔滔不绝时，我竟突然觉出一丝强烈的情欲。他曾是迷人的。我觉出这旧时的柔软渴望，而正是这渴望，或者说是我身上起的变化，坚定了我的决心，使我愈加清楚地意识到，既然我的情绪可以起变化，那么他的情绪也可以轻易地转变。这提醒了我他可能很快就会起疑。而一旦起疑，他就会醒悟过来，任由自己被领到这里是多么地盲目，以及身处此地而没有一个守卫在身边是多么容易被谋害。

我原本计划等他沐浴结束，寻毛巾擦身体的时候再下手，可现在我知道不能再迟疑了。我等待他背过身那一刻。那网袍正挂在墙上的吊钩上。当他一只脚踏入浴池时，我到他身后，拽下网袍罩住他身并收紧，像在竭力保护他一样。刀则藏在我的长袍里。

我看到他试图挣扎叫唤。但因浴袍的缘故，他无法动弹，他的声音也无法被人听到。我抓住他的头发，把他头往后扳。我向他亮出刀，先拿刀指着他的双眼，他缩了一下，我就朝他耳下颈项处刺去，同时往旁边挪了挪身子以免被血喷溅到，然后，我将刀刃往颈项里推得更深，开始缓慢曳刀穿过他的咽喉，深深切入他的皮肉，血液和缓而汩汩作声地一波一波冒出，流经他的胸口，流入浴池的水中。然后他倒下。事情做成了。

我悄悄地沿着走廊，去到下层，在商定的地方找到了埃癸斯托斯。

“我把事情做成了，”我低语道，“他死了。”

然后我撤回自己的住处，吩咐两个守卫，除了埃癸斯托斯，谁都不许来打扰我。

不一会儿，埃癸斯托斯来了，他让我放心，俄瑞斯忒斯和厄勒克特拉都已被护送去安全的地方。

“那卡珊德拉呢？”我问道。

“你想要怎么处置她？”

这下轮到我笑了。

“你想要我这么做吗？”他问道。

“是的，做。”

她曾一身荣耀地向我们走来，如今却一身耻辱，她在宫殿中穿行奔走，四处寻找阿伽门农，预言在他身上已发生了某种变故。埃癸斯托斯则在她身后缓步跟着。当看到她时，我冷静地引她入浴室，浴室里她可以看到我丈夫裸身伏在那儿，头埋在血水里。她咆哮起来，我把对付过阿伽门农的刀递给埃癸斯托斯，表明我将留他在此完成他的任务。

我返回我的房间，找出干净的衣服，为我们计划好的筵席做准备。

埃癸斯托斯还有进一步的工作要做。他的五百手下，如他所承诺的，已下了山。一旦黑夜降临，他将带领他们直接进入宫殿。他们将包围老者们的家，防止他们在赴我们的筵席前相互接触。他也会另派些人将奴隶聚拢到一处，并将战利品保护起来。

那些随我丈夫归来的战士们，将在宫殿庭园的一个厅堂里，接受齐鸣号角和盛大筵席的欢迎，席上则尽是丰馔和烈酒。随着夜色渐深，他们喝得醉醒，又被这欢迎仪式分了神，以致注意不到厅堂的门都给上了锁，而埃癸斯托斯的人将埋伏等着他们。

起初他们会以为是出了差错，就大声唤人帮忙。等门打开，他们出来，在暗沉沉的夜色里解手或检查自己是否安全的时候，就会遭到袭击。人们轻而易举就可将他们各个都捆绑，送往拘押奴隶的地方。等到天明，奴隶和战士们将会在埃癸斯托斯的人马押送下离开。

在山的那边有一块多石的土地要开垦，埃癸斯托斯说道，用以种植葡萄和果树。这将会耗费几年的时间。大部分奴隶和战士会被看守着留在那里，我们一致同意，但其中一些战士一旦被确认是阿伽门农最亲近的人，就要即刻送返。我们会找出那些了解我们辖下的新领土以及知晓阿伽门农留在那里的司掌者名姓的人。这些战士最为了解该如何巩固和守护我们的战中所得。他们将会在我们直接的保护和警觉的监视下为我们效力。

埃癸斯托斯的其他一些手下将留在此处，待那些落伍的部队从战争归来时将之拘留。然后押送他们离开，跟上其他的队伍。他们将尽其所能地没收战利品并维持治安，确保白日里不会出什么麻烦事，黑夜里也不见任何秘密集会与阴谋小团体。他们会像守护自身生命一样守护宫殿。他们中十人，最忠诚也最强壮的十人，被委派做我的私人护卫，将奉命一直待在我的左右。

*

那一晚，宫殿内的筵席开场时，这十人已到了我的房门外。埃癸斯托斯的其他手下也都到了，各自忙各自的事情。他早已将他们训练得机敏，不会大惊小怪。他们不会喧嚣，也不会有胜利的喜悦，有的只是无情的缄默、警觉和对任务的专注。

我穿上自己在伊菲革涅亚献祭时穿过的同一件衣服，那衣服是几年前为我参加她的婚礼而制作的。我把自己的头发梳成同样的款式，脸庞抹成同样的白色，眼周也画上同样的黑色眼线。

尽管宾客和仆人们都已定然知晓，有两具死尸正躺在浴室里，浴室地面铺满了他们的血，但食物还是照常送上，仿佛什么异常事都没有发生。宴饮结束，我面向麇集的人们说道：

“这些男孩，你们的儿子和孙子，将会被释放。在夜间最意想不到的时候，他们会被送回你们家中。如果有任何人试图反抗我，哪怕只是你们私下低语，或是小团体聚会，那么一切都将会中止，他们的人身安全也将遭受巨大的风险。而且，等男孩们回来后，你们得警告他们，决不能告诉任何人他们曾去了哪里，也完全不要提曾被带走的事。”

人们点点头，甚至都不看彼此一眼。我要他们在席间停留一会，便与埃癸斯托斯的手下商定将我丈夫和那女人卡珊德拉的尸体运出，由火把照着，陈列到外头给所有人看，并且要丢在那儿度过今晚和明天，或许还会更久。

我对每个人都道晚安，站在门边看着他们经过阿伽门农赤裸的尸体和卡珊德拉身着红衣的尸体，两具尸体的喉咙都被割开了。这些人从旁边走过，不停留，也不言语。

*

我准备差人将尸体掩埋，所有囚犯都已被带走，宫殿里除却飞蝇嗡嗡外可谓一片安宁，我告诉埃癸斯托斯我希望见到厄勒克特拉和俄瑞斯忒斯。现在正义已得到了伸张，我想要他们在我身边。

数个小时后，当我不得不将这命令重复一遍时，埃癸斯托斯脸上的表情变得阴郁。

“我马上就可以释放厄勒克特拉。”他说道。

“你说释放她是什么意思？”我问道，“她在哪里？”

“她在地牢里。”他说道。

“谁告诉你可以把她关在地牢里的？”我问道。

“我决定把她关进去的。”他说道。

“现在就放了她！”我下令道，“然后带俄瑞斯忒斯来见我。”

“俄瑞斯忒斯不在这里。”他说道。

“埃癸斯托斯，俄瑞斯忒斯在哪里？”

“我们说好把他带去安全地方的。”

“他在哪里？”

“他很安全。他和另外那些被抓走的男孩们在一起，或者还在去关押他们的地方的路上。”

“我要他们现在就送他回来。”

“那不可能。”

“我们必须现在就派人把他找回来。”

“太危险了，没法上路。”

“我是在命令你把他送回来。”

埃癸斯托斯保持了片刻的沉默，我能看出，他很享受让我悬虑不安。

“我会决定他什么时候回来比较合适，”他说道，“我将是那个下决定的人。”

他看着我，带着一副满意的神气。

“你的儿子很安全。”他说道。

我曾赌誓再不犯错误的，可现在我看到自己已完全受他的辖制。

“现在我要怎么做，”我问道，“你才会把他带回这里？”

“这事我们或许可以谈谈，”他说道，“但在此期间，就别担心他了。他会受到很好的照顾。”

“从我这你想要得到什么？”我问道。

“你承诺过的东西。”他答道。

“我想要他回来。”我说道。

“会回来的，”他说道，“不要过分担心，这没必要。”

他鞠一躬，离开了房间。

*

随后的日子里，宫殿里一片宁静。新的守卫夜里不睡觉；他们保持着充分的警惕，准备遵行埃癸斯托斯的命令。我看出他们都惧怕他，这意味着他们不会趾高气扬，亦不会多话。夜里，他来到我的房间，但是我知道，他也曾待在厨房，或者宫里某些有女人聚集的地方，我知道他曾与她们中的一个，或两个，或某个小男仆在一起。

他睡觉时，总有一把匕首在手里。

厄勒克特拉曾来见过我一次，她站在门口盯着我看，直到转身离开也不发一语。

这宫殿依旧是一栋阴暗的房子，似乎在这一处所里，仍有人能在黑夜里游荡，而不为任何人阻止。一日清晨，在黎明的曙光中，我心神不宁地醒来，发现有一个小姑娘在床尾注视着我。

“伊菲革涅亚！”我大声呼喊，“伊菲革涅亚！”

“我不是。”她低语道。

“你是谁？”

“我的祖母做了编织的活。”她说道。

然后我才意识到，自阿伽门农死亡那天起，在我们留心处理的所有事情中，我们遗忘了这小姑娘和她的祖母。

埃癸斯托斯完全清醒着。他麻利地说道，会立即安排她们返回那青黑色群山的村庄，我们把她们绑来的那个地方。

我下床走近这姑娘。她并不惧怕我。

当我牵起她的手走向厨房，以确保她和她的祖母都有东西吃时，清晨的日光柔和而又金黄。万籁俱寂，唯有鸟儿在歌唱。

很快，我想我就会找到法子恳求埃癸斯托斯把俄瑞斯忒斯带回我的身边。因为我对他构不成威胁，我不会反抗他。我会与他合作。

我想，在最终俄瑞斯忒斯归来之时，我会与他轻柔地说话，正如我会与他的姐姐交谈，盼望着既然秩序已得恢复，那么我便可与他二人一起安适度日。我看到俄瑞斯忒斯长大成人，向我和埃癸斯托斯学习如何将权力的缰绳牵拉，松开些，又再次牵拉，并在合适的时机将之绷紧，纯熟地施加控制。我甚至想象厄勒克特拉变得顺服、安静，不再怨愤。我会与她在花园里一同散步。

当牵起这小女孩的手时，我看到我们的未来或许能不再见血。若是埃癸斯托斯能学会信任我，那这可能会非常容易实现。也许最坏的已经结束。很快，一切似乎都会变好。很快，我就会让埃癸斯托斯相信，他可以得到他想要的一切。

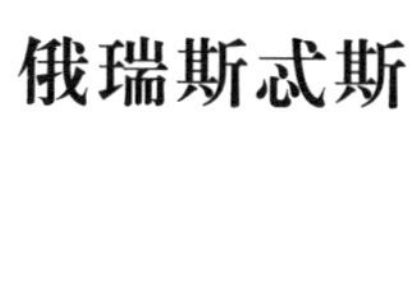

俄瑞斯忒斯

在宫殿里头，俄瑞斯忒斯觉出一种古怪的空旷和寂静。他想，仆人们一定已设法跑到外头，也去迎接他取得胜利的父亲了。在去往他母亲房间——是她让他去的——的路上，他觉得自己渺小又孤独。

他真希望母亲派人来陪他，也许是个内行的剑士，或者精于打靶练习的人，他们可以协助他，为他在父亲面前进一步展示技艺做好准备。

在母亲房里，他寻了块地坐下。他把他的剑放在地上，等着。他仔细地听。他起身回到走廊，在那儿等，前后看看，却并没有人影。他决定走回正门，或许能找到母亲，然后问问她，他可否和她待在一块，或者和厄勒克特拉待在一块。

提步向前时，他听到了人声。有人在其中一间屋里交谈，这些屋子和守卫睡觉的地方相去不远。他认得屋内守卫中的几个。有一个喜爱斗剑，邀他赛上一场比比高低，并提议往外边走，去宫殿背后的花园里。俄瑞斯忒斯不知此时是否合适，他担心母亲可能会来找他。但是有某种与那人的热忱和微笑神采相关的东西，使他觉得轻松，并准备默默地顺从。屋里其他三个守卫则显得严肃和冷淡些。

“你能告诉我母亲我们去哪儿了吗?”他问他们中的一个。

那人一同意,他就觉得更放松了,跟着守卫向花园走去。

他们斗了一会儿,另有两个俄瑞斯忒斯认识的守卫出现了。一个很友善,唤出了他的名字,另一个则冷漠些,心事重重的。俄瑞斯忒斯想要知道,如果先前的守卫斗累了,这两个守卫中的一个或者甚至他俩是否有技术陪他斗玩。然而,冷漠的那一个当即就过来终止了斗剑。

“你的母亲说,我们要带你从小路走,这小路可以通到大路,”他说道,“筵席将会在那儿举行。”

“她什么时候跟你说的?”

“就刚才。”

“我的父亲知道吗?”

“当然知道。”

“他会去筵席吗?”

“当然会去。”

“那厄勒克特拉呢?”

“去的。”

“那埃癸斯托斯呢?”

“我们被吩咐要带你去那儿。”

“也许在筵席开始前,我们会有时间来斗一下剑。”友善的那一个说道。

“我想我应该等我母亲来。”俄瑞斯忒斯说道。

“你母亲已经过去了。”另一个守卫说道。

“去哪儿了？”

“我们要去的地方。”

俄瑞斯忒斯考虑了片刻。两个守卫朝他走近，一人一手搭在他的肩上。他们将俄瑞斯忒斯带离了宫殿。

“我们要快一点，才能在天黑前赶到。”他们中一人说道。

“可其他人怎么过去呢？”

“他们坐战车。”

“我们不可以坐战车吗？”

“战车是给那些打完仗回家的人坐的。”

“把你的剑给我，”冷漠的那一个说道，“到了那儿我会还给你的。”

俄瑞斯忒斯把剑交给了他。

渐渐地，当二人停止说话并要他走得快些时，俄瑞斯忒斯开始确信发生的事情有些不对劲了。他不该跟他们走的。有好几次，他转头回望，那个他不太喜欢的守卫都示意他继续往前走。当他问，要多久才能见到其他人时，两个守卫都不答话。最后，当他说他想回去时，两个守卫抓住他的衬衣，拽着他往前走。

而后他注意到夜幕开始降临。他意识到自己被掳了，抑或有人给守卫递了错误的指令。但他又想，一旦宫里的人找不着他，就会派其他守卫来寻他。他们路过了些房子，又被一些路人瞧见过，那么会有人告诉守卫他们往哪个方向去了。他想象母亲发现他失踪时，会怎样地愤怒。他觉得应当把这意思传达给两个守卫，可是他们的沉默更深重了，前行的步伐也更坚决了。他心想，这两个守卫要有麻烦了。

天黑时，他们找了个地方歇息。守卫带了吃食，分了些给俄瑞斯忒斯。可他们依旧不言语。当他说他想回家时，他二人都不理他。当他补充说母亲会派人来寻他时，他们也还是保持沉默。当他起身要求拿回他的剑时，他们告诉他该去睡了，等天亮一切就都好了。

唯有在记起绑架事件时，他才开始哭泣。厄勒克特拉曾与他说起被绑架的男孩，并告诫他要待在宫殿范围以内。他认识失踪男孩中的几个。现在，他突然明白过来，他也失踪了。也许这就是其他人被绑架的方式，也许他们就是这样被诱骗走的。

次日清晨，那个和蔼些的守卫到他身边问他是否还好，边说边坐下，还伸手搂他。

“一切都会好的，”他说道，“你母亲知道你在哪儿。我们在这里就是照顾你的。”

“你们说过我们要去筵席的，”俄瑞斯忒斯说道，“现在我想回去。”

当他复又开始哭泣，这守卫就不说话了。他站起来试图撇下他们逃跑，两个守卫粗暴地抓住他，让他坐在他们中间。

过了一会儿，有人声从远处传来。两个守卫警惕地互看一眼，强使他随他们躲进灌木丛里。俄瑞斯忒斯下定决心，要等来人离得很近了才大声叫唤，好让他们能比较容易找到他。他能看出，人声渐响，两个守卫都有些担心。

他正准备大叫，他的守卫就走出了灌木丛，开始拥抱那几个引着数列囚犯的人。俄瑞斯忒斯看到这些囚犯三个或四个一组铐在一起。其中一些脸上还有刀伤和青肿。他们低着头缓慢地走过，而他们的守卫和陪同俄瑞斯忒斯的那两个则在急切地低语，飞速地交换着消息。

*

有好几次，他大哭，或是坐地上不肯再走一步，或是向守卫抗议，但每一次，那个他有些好感的守卫都会过来搂住他，告诉他没有什么问题，只是计划有变，仅此而已，他很快就会见到他的父母亲了。当俄瑞斯忒斯问他，他们到底要去哪儿，他何时才能见到父母时，那守卫告诉他不要担心，就跟着吧，尽自己所能地往前走。

他们整日地走，让那数列同向前行的囚犯走在了他们前头。俄瑞斯忒斯走累了要求休息一会儿，两个守卫迟疑地互相看看。

“我们得继续往前走。”其中一个说道。

他们碰到的往宫殿去的人，似乎总是认得他的两个守卫。每一次相遇，都是一个守卫依旧待在他身边，另一个走向他们，在隐秘的低语中与他们交换进一步的消息，然后以一个友好的姿势和他们告别。

一路上，俄瑞斯忒斯注意到有许多秃鹫在树林或茂密的灌木丛上空盘旋，它们常常互相激烈地厮吵，或是在空中振翼飞翔，观察着一切。

第二日下午的晚些时候，俄瑞斯忒斯注意到前方在冒烟，然后他发觉是一间房子和一个畜棚起了火。他们走近时，见有几列人在那里等着，离建筑有一段距离。那几列人被绑在一起，面色阴沉地站着，而守卫中有几个正在杀猪宰鸡，余下的则把一群羊攒聚到一块儿。一个男人和两个男孩站在那里看着。

突然，一个瘦女人从畜棚里奔出来。她尖叫着。起初只是叫唤，可接着就冒出话来了，话里夹着一些对守卫的咒骂。她奔向那男人和那两个男孩，朝他们伸出双臂，其中一个守卫抄起一根杆子，使上双手，朝那女人猛地一挥，正击中了她的面门。这一击必定击碎了骨头和牙齿，俄瑞斯忒斯这样想着，但在那女人身体拢缩落地，蜷在那儿之前，有片刻的时间，全场一片纯粹的寂静。

他的守卫要他往前走。现在他全身打颤，哭了起来，而且他也很饿。

随后的日子里，虽然大多时候他都走在他们中间，但守卫并不威胁他，也不对他粗暴地说话。通常，他们也极少言语。有几次他打听起他的父亲和母亲，他们根本不作回答。但他听到了他们夜里的谈话，得知那些被绑在一块儿被迫上路的人，大部分是随他父亲归来的战士。余下的则是他父亲俘获的奴隶。

从一些零星的言语里，他也得知他们接到的命令是将他送达某地，然后加入返回宫殿的队伍。他们在他面前公开谈论时，会说到一些他辨识不出的人名和地名。那个他不太喜欢的守卫不断地叫另一个别再说了，并表示等完成了任务，他们爱说多少说多少。

一天，当他问守卫是谁给他们下的命令时，他们差点笑出来。他问他们去的是什么地方，他们告诉他到时候就会搞清楚的。那时他端详着守卫的脸，保持着安静，以防万一他们中哪个提到他的父亲或母亲。但他们告诉他，话说得越少，路就走得越快。

一天夜里，他离那两个守卫够近，因此在他们低语时偷听到了更多的话。他们说到了埃癸斯托斯的名字，但只是偶尔地顺带提及；这一次，他们没有提到他的父母亲。尽管他因赶路而疲惫不堪，现在已经很困了，但他还是努力让自己保持清醒，听他们说话，可他们说的是土地，数公顷的土地，是植有橄榄树林和果树，临近一条溪流处于掩蔽之下的土地。他们中的一个还说到要建一座房屋，以及眼下这一时机去建房屋有多么地好，因为这些奴隶和战士们可以去搬运石料。

他看出，沿途村庄里的人都很害怕。有时还有房屋被焚烧或毁坏留下的痕迹。如果他们向那些人家索要食物，那些人家就会迅速提供；如果他们要寻个庇身之所——他们不常这样做——那些人家就会在畜棚或棚屋里，给他们弄个地方睡。但他们越是前行，村落就越是稀疏，并且他们经过的许多房屋，都已遭过洗劫。他们拿上了所有能拿的食物，但很多时候他们往往一无所得。

一日傍晚，他们已跋涉了一天，没有进食，那个他不太喜欢的守卫宣布说，他要偏离大家遵循的路线，去找个村舍或者小农场。他会在天黑前回来，他说道，并让俄瑞斯忒斯和另一个守卫待在林间的空地上，他说这会方便他回来时辨认。

俄瑞斯忒斯睡了一会儿。醒来时，他饿了，天差不多已黑了，但那守卫还没回来。月亮升起的时候，他察觉到另一个守卫在注视着他。他想着要闭上眼睛，设法再次入睡，或者假装睡着，但转念又想，现在或许是个好时机，坐起来，看看能否鼓动这守卫开口，也许能让他解释下他们要去哪儿，以及最初他们为何离开宫殿。这守卫保持着沉默，俄瑞斯忒斯想知道该如何开口。

“这么黑他能找到我们吗？”他终于问出了口。

“我想可以吧，”这守卫说道，“月亮这么圆。”

有那么一会儿，两人都不说话，但俄瑞斯忒斯能感觉到这守卫因两人间的沉默显得有些不自在了。他推想，这人一定知道所有事情，但他又想不出该如何发问，好引这人对事情作出解释。

“离那里还很远吗？”他轻声问道。

“哪里？”

“我们现在去的地方。”

“还要几天吧，也许。”这守卫说道。

他们的目光彼此躲避，似乎都在害怕。这很明显了，他心想，他下一句应该问什么。他应该问他们到底是要去哪里，但是他又突然想到，如果直接这样问，守卫是不会答他的。而一旦守卫拒绝回答了一个问题，那再想问其他问题可能就难了。他必须想出个守卫不假思索便会回答的问题，或许能从中得出点东西，哪怕只是一点关于他们旅途终点的线索。

“比起另一个，我更喜欢你些。”他说道。

“他还成吧。照他说的做就行。”

“他是负责人吗？”

“我们俩都是负责人。”

“那谁给你们下的命令呢？”

他知道，自己问这个问题，得到的答案可能至为要紧。无论得到什么回答，他或许都能从中得知眼下事件的情形。守卫叹了口气。

“这是一个艰难时期。”他说道。

“对所有人来说？”他问道。

“我想是的。”守卫说道。

俄瑞斯忒斯不懂这话里可能的意思。他觉得自己理应抛下所有的谨慎，问一个带有“父亲”一词的问题。

“我的父亲知道我在这儿吗？”他问道。

起初守卫没有回答。俄瑞斯忒斯几乎连气都不敢出。没有风，也没有声响，连远处野狗或其他动物的声响也没有。唯有他二人间的沉默，俄瑞斯忒斯知道他不可再将这沉默打破。

“你会得到照顾的。”守卫说道。

“其他男孩都被绑架了，”俄瑞斯忒斯说道，“我母亲和厄勒克特拉会担心我被绑架了的。我的父亲也会。”

“你没有被绑架。”

“我想拿回我的剑。”他说道。

“一切都会好的。”这守卫回道。

“你确定我没有被绑架吗？”他问道。

“没有，没有，完全没有，”这守卫说道，“就别担心了，跟着我们一块走，然后你就会好的。”

“为什么我不能回去呢？”

“因为你的父亲想要你跟着我们走。”

“但他在哪儿呢？”

“我们很快就会见到他。”

“也包括我的母亲吗？”

“所有人。”

“为什么我们要走着去呢？”

“别问了，快去睡吧。很快我们就会和所有人相遇。”

当时他睡下了，醒来时听到守卫在说话，他们压低了声音，听起来忧心忡忡的。他依旧一动不动，听着那个外出的守卫说他没能找到吃的，压根就什么都没有，有的只是些丝毫没有生命迹象的废弃屋舍，食物贮藏室里空空如也，田地里也不见牲畜。然而还有更糟的，他说道。有人朝井里投了毒。他遇到一个士兵，那士兵已有两个伙伴中毒了。他得了他们的警告，井里的水全都不能喝。所以他不仅没带回吃食，连喝的水也没带回来。

“是谁在井里下毒？”另一个守卫问道。

“他们认为是农夫干的，这些农夫现在藏在高地里，但是他们一个也没找到。他们没时间搜寻。”

其中一个守卫伸手摇了摇装睡的俄瑞斯忒斯。

“我们得走了，”他说道，“我们没有吃的，也没有水，但我们得走了。沿途我们会找到些东西的。”

俄瑞斯忒斯甚至在出发前就开始觉得渴了。哪怕就一滴水，他心想，情况也会大有不同。他试着在想象中将新到来的一天划分为一个个脚步。一天里他得走多少步呢？作为转移自身注意力的一种方式，他假装自己只需再走十步，就能喝到水，并休息一会儿。然后走完这十步后，他又想象自己只需再走十步，就这样一直走下去。

过了约莫一小时，他闻到了什么东西腐烂的气味。他看向两个守卫，他们正捂着鼻子。当气味渐渐变得浓郁时，他看到两具尸首被嗡嗡的飞蝇所环绕，相互挨着躺在前边的道路上，数只秃鹫正在尸肉上大快朵颐。从衣着上看，他推测他们也是朝宫殿行进的队伍里的，这些队伍里的人总是会停下脚步和他的守卫分享消息，有时候看起来几乎放松而又自信。他们在尸首边停住时，不堪忍受这恶臭，赶忙走开，但在此之前，俄瑞斯忒斯瞥到了那两人的脸，他们双目圆睁，龇牙咧嘴的，似乎临死时在尖叫或呐喊。一旦路过了这场景，他们中就不再有人回头看了。

俄瑞斯忒斯能感觉到，他们走起路来要比平时坚决得多。他看出，无论如何此地都不宜他们驻留，因为人烟已变得更为稀少，土地本身也更为瘠薄了。

他感到极度的焦渴，而后是对进食的渴望，居于其间的，则是每当他感觉自己再也走不动的时候，所生出的阵阵虚弱感，作为压制这些感受的一种方式，他问自己，为何从未好好享受在宫殿里自由徜徉的岁月。他真希望母亲在这里，或是在近旁某个地方，那样他就可以向她走去，躺在她的身边。

他们停下脚步时，精疲力竭，守卫们看起来几乎不愿再继续这趟旅程了。他们坐在地上，严肃地盯视前方。周遭一片寂静，唯有蟋蟀鸣声将之打破，也有蜥蜴从石下飞快地窜进另一个藏身之所。

那天的晚些时候，阴影渐长，他们瞧见远处有座房子。那时，俄瑞斯忒斯全身打战，好像很冷似的，他紧紧攥着两个守卫，他们前行得很是缓慢。他感觉他的舌头已开始肿了。他曾着魔一般吞咽留在嘴里的任何涎液，但现在那里已空空如也，他的嘴巴干透了，喉咙因干咽而生疼。

他们警惕地朝那房子的方向行进，一条长长的泥土小路通向那房子，小路两旁都是橄榄树。没有一点动物的声响，每走一步，他们都感觉自己靠近的这片农地和房舍，许久前便已遭人遗弃。

俄瑞斯忒斯在阴凉处坐下时，守卫们围着这房子走了一圈，其中一个大声嚷嚷起来，他看到了那口井，就坐落在一旁。这房子，在俄瑞斯忒斯看来，状况还不错。守卫们推开门走了进去。

突然，里面传出一个声响，是木头砸碎了的声音，然后传来一声女人的号叫和一个男人洪亮的嗓音，随即守卫大声命令某些人立刻出去，站到房子前头去。俄瑞斯忒斯起身时，一对夫妇衣冠不整，神色畏惧地出现了，两人同时开口对守卫说话。其中一个守卫要他俩住嘴，另一个则又进了那房子，出来时拿了一大陶罐的水和一个杯子。他把杯子递给那男人，叫男人从罐里倒水把杯满上，然后喝掉。

男人喝水的时候，俄瑞斯忒斯直犯恶心，胃部也开始痉挛。他试着保持不动，可他发觉自己不得不避开众人去树丛里呕吐一番。回来时，他只想喝水。当他去喝罐里的水时，其中一个守卫警告他等一会儿，粗声粗气地说道，这毒——如果水里有毒的话——可能需要点时间才能发作出来。他们会坐着等，倘若，过了些时候，一切都好，那他们每一个都会去喝罐里的水。但得等到那时候才行。

那女人和男人站着，眼睛都盯着地面，两个守卫，已走去了阴凉处，看着他们。俄瑞斯忒斯则坐在门口。即便无人说话，俄瑞斯忒斯也清楚这对在房里被发现的夫妇非常地害怕，男的女的都一样害怕。他想要知道那男人喝的水是否当真被下了毒，而他们也都在等待有毒朕兆的显现。

最终，由于这水没有毒到那男人，两个守卫就一杯接一杯贪婪地喝起来，俄瑞斯忒斯想问问他们是不是已经把他给忘了。既然现在这水能喝了，他不确定自己能否喝到足够的水。当其中一个守卫示意他去喝时，他立马就朝水罐走去。他们给他留的水足可盛出两杯。喝完两杯后，他将水罐倾侧，不放过里面的一涓一滴。

一喝完，他就放眼望望，看到其中一个守卫正往那井里头看。然后这守卫朝男人做个手势，命他从井里再打些水出来。也许，俄瑞斯忒斯心想，他们可以随身带些水上路，或是有可能在这房子里待上一晚，甚至再多待一两天。不管怎么样，他想，他们都需要更多的水。男人站到井边，把水罐系到一根绳上，放了下去，其他人则在一旁看着。俄瑞斯忒斯注意到，现在那女人甚至比之前还紧张。她的双手放在身体两侧，眼神却从一个守卫身上移到另一个，然后移向了房子。

当水罐从井里提出来时，俄瑞斯忒斯不喜欢的那个守卫递杯子给男人，叫他喝一点。男人傲然瞥守卫一眼，仿佛他自己才是掌控者。他没有言语。然后，他看向了他的妻子。就在那一刻，在他们所有人都专注于男人和水罐的时候，几个孩子从房屋的前门跑出，这母亲朝他们尖声叫喊，鼓励他们跑得快一些。他们有四个人，三男一女。两个男孩和那女孩在守卫追上他们前成功逃脱了，但那最小的男孩——俄瑞斯忒斯猜他大概四五岁吧——被一个守卫逮住了，守卫把他拖回去，让他站到他母亲身边。他大声哭喊，嘴里冒着俄瑞斯忒斯听不懂的话，同时那守卫返回去，站到了水井旁边。

俄瑞斯忒斯也开始哭了。他不知道自己是否也该设法跑走，跟上那些孩子，看看他们都往哪儿去了。或许，他心想，他可以跟他们解释他是谁，来自哪里。

“把水喝掉。”他听到守卫对男人说道。

他看到男人犹豫了一下，望着自己的妻子。

“你们中总有一个要喝这水。”守卫说着，走过去抓住那男孩。“你们不敢，那就让这孩子喝吧。”他继续说道。

那个母亲，此时大叫起来，跑上去将孩子从井边带走。

“喝！”守卫说道，“我想看到你把这一杯喝干净。现在把它倒满，喝掉。”

男人仍不愿将手里的杯子倒满。他望着远方，好像会有人前来援助，或是可能会发生什么事情似的。他站在那儿，全身挺直，脸上的表情变得更为紧张和严厉。他与妻子对视一番，妻子抱起那孩子，将孩子放在臂弯里往上托了托。

“如果你不喝，”这守卫说道，“我会把你的孩子再弄回这里，把这一满杯的水灌进他的喉咙。”

男人似乎陷入了沉思。甚至那孩子现在也安静了。男人的脸上流露出尊严的表情，将杯子满上。他握杯在手，叹了口气，然后将水一饮而尽。一喝完水，他就走向妻子和孩子，揉揉那小男孩的头发，然后在他妻子的头上摩挲。他的另一只手，则拉着他妻子的手。

慢慢地，他将自己和女人孩子分开，开始了咳嗽。声音起初是轻柔的，但很快就变得刺耳，男人两手抓着喉咙，像快窒息了似的。而后，疼痛似乎加剧，他跪倒下来。他大口喘着粗气，在叫唤着什么。他的妻子，仍然抱着孩子，开始了吟唱。俄瑞斯忒斯过去从未听到过像她这样的嗓音。宫殿里仆人们唱的，那都是快乐的曲子，甚至平日里他听到的歌声，通常都是一群人唱的，从来没有过一个女人的独唱。

现在她的嗓音升高，从中传出一个哀求的声音。他明白那是说与诸神听的。

此刻，男人痛苦地尖叫起来；他全身打战，躺在地上，两手掐住了脖子，似乎在努力将毒从咽喉底部推进嘴里，好将之祛除。

当黑色血液从他嘴里涌出，滴入尘土的时候，他试图站起身来。他两眼翻白，疼痛似乎已从喉咙转移到了腹部。有那么一会儿，当俄瑞斯忒斯惊恐地看着时，男人捂着腹部，在痛苦中嘶吼。

但接着他嘴里就汩汩地冒出白沫。他缓缓地向妻子移去，他妻子仍在吟唱，手里抱着孩子，那孩子在她臂弯里一声不响。男人平静了些；然后，他翻转身体，仰面躺下，伸出双手好让自己能牢牢地抓住妻子的脚踝。

两个守卫都凝视着这一场景。男人的双眼依旧张着，嘴巴也是，但没有发出一丝声响，同他的妻子一样。吟唱结束了，俄瑞斯忒斯清楚男人已经死了。其中一个守卫示意他进屋去。在主室里，有一道木制假墙，墙后有几张床和一张桌子。

他们带上了所有能带上的食物——面包、乳酪和一些咸肉。他们另找到了一罐水，但守卫摇了摇头，即便俄瑞斯忒斯觉得此刻的焦渴比方才走路时还更甚几分，他也没有碰那水。相反，他们离开这房子，沿着一条崎岖的小路朝主道走去，留女人站在那儿，孩子抱在她怀里，死去的男人躺在地上。

走了数英里后，他们停了下来。他们沉默地坐下，打开装有食物的包袱。虽然曾饥肠辘辘，但现在俄瑞斯忒斯只感觉恶心，而非饥饿。没有喝的，他们从那房子里拿的食物看起来又陈腐又干燥。他看到两个守卫都拿了片面包，试图吃下去。他们中谁也没有去碰乳酪和咸肉。最后，他们把食物包起来，又重新上了路，直至他们在几棵树的阴凉底下拣了个地方，以供夜晚的歇宿。

第二天，他们来到一条深而湍急的溪流，犹豫地对之端详，直到其中一个守卫说道，倘若他们不喝这溪里的水，那他们都会渴死。他们喝完后，两个守卫洗起了澡。虽然他们怂恿俄瑞斯忒斯也照做，但他不想在他们面前脱衣服。看着他们在水里嬉闹，他想要知道附近有没有地方供他逃往躲藏，但他意识到他们始终让他待在他们的视线范围以内，他确信如果他试图逃跑，那他们是会把他抓回来的。

此刻，他突然比以往任何时候都更加强烈地觉得，等回到宫殿，他要告诉父亲关于这两个人的事，如果他们逃逸了，他要让父亲去找他们，有必要的话就找遍每个角落，追捕到他们，然后给他们上镣铐带去宫殿，丢进地牢里最黑的房间。

又经过两天的跋涉，他们依旧避开路上遇到的水井，俄瑞斯忒斯明白他们已离目的地不远了——不管这目的地是个什么地方。现在他已经能够确定，自己身处此地并非是因为母亲或父亲要求守卫带他去与他们会合，而是他被人绑架到这儿来了，并且只要这两个守卫还待在他身边，他就完全没有办法逃脱。

虽然他们似乎友好一些了，并且他料想他们甚至可能会告诉他正去的是什么地方，因为他们已快到终点了，但他还是决定不问。他想，他很快就会搞清楚的。

最后一段路途，他们得爬山了，当小路逐渐消失时，守卫们不得不靠猜来决定往哪边走，好几次都出了错，只得再循原路走回去。这是许多天来第一次，他们路过时瞧见几只山羊在岩石间攀爬。而一旦他们爬得高了，俄瑞斯忒斯便能隐约看见，远远地，有一群绵羊在下方的平原上。

然后岩石上出现一个巨大的裂口。他们沿着像条斜廊一样的地方走下去，转个弯看见了人工开凿的台阶，这台阶引他们下得更深，并绕过一幢建筑的单侧。他想，待在山间的这个要塞里，真是任谁也找不到他们。当来到一扇门前，他们无须敲门；门静静地为他们开了，那开门的人不看他们，也不说话。

另一个坐在第二扇门外的人看到他们就站了起来，不过，他热情地拥抱了两个守卫。一得知他们来了，并且还带来了这男孩，他就开始笑，大笑。

“好像我们这儿的孩子还不够多似的，”他快活地说道，“也许这一个会比里面的那些个更懂规矩一点。瞧见我这脚尖没？我必须踢到他们懂规矩，如果这还起不了作用，那就让他们尝尝这个。”

他举起放在身边的棍子，对着空气抽打起来，两个守卫放声大笑。

“还有饥饿。这小伙子饿了没？”

“他吃得像马一样多。”其中一个守卫说道。

“我们会教教他的。”那人说道。

他打开门，门里是一间长长的房间，里面布满了床，几个长长的窗户，使得房里暗影多过亮光。过了好一会儿俄瑞斯忒斯才看清房里住了十来个男孩，其中许多都与他年纪相仿。一看到他们，他就意识到这些就是被绑架的男孩了。奇怪的是虽然他们必定——他这样推测——已听到了开门声，甚至门开前就必定已听到了外边的声响，现在也必定意识到有新人来到他们中间，但最初的时候他们中没有一个抬起头来看，当有几个抬起头时，他们脸上的表情也没有改换，或者可以说，他们看起来压根就不会流露出任何表情。

他在床间走过的时候没有人说话。慢慢地，从那个唤作利安德的男孩——那忒俄多托斯的孙子，他认识的——开始，他认出了他们中的一些人。

门关上了。守卫没有随他进来。只剩他独自与这群沉默、了无生气的人待在一块儿。当与他们中的一个四目相对时，他发觉那人本是茫然的眼神变得愠怒和愤恨。他走向利安德的床，想问他些事情，但利安德把脸别了过去。最终，他坐到整排床铺尽头的地板上，环顾房间四周，他想知道何时才会有人说话，或是有食物来，或是有什么事情发生。只有某个男孩的咳嗽声打破了这沉默，不管是谁在咳嗽，这刺耳的咳声似乎都不能给这人带来任何的纾解。

没有什么事情发生，直到烹调的气味从楼下传来，使得一些男孩从床上坐起来。但仍然没有人说话。当俄瑞斯忒斯走回门口时，所有男孩再一次地别过脸去。他心里纳闷是不是实际上他们并没有认出他来，或者是不是他们认为他和绑架者是一伙的。

当门最终打开时，男孩们排成一列走下楼去，每一个都低垂着头。只有利安德在经过俄瑞斯忒斯身边时把头抬了起来。他看一眼俄瑞斯忒斯，然后耸了耸肩。等这列人一过去，俄瑞斯忒斯就跟上队伍的尾巴，步下狭窄的楼梯进到一个逼仄的餐室，餐室里摆有一条长桌，男孩们大多往这桌就座，靠窗另有一张小些的桌子，坐了两个男孩。那两人中有一人在咳嗽。声音听来与他在楼上听到的一样；他能看出这男孩——他认不出这男孩是谁——处于某种极度的痛苦中，咳嗽给他带来疼痛，也使餐室中的气氛变得更为紧张。

俄瑞斯忒斯朝厨房门口看去，却不见有人出现。反倒是其中两个男孩拿了食物过来，放在桌上依次传递。当坐到末端自己的位置时，他看到没有食物提供给咳嗽的男孩，以及那坐在靠窗桌边的另一个。余下的人都在沉默中进食。他依次将目光投注于对面的每一个男孩，试图引得他们中至少一个能稍稍认出他一些，但是那些察觉到他的凝视的人，只送还他死气沉沉的一瞥。

吃完饭后，他们起身排成一列走回宿舍，俄瑞斯忒斯跟了上去。

因为没有床铺给他，他就在地板上寻了个地方躺下。夜里，他几次被咳嗽声吵醒，而最终，在清晨时分，他又被周围的男孩们吵醒。他问其中一个男孩该去哪里方便，这男孩不答他，而那些近旁的人都悄悄避开他，有所顾虑，看起来，像是不让他近身似的。

到了门口，他发现门开着。头天里碰到过的那守卫正坐在外边。

“你，”他说道，“两件事。今早上去洗个澡。你身上臭得跟老母山羊似的。跟其他人一起去拿干净衣服。你的旧衣服就扔在那儿。然后你还需要一块石板。这石板你得随时带在身边。”

“石板是做什么用的?”俄瑞斯忒斯问道。

“很快你就会搞清楚的，”这人笑道，“所以，你，现在就去浴室，就现在。”

“浴室在哪里?”俄瑞斯忒斯问道。

“从这楼梯下去，然后再下一层楼梯。把这味道洗掉，对你和大家都好。”

下了两段楼梯，他瞧见浴室里已有四个男孩了。就着从一面墙上的裂缝斜透进来的光线，他站在那儿看到其中两个在窃窃私语，另两个则起劲地泼水，掩盖着声音。起初他们没注意到他，他就静静地脱掉自己的衣服。当他正要进入浴池和他们一起时，那两个方才还在私语的就相互分开了。他们四人的眼睛都直直地看着前方。他本想让他们知晓，他是不会将他们私语的事告诉守卫的，但转念一想，又觉得无论如何，他说话都只会加剧他们对他的敌意。很快，那四人离开浴池，去到角落的一个空间擦干自己的身体。

他一洗完，用其他人留下的一条毛巾擦干了身体，就上楼去找那守卫，那守卫递给他几件衣服，以及一块石板和一支粉笔。

守卫随他进门，穿过宿舍，给他找了块空地，然后遣两个男孩帮他去下面某个楼层搬来一张床，供他睡觉。当俄瑞斯忒斯穿上干净衣服，手拿石板站在那儿的时候，男孩中有几个竟注意起他来，仔细地观察他。但是当他朝其中一个点头时，那男孩就别过脸去了。

日子过得缓慢，大多时候也静默。每天，他们拖着脚步去食堂三次。每周能洗上一次澡。在浴池里，两个人泼水制造声响，好让另两个私语而不被人听到。就他的所见所闻而言，男孩们只有在这种时候才有机会交谈。有些时候，在夜里，他能听到男孩们在睡梦中咆哮、哭泣，而且，有些时候，那个咳嗽的男孩会发出一种更加刺耳的声响，随后大声挣扎着呼吸，甚至整夜坐在宿舍门外的守卫进来摇他或掴他之后，这声音也不会停歇。

然后还有石板。这石板必须时刻放在各自床边，好让人们能清楚地看见。做了任何坏规矩的事，男孩们都会在各自石板上得到一个标记，这标记只能由同为俘虏的伙伴画上，这个伙伴还会加上一个符号，以表明自己的身份。俄瑞斯忒斯花了数周时间才搞明白个中所有细节，他从没看到过有谁去标记别人的石板。那么他们肯定都是在夜里做的，他意识到，可即便是夜里他醒着的时候，他也从没目击过这种事情。

此处时不时会有场视察，由俄瑞斯忒斯初来时见过的那个守卫带领，但可能还有一两个其他的守卫。他们会检查石板，然后挑出石板上有标记的男孩罚上一罚。这些男孩会被带到外面去，或下到餐厅，或下到浴室，但有时也就在门口。被打得有多惨倒并不完全与石板上的标记数相关，而是要看守卫的心情好坏。尽管如此，要是你的石板上有一大串标记，那也还是意味着，相较于石板干干净净或者上面只有极少标记的情况，你会有更大的几率被带出去受罚。

然而，俄瑞斯忒斯留意到，无论那咳嗽的男孩得的标记有多么少——他得知这人叫米特罗斯——那男孩也还是常常被带出去。回来的时候，那男孩躺在床上哭泣，然后咳嗽，直至两种声音融到一起。

俄瑞斯忒斯石板上的标记开始累积起来了，他弄不清楚标记旁边那符号是属于谁的。这些标记出自一人之手，都是夜里画上去的。最终，一个清晨，他在仔细端详那符号时，注意到利安德在看他。俄瑞斯忒斯皱了皱眉，然后抬眼一瞥，好似在问这符号是不是属于利安德的，利安德点了点头。随后有几次，俄瑞斯忒斯试图吸引利安德的注意，但利安德不再睬他。

守卫们似乎非常享受察看俄瑞斯忒斯的石板，他们向彼此展示上面的标记，并作一番评论，但在最初的几周里，他们都略过了他。直到第四周他们才让他站出来。

他站在浑身打战的米特罗斯旁边，直到现在他还是认为他们不会碰他，他相信自己在此处的地位与他人不同。他甚至都没有在心里打算过，倘若被挑中受罚，他应该如何应对。被粗暴地推进餐厅的时候，他看见那守卫手里拿了根棍子。

“你要是碰我，”他说道，“就算碰我一下，我父亲也会知道的。”

“你父亲？”这守卫问道。

“我父亲会搞清楚这件事情的。”

“你父亲，就是被人切断喉咙的那个？”这守卫问道。

俄瑞斯忒斯后退一步，顿了片刻，领会了守卫脸上嘲弄的表情。然后他环视房间四周。假如附近有刀，他一定拿刀问候这守卫，可是他唯一能瞧见的只有那小桌边一把快散架的椅子，很容易他就扯下一条椅腿，拿着这腿朝守卫猛刺。

“现在来碰我呀！”他挥舞着椅腿说道。

这守卫看着他，大笑起来。

那一刻，其中一个守卫悄悄潜到了俄瑞斯忒斯身后，成功地把他制伏。那守卫将俄瑞斯忒斯的两条胳膊按在背后，另一个守卫则铆足了劲开始用手背打他的脸。当胳膊被放开时，他摔到地上，两个守卫都踢了他几脚，然后带他下到餐室的守卫在他耳边低语道："现在你父亲可帮不上你了，是吧？我们不会再听到这些了，对不对？"

他们把他丢在了那儿。稍晚些时候，他一瘸一拐地回到宿舍，当蹒跚着穿过众人走向自己的床铺时，他注意到他们在沉默中热烈地注视着他。随后的两天里，除了去打水外他都不去食堂，只待在床上，睡也睡不着，就试着拼凑可能发生在他父亲身上的事情。

然后一个关于他母亲和埃癸斯托斯的影像在他脑中浮现。他不确定这发生于何时，但必定是在清晨，那个清晨他到屋里比往常早些，在门口他的保姆把他拉了回去，但他还是瞥到了母亲和埃癸斯托斯，他们赤身露体发出动物一样的声响。现在这影像缠住他了，在他脑海里变得坚实，如同记录他父亲归来时明亮快活的脸庞的那一影像、那段记忆中父亲的嗓音和四处的欢呼声以及马味、男人的汗味和父亲到家时他所觉出的那幸福感一般坚实。

接下来的一周里，当发现自己和利安德同处于浴室时，他悄悄避开他，开始与另一个男孩泼溅水，好让利安德和浴室中的第四人私语而不被人听到。但利安德把他拉到了浴室幽暗的尽头，让另外两个掩护他们。

"我想逃走，"利安德低语道，"我也得带米特罗斯走，在他们弄死他之前。我一个人没法带他走。我想要你帮我。"

“你为什么在我的石板上画标记？”俄瑞斯忒斯问道。

“有些男孩讨厌你，因为你的家庭。他们叫我那样做。”

“他们为什么讨厌我？”

“我不知道。我也不确定。而且我也想看看他们来罚你的话，你会怎么做。你很勇敢。我想我可以相信你不会害怕。”

“我们怎么逃？”

“某个晚上我会叫醒你。做好准备。会在米特罗斯咳嗽的时候开始行动。别告诉任何人，也别老是看我。”

“我没看你。”

“你看了，别再看了。忽略我。你往四周看得太多了。像其他人那样表现。适应下。”

“我们什么时候逃？”

“我们不能再说话了。现在快离开。”

接下来的日子里，利安德继续朝他的石板画标记，但并不太多。他试图遵循利安德的建议，不再看他。但这好难，还让他觉得孤单和害怕。他开始忧虑起逃跑的事了，忧虑他们将逃往何处，忧虑利安德制订了什么样的计划，忧虑他们如果被抓住又会出什么样的事情。夜里没睡的时候或者清晨，他想，就待在这儿指望着自己会以某种方式获救也许是最好的。他想要知道，是否有某种稳妥的方式能让利安德知道他不想跟他和米特罗斯走，但除了在浴室，大家都不说话，而下一回他去浴室的时候，利安德并不在里头。

一晚，米特罗斯的咳嗽加剧了，利安德过来叩了叩俄瑞斯忒斯的肩膀。他睁开双眼，只能隐约看见利安德的轮廓。当米特罗斯的刺耳咳声响起时，利安德对他耳语：“穿上衣服，跟我去门口。”他正想回应，利安德伸手牢牢捂住他的嘴巴，不让他说话。那会儿俄瑞斯忒斯多么渴望继续睡觉啊，他明白，如果他们不逃走，那以后的日子会很艰难，但至少他将感受到的恐惧是熟悉的且可预见的。他拖延着，紧张而又不安，直到利安德把他拉下床，与他站到一起，他穿起衣服来。

他们走到宿舍门边，等在那儿，而米特罗斯的咳嗽声越来越响，甚至比平时还更尖利、可惊。听到门开了，利安德和俄瑞斯忒斯溜到一边。那守卫进了宿舍。然后利安德就领俄瑞斯忒斯出门进入走廊，在守卫躺椅旁的物件里翻找。利安德找到一把刀，递给俄瑞斯忒斯。他自己则拾起一块平坦的木头。而后他们等待着，宿舍里头那守卫拿手去捂米特罗斯的嘴，不知怎地似乎弄痛了他，米特罗斯发出闷沉的嚎叫声，吵醒了宿舍其他人，那些人也大叫起来。

俄瑞斯忒斯听到那守卫出声威胁，也注意到守卫朝门走近的脚步声。他试着屏住呼吸。他不知道确切计划是怎样的，但他心里揣想着，应该试着对守卫发动袭击，在守卫呼救前将之刺倒。

他们任守卫关上了门。当守卫躺下，打个哈欠，似要重新沉入梦乡时，俄瑞斯忒斯缓步向前，并且，牢牢握住刀柄，竭尽全力地朝守卫颈项刺去，同时利安德手里的木头也重重地落在守卫的头上。守卫一声咆哮，俄瑞斯忒斯就抓住他的头发，再次将刀猛插进他的头颈，抽出后又狠命地戳向胸膛，直到刀嵌在了骨头里，没法再拔出来。利安德则往守卫的脸上打。然后两人都停了下来。俄瑞斯忒斯侧耳去听，利安德抓着他的肩膀。没有什么声响，除了宿舍里头一点咳嗽声。利安德，用他的双手示意俄瑞斯忒斯靠墙站着别动，自己走回了宿舍里。

他不在时，俄瑞斯忒斯，就着楼梯井投下的昏暗的光，能隐约看出这小小空间里一些物件的轮廓。他看向通往外面的门，想要知道钥匙可能会藏在哪里。

他正翻检守卫的物品，想找出钥匙，利安德和米特罗斯出现了。利安德在一个台子上寻得钥匙，立刻就去开门，并对俄瑞斯忒斯低语，要他快点过来。

一到外面，利安德就把门锁上，在月光下引他二人离开，这月光照亮岩石间的廊道，接着照亮了台阶，然后在他们到达开阔之地时，也照亮这宽阔的景致。他们立定倾听，但并未听到后头有来人的声音。

“我们沿着风的方向走。”利安德说道。

当米特罗斯又咳起来时，利安德将他托住，一手放在他胸口，另一只手放在他的后背。米特罗斯开始呕吐，吐得直不起腰。

“等我们离开这儿，你就会好起来的。”利安德说道。

“不，不会的，”米特罗斯低语道，“你们应该丢下我。我走不了你们那么快。”

“我们会背你走，”利安德说道，“我们逃出来的唯一理由是你，所以我们不能丢下你。”

他们向下朝平原走去，俄瑞斯忒斯一直回头看，他意识到在这样的光亮里，任谁从山上往下看都可辨出他们，追赶他们。由于米特罗斯跑不起来，他认为找个地方躲上几天才是上策，但利安德一门心思向前，带着那么冷峻的确信和坚毅，因此俄瑞斯忒斯明白，利安德不会考虑对他的计划作出任何改变。于是俄瑞斯忒斯和米特罗斯追随他的脚步，米特罗斯的头低垂着，像已被击败了似的。

太阳升起的时候，俄瑞斯忒斯看到他们正往日落的方向赶去。他曾以为利安德和米特罗斯两人会想要立刻回家，但他们并没有遵循他所判断的那条回家的路径。

等到晚上，米特罗斯睡着了，他才问利安德计划是什么。

“我们不能往回走，”利安德说道，“我们谁都不能。我们会被再次绑架的，至少我会被绑，米特罗斯也会。”

“我母亲还活着吗？”俄瑞斯忒斯问道。

利安德犹豫片刻，然后伸出手碰了碰他的肩膀。

“活着。”

“你怎么知道的？”

“我听守卫说的。”

“那厄勒克特拉呢？”

“活着。她也活着。”

“但是我的父亲死了？”

“是的。”

“他怎么死的？”

有好几次利安德像是要开口。但最终，他沉默下来，头也不抬。

“你知道他怎么死的吗？”俄瑞斯忒斯问道。

利安德又一次地犹豫了，变换了下姿势。

“不知道。”他低语道，但仍然不看俄瑞斯忒斯。

“但是你确定我母亲活着？”

“是的。”

“为什么她不派人来找我呢？”

“我不知道。也许她派了。”

“埃癸斯托斯活着吗？”

“埃癸斯托斯？”利安德突然显得警惕起来。他直直地盯着俄瑞斯忒斯，仿佛困惑于他竟提出这样一个问题。

“是的，他活着，”最终利安德小声说道，“他活着。”

又一次地，和守卫那次一样，俄瑞斯忒斯觉得要是能单独想出一个适宜的问题来问就好了，那样他就能弄清楚他需要知道的事情。但是，他也觉出，没有一个直截的问题会起作用。他想不出该问什么来作代替。

“是埃癸斯托斯杀了我父亲吗？”他冷不丁发问，问完几乎马上就后悔了。

“我不知道。”利安德迅速答道。

俄瑞斯忒斯叹了口气。

次日清晨，利安德向他们陈说他们应该怎么办。

“我所知道的唯一事情就是我们一定不能再杀人了。不管怎样。这是第一法则。如果我们杀了人，那么人们就会来追捕我们。

我们想要的是找个我们能待的地方。即使遭人袭击，我们也一定不能杀人。”

看着米特罗斯点头表示同意，俄瑞斯忒斯想说米特罗斯是不会有气力杀人的，并且，不管怎样，他们没有武器，因为他把刀留在那儿了，嵌在了那守卫的胸上。

“我们需要带上些小石头，可以用来砸人，说不定可以伤到他们，好让他们放过我们。我们还需要搞到些食物和水，可以派米特罗斯去问房子里的人家要。不带武器。只是问他们要。没有人会因为他而觉得受到威胁的。我们要仔细察看每一间房子。如果觉得他们有敌意，我们就得继续往前走。”

“水井里可能被下了毒。”俄瑞斯忒斯说道。

利安德心不在焉地点点头。

“我们可以提出给人们干活，”他说道，“用来换取食物和住宿，但我们不应该待在离这里太近的地方。离这里太近，我们会被找到的。我们必须走得比他们快。也许米特罗斯会变得强壮些。如果没有的话，那我们俩得变得强壮些，好能背他，或至少能搀他走一部分的路。我们每天一醒来就要开始走，一直走到天太黑没法走为止。我们要是不这样做，他们就会把我们抓住。”

他的语气令俄瑞斯忒斯想起军营当中和手下在一起时的父亲，那时他想要父亲陪他玩耍或者扛他在肩头，但父亲太忙了。当他突然想到，回宿舍和其他人待在一起会更安全，他几乎也更愿意这么做时，他颤抖了一下。那样的话他就会有更多时间去回想往事，在脑海中召唤出各种影像，比如他与父亲斗剑，或是在清晨去找母亲，发现母亲正在等他，或是在厄勒克特拉和伊菲革涅亚交谈时坐她俩中间，或是他自如地行走于仆人和守卫之间。

当他们遇着一口井时，俄瑞斯忒斯不知是否该由他去尝水试毒。倘若水里有毒，他并不希望自己站在那儿，眼睁睁看着米特罗斯开始呕吐，窒息，然后缓慢死去，而利安德又是如此强大健壮，领着他们向前，因此要是利安德中了水里的毒，那也是不堪设想的。也许他们三个应该同时喝，他心里想道，但随即又觉得，倘若他志愿去喝，那么这将给利安德留下深刻的印象，也会成为自己勇气的标志。

将米特罗斯留在路旁，他们走近了水井，利安德用一只手舀了些水，嗅了嗅。他站起来，朝四周看看。

“让我喝吧。”俄瑞斯忒斯说道。

“我们中总有一个要喝。”利安德说道。

利安德再次将双手浸到水里，接着，尽其所能地捧出水来，喝掉，然后他示意俄瑞斯忒斯也照着他做。那时节，俄瑞斯忒斯眼前浮现出他们仨因中毒而扭动翻滚的幻景。然而，他一喝，就觉出这水是好的。他们等上片刻，就一次又一次地用手捧水喝，然后俄瑞斯忒斯过去告诉米特罗斯他觉得这水是干净的。

那天的晚些时候，他们碰上了一个赶着群山羊的人。

“确保他能看到我们的手。”利安德低语道。

注意到那人紧张不安地远离他们时，利安德让俄瑞斯忒斯和米特罗斯待在后头。他说，他会去接近那人。他们看着他慢慢地，挥动着双臂，朝那人走去，他路过山羊时还轻柔地拍了拍它们的头。

“所有人都信任他，”米特罗斯说道，“他们最初绑架我们的时候，准备把我扔在路边，因为我病了，是他阻止了他们。守卫们都重视他。”

“在被绑架前你认识他吗？”

“认识，以前他祖父常来我父亲的房子里。他祖父哪都带他去。那些人他们自己谈话的时候也让他听着，那些年长的人。他们把他当做他们中的一员来看待。”

“我记得他，”俄瑞斯忒斯说道，“小的时候我们一起玩过，但我不记得你。”

“那时候我病得太重了，没法玩。我不得不一直待在家里。但我听过你的名字。我知道你的名字。”

他们见利安德与那赶羊人依旧聊得起劲。俄瑞斯忒斯想要坐下，但又觉得他俩还是都站着比较好，好让那人能清楚地看到他们。

“你觉得有人在追我们吗？”他问米特罗斯。

“我的家族愿意为我出钱，而利安德的家族愿意拿出他们拥有的一切。绑架的人一定了解这些。我们跑了，他们一定觉得好像有人偷了他们一大笔钱。现在他们没法卖我们回去了。”

“你怎么知道他们打算卖你回去？”俄瑞斯忒斯问道。

“不然的话他们早就把我们杀了。”米特罗斯说道。

“那我们为什么不留在那儿等着呢？”

“利安德觉得我活不了很久了，而且他也担心如果守卫们觉得我们家族已经派人来营救我们，并且就快要找到这里，那么我们可能全都会被杀。”

“他们为什么不派人来救我们？”

“因为现在是埃癸斯托斯在掌管。至少利安德是这么说的。他从一个守卫那儿听来的。”

“掌管哪些东西？”

“一切。”

“是他下的绑架命令吗？”

米特罗斯犹豫片刻，望着利安德和那人。他像是要装作没听见那问题的样子。俄瑞斯忒斯决定再低声问一次，看看情况会如何。

“是他下的绑架命令吗？”

“我不知道，”米特罗斯低声答道，“或许。问问利安德吧。”

“利安德说有些男孩因为我的家庭而讨厌我。”

米特罗斯点点头，但没作任何评论。

他们见利安德依旧与山羊待在一起，而那人朝他们走近。

“你们准备好干活了吗，你们俩？”那人问道。

他二人都点点头，俄瑞斯忒斯努力显出一副热切的样子。

“我有几个畜棚要清理。”那人说道。他仔细地端详俄瑞斯忒斯，然后是米特罗斯。

“作为回报我可以给你们提供食物和住宿，什么时候干完活你们就什么时候走。”

俄瑞斯忒斯点了点头。

“有人在追你们吗？”那人问道。

俄瑞斯忒斯意识到他只有一秒的时间来决定如何回答。他不希望自己说的与利安德可能已说过的相抵牾。

“米特罗斯身体不好，”他轻声说道，“所以或许利安德和我将会干大部分的活。”

那人眯缝起双眼朝利安德一瞥。

“如果有人来的话，我们会把你们藏好的。”他说道。

他们跟着那人及其羊群走，一直走到日落，才抵达一座小小的房子和挨着树木的几间畜棚。利安德从未离开那人左右，始终与他交谈，俄瑞斯忒斯和米特罗斯则走在后边。俄瑞斯忒斯心中纳闷还要多久食物——哪怕是一些面包——才会拿出来，他们才可以吃，抑或是否他们得先干会儿活，或者是否得等到那人准备要吃了，然后才与那人一起吃。

那人的妻子，当他们走近时正待在门边，给人的印象是她深深忧虑于他们的到来。她走进房子，离他们而去，她丈夫跟了上去。当那人回来时，他命令三只大犬和若干只小些的犬将他们包围。那人引着山羊进了一间畜棚，似乎并不急着返还。米特罗斯开始轻轻拍打起其中一只犬，并与之玩了起来，但其余的犬并没有那么友好，都作势要猛咬他们的脚踝。俄瑞斯忒斯意识到，以这些犬为守卫，很容易就能把利安德，他和米特罗斯拘在这儿，直到追他们的人到来。他想试图搞清楚那人是否能够猜出他们还挺值钱。

“你怎么跟他说我们的？”俄瑞斯忒斯问利安德。

“我告诉了他真相，”利安德说道，“没有其他解释能说得通。他看到了我衣服上的血。我告诉他我们和人打了一架。但我没告诉他我们杀了一个守卫，我也没告诉他我们的家族会为我们出多少钱。他不知道我们是谁。”

“他仍然可能把我们卖掉，”米特罗斯说道，“即便他认为卖不了很多钱，但对他来说，卖掉我们可能要比护着我们上算。”

“如果搞不到吃的，我们会饿死的，”利安德说道，“几英里内没有其他房子了。他说离下一座房子还有超过一天的脚程。再过去，就是海了。这里什么都没有。我们可能走错路了。”

他陷入了沉思。

“他的妻子不喜欢我们。”米特罗斯说道。

当那人重新出现时，他对犬一声高呼，那犬就将男孩们围得更紧，其中一只如此做时还咆哮起来。米特罗斯试图去拍拍刚才还和他挺友好的那只犬，那犬走开了，在房前坐下，摇着它的尾巴。那人进房去，关上了前门。

那时他们等着，不敢动弹，而白日行将过去。在白昼的最后半个小时里，他们注视着雨燕和紫崖燕狂乱地在天上飞，喧吵到几乎听不见其他任何声响。

随着时间的逝去，这些犬似乎渐渐变得更警惕了。虽然俄瑞斯忒斯很想去方便，但他知道哪怕是对最微小的变化，这些犬也会有所反应。天一黑，他就看到星星出现于天空，但是还没有月亮。

“我没叫你们做事的话，什么都不要做，”利安德低语道，“看着我。同意不？”

俄瑞斯忒斯握紧利安德的手表示赞成。不久，当寂静笼罩在他们周围时，米特罗斯咳了起来，引众犬吠得越来越高声。俄瑞斯忒斯和利安德将他托住，以防他疼得直不起腰。

“只要别动就好，”利安德说道，“这些犬会习惯这声音的。”

月亮升起的时候，那人从房里现身。他喊了些话让这些犬平静下来。

“现在你们可以往前走了，”他说道，“你们仨都得走。我们决定不留你们在这儿了。太危险了。”

“我们没有吃的。”利安德说道。

“你们要是不走，这犬就会攻击你们，”那人说道，“而且不管什么时候你们要是再靠近这儿，它们都会朝你们喉咙招呼。”

“给点面包也不行吗？”利安德问道。

“我们什么也没有。”

“那走哪条路最好呢？”

“哪条都不好，除非回山里去，你们来的那地方。其他地方全是海。”

“下一座房子的主人是谁？”

“那里同样也有犬守着。甚至它们都不叫。它们一闻到血就会把你们撕成碎片。”

“那里有岛吗？”

“可是没有船了。他们把我们的船都征去打仗了。”

“那里有水喝吗？”

“没有。”

“没有泉水和井？没有溪流？”

“什么都没有。”

“下一座房子里住着谁？”

“这不重要。她是一个老妇人，但你们永远都不会见到她。她的犬就跟狼一样。你们将只能见到她的犬。”

“在我们动身前能给我们些水吗？”

“什么都没有。”

他小声地对那些犬说了些什么。

“排成一列慢慢地走，”他提高声音对他们三人说道，“不要转身。”

俄瑞斯忒斯注意到那人的妻子在门口出现了，站在阴影里，米特罗斯抚弄过的那只犬在她身边。那犬依然摇着它的尾巴。

“我朋友的咳嗽——”利安德话刚出口。

“这些犬会跟着你们走上一英里的路，”那人就打断了他，“要是你们试图往回走，甚至相互间说话，它们都会对你们发起进攻。要是你朋友再咳起来，它们不知道这是怎么回事，它们也会攻击他。”

“我没法……”米特罗斯说道。

“努力将注意力集中。”利安德对他低语道。

“现在离开吧。”那人说道，然后高呼几声给犬下了些命令，那些犬缓缓地跟在他们后边。他们一直往前，直到那些犬掉头回转，然后他们继续往前走，不再回头看。很快，他们来到一处被灌木丛掩映的地方。他们坐了下来。米特罗斯第一个入睡。利安德说在俄瑞斯忒斯睡着的时候他会保持清醒。待会儿他会叫醒俄瑞斯忒斯，好让俄瑞斯忒斯来望风。

拂晓时分，俄瑞斯忒斯注意到了那些海鸟，它们在他和他睡着的同伴正上方飞翔，他感觉它们的啼鸣越来越响，也越来越令人惊恐。任何追逐他们的人都将会知晓他们身在何处，他心里想道，正如任何处于他们前方的人都将会知晓他们正在靠近。这海鸥的啼鸣声尤其刺耳。抬头望天时，俄瑞斯忒斯看到他们之上有鹰在黯淡的晨曦中高高盘旋。现在方圆数英里内的任何人都将确信有人闯入了这一片景致之中。

继续前行时，他们能够闻到来自大海的咸味，有几回，攀爬小山丘时，俄瑞斯忒斯瞥见了海的蓝色。他知道他们正在远离食物，远离他们可饮用的水。那人所提及的房子，那有犬守卫着的房子，将是他们能获得食物的最后一个机会。他料想利安德在制订着计划，但利安德甚至比米特罗斯还丧气，俄瑞斯忒斯不敢问他心里的想法是什么。

他们在一片布满岩石的地里停下歇息，焦渴地喘气，米特罗斯向后靠了靠，闭上了眼睛。利安德则去寻找可握在手里的石子或岩石碎块。

慢慢地，利安德将它们聚成一堆。他脱下他的汗衫，试着做成一个吊兜，以便尽可能多地将石头带在身上，他掂掂重量，丢掉那些看似过重的石头。不发一问地，俄瑞斯忒斯也照做起来，他注意到了利安德新焕发的光彩，他脸上的表情显出一副果断和几近于自信的样子。

他们把米特罗斯唤醒，米特罗斯睁开双眼，起身走在他们后边。现在他们往前走得更慢了，他们侧耳倾听，连一丁点声音都不放过，利安德从一棵矮树上折下枝子，给自己做了根棍子，随后他停下脚步给俄瑞斯忒斯和米特罗斯都做了根。

一开始梦想食物和水，俄瑞斯忒斯便觉得自己再难前进一步了。当他试图想象他们的目的地时，这目的地就变成了宫殿，他的母亲在宫殿门口等着他，厄勒克特拉和伊菲革涅亚则在宫殿里头。

随着一阵战栗，他想要知道厄勒克特拉身在何处，是否她也遭了绑架，抑或是否她也被带走杀死，如同伊菲革涅亚尖叫着在牲畜的嚎叫中被杀死一样。有那么一会儿，他想要蜷缩起身子，那样就没有人能看见他，但利安德示意他往前走。

他们朝着落日走了数个小时。带着那些石头，俄瑞斯忒斯觉得累了。米特罗斯行走起来也越来越困难。因为他们已负载石头的重量，就没法搀米特罗斯了。利安德所能做的只有与米特罗斯说话，以一种轻柔、劝诱的嗓音，虽然在他们攀爬一座山丘的时候，利安德自己也已上气不接下气了。

在这一天的某些时候，他们头顶的高天上并没有鸟，但此时，他们的影子伸长，海鸟也回来了，飞得越来越低，它们猛扑下来并迫近的时候，看起来几乎跟发怒了一般。

他们留心察看前方时，利安德站在俄瑞斯忒斯身后。俄瑞斯忒斯检查了这片景致中的每一寸土地，未见有人居住的迹象。俄瑞斯忒斯纳闷，那人告诉他们这儿有座房子，是否只是在耍他们。他能看出利安德已忧心起来，但他知道坐在米特罗斯边上时，最好还是不要问利安德的想法，此时米特罗斯已闭了双眼平躺在地上了。

利安德与米特罗斯轻柔地说话，说要不了多久，他就会有床睡，有东西吃，有水喝了。他必须要跟着他们走完这最后一段路。现在俄瑞斯忒斯可看到两边的海；他们正在走向陆地的尽头。如果这里没有什么房子，没有井，也没有泉，那他知道他们是到头了，得往回走了。

在他们前面，草木变得稠密，这让他觉得附近有水源。并且很可能有一座房子藏在这灌木丛和松树林里。在他们前行之时，方才跟着他们的海鸟似乎撤回了，仅能听见麻雀和另一些小鸟的声音。然而，这声音很快就被犬吠声打破。利安德示意另外两个跑进路边灌木下的掩蔽处，自己则去了路的另一边，躲在一棵细瘦的松树背后。他们藏身停当后，他开始吹起口哨。

当第一只犬沿小路凶猛地冲来时，利安德拿起石头朝它猛掷，迫它在咆哮中停下了脚步。俄瑞斯忒斯试着对准犬头，拿了个锯齿状的石块招呼上去，打得那犬侧翻在地。利安德走出来，开始用棍子打犬的头，同时从他的石头储备里挑出一块够硬的，猛砸那犬头。他正这样做时，另有一犬顺着小路而来。几秒之间，就咬上了利安德的胳膊，痛得利安德大叫，身体直扭动。俄瑞斯忒斯朝米特罗斯大喊，要米特罗斯从他的石堆里拣个重的石块，他自己则抄起棍子，开始打那只犬。

米特罗斯朝那犬扔石块，俄瑞斯忒斯则打那犬打得越来越凶。最终，那犬倒下了，嘴里冒出了血，留利安德在那儿喘着粗气，他迅速将手按在胳膊上止血。他们仨向前看去，俄瑞斯忒斯心中明白倘若再有犬成群而来，他们是顶不住的。米特罗斯搀着利安德，检查他胳膊上的伤口，俄瑞斯忒斯听到了犬吠声。在一条大黑犬跳向他们，朝他们龇出牙齿前，俄瑞斯忒斯已取出了石头若干。他聚精会神地瞄准，朝那犬大张的嘴掷出一个石块，顷刻间就噎住了那犬。那犬在痛苦的狂吠中摔了个四脚朝天。

现在只听得到哀鸣之声。那第一只犬，尚还活着，努力想站起身子，即使它的半边脑袋都开花了。俄瑞斯忒斯快步向它走去，使劲地将一个石块摔在这畜生身上。他穿行回来，跪到利安德身边，仔细察看他胳膊上撕裂红肿的大创口。

“帮他坐起来。”俄瑞斯忒斯说道。

在痛苦的大声叫唤中，利安德缓慢而吃力地坐起。他睁大双眼检查起现场来了，带着与先前相仿的警觉。他站起身子，拿左手抱住他的右胳膊。

“可能还有更多的犬，”他说道，跟没发生什么事儿似的。

他们坐在背阴处，正当天光开始褪去，鸟鸣声越来越喧杂。俄瑞斯忒斯感觉自己如此疲惫，真想躺倒在这树间的柔软草地上，进入梦乡。他想利安德和米特罗斯两个心里也是这样想的。

半睡半醒间，他听见一个妇人的声音。他朝枝叶间看去，看见她向其中一犬俯下身子，大声唤它的名字。她老了，非常虚弱。当看见其他犬时，妇人一声尖叫，从一只走到另一只，叫唤它们每一个的名字，最后小心而轻柔地抱起其中一只的脑袋，说着一些哀悼的话。俄瑞斯忒斯观察着妇人，见她起身，朝四下里看；片刻间他就意识到，如果她仔细看，她就会看见他。但凭着她那眯眼看的样子，他能断定她的视力并不好。她离开了，回到她方才出现的地方，仍然大声说着什么话，并叫唤那些犬的名字，她提高了她的嗓门，似乎在试着将犬从死亡中唤醒。

他们等待着，夜幕降临了。俄瑞斯忒斯相信，倘若这妇人还有更多的犬，那她是不会如此激动地哀悼死去的这几只的。尽管如此，他还是留心听着，不放过一丁点的犬吠声。他听到其他动物的声音，山羊的咩咩叫，还有绵羊和鸡，但没有声音表明附近有犬。当米特罗斯开始呕吐时，俄瑞斯忒斯也生出想吐的欲望。利安德提醒他们要保持安静。随后，俄瑞斯忒斯疲惫地躺下，挨着米特罗斯，米特罗斯把手伸出，握了一会俄瑞斯忒斯的手。他不清楚米特罗斯这样握紧他的手，是想让他了解他有多疲惫呢，还是有多饥饿和焦渴，抑或是有多害怕。利安德没和他们坐在一起，跟生了气似的。当月亮出现时，他站了起来。

“你们俩待这儿，别出声，”他说道，“我要去和她谈谈。”

他们等待着利安德归来，俄瑞斯忒斯听到了许多声音，像是脚步声，像是有谁在靠近。在他们周遭的灌木丛里，他意识到，有什么东西在活动，那是小动物们在四处觅食。还有一个声音，起初他没有辨认出来。这声音好似人声，像一个人把气吸进来，又呼出去。他听了听，给米特罗斯指出来，让他也去听，这声音就像一个比他们庞大的人在安详中入眠，从容地呼吸，循环往复。

有那么一小会儿，这声音让他确信有人就在他们近旁，这人很快就要醒来，他们将不得不对付他。然后米特罗斯对他耳语道：“是海。”突然间，一切都说得通了。是海浪在上涨，向着陆地升涌进来，散碎后，在一个迅疾而低声的呼吸里，又退了下去。他不知这声音还能这么响。在军营里和父亲一起时，他见过海，并且肯定也挨着海睡过，但过去他从未像现在这样听过海。他也能够确定，方才早些时候还没有这呼吸声。可能，他心想，是风向变了吧，或者这声音是属于夜晚的。

他们等待着，几乎像是在船上颠簸一般，这海水的节奏是如此富有规律。俄瑞斯忒斯感觉到，如果他全神贯注于这大海的声音，忘却其他一切事情，那么至少他将不必思虑，但随着时间慢慢消逝，利安德不见回转，他担心起自己将被留下负责照管米特罗斯，他不知是该尝试接近那妇人的房子，像利安德所做的那样呢，还是领米特罗斯沿着大路回去，在那儿他们将没法保护自己免受其他犬或者可能在追赶他们的守卫的伤害。

利安德靠近的时候，不得不叫唤他们的名字，因为他没法一下子就找出他们在哪儿。他几乎是在喊叫了，这是在向俄瑞斯忒斯表明他深信此处是安全的。他们听到他的声音就站了起来。

“她说我们可以留下，”他说道，“我已经承诺她我们会待在这儿，直到她希望我们离开。她有吃的，并且这里还有一口井。她很怕我们，而且还在哭，因为我们对她的犬下了这样的毒手。”

他们朝房子走去时，蝙蝠开始朝他们猛扑下来，惹得米特罗斯惊恐地捂住自己的脑袋。利安德让他们慢慢地跟着，留神脚下每一步，因为这房子就挨着陡峭的悬崖。米特罗斯如此畏惧这蝙蝠，因而只得紧紧偎在另两个之间，寻求保护。

这妇人在门边，身处一盏油灯投下的阴影中，看起来极其庞大，几近不祥。他们进门时她站到了一边，然后跟着他们进了房。俄瑞斯忒斯环顾房间四周，两只眼睛尽情地盯住那一陶罐的水和一旁的水杯，他料想利安德来找他们之前，正是拿这杯子喝的水。因为他和利安德两个都袒露着上身，之前他们的汗衫都拿来做吊兜装石子了，在这房间小小的空间里，他竟古怪地觉得很不自在。妇人不理睬他和米特罗斯，着手检查起利安德胳膊上的伤口，早些时候她已在上面贴了块白色膏药。

俄瑞斯忒斯盯着那杯子看，他想要知道若是他直接发问他能不能喝这水，以及能不能将水与米特罗斯分享，那么将会有什么样的结果。

“喝吧，”利安德说道，“你们不必问的。外边就有一口井。她向我保证过水里没毒。”

米特罗斯几乎是跑着穿过房间扑向那水，老妇人迅速让开了道，靠墙站着看他们。

“刚才那一会儿，我想召唤犬来保护我自己。可是我没法召唤那些犬了，”她低语道，“我已经没有犬可以召唤。没有谁可以保护我了。”

“我们会保护你。”利安德说道。

“你们吃饱了就会走的，你们还会告诉其他人我在这儿没有犬保护。”

“我们不会走的，”利安德说道，“你千万不要怕我们。我们会比那些犬强的。”

米特罗斯喝完满满一杯水后，将杯子递给了俄瑞斯忒斯，俄瑞斯忒斯将杯满上，一气喝干。利安德痛苦地大声叫唤起来，那妇人正除去他胳膊上的膏药，换用一种浓稠的白色液体，敷在他的伤口上面。

“必须得一直有人瞭望把风，”利安德说道，“如果他们还在追我们，那么他们会追到这里来的。那个农夫会指引他们来这里。”

“他们还会烧掉房子，”老妇人说道，“那就是他们会干的事。”

“我们不会让他们靠近房子的，”利安德说着，站了起来，他的影子在墙上伸长。

“今晚由我来放哨吧。”俄瑞斯忒斯说道。

“等吃的准备好后，我们会给你拿过来。”利安德说道。

“这吃的要多久能弄好？”他问道。

“这里有些面包你可以带上。”利安德说道。

俄瑞斯忒斯离开房子时，老妇人大声说了些什么，他听不分明。然后她就对利安德说话，仿佛利安德是唯一一个可能理解她的人。

“他一定不能逛得太远。那有悬崖的。只有动物才知道哪儿安全。他应该带只山羊去，跟着山羊走。”

“这些山羊是你的？”俄瑞斯忒斯问道。

“是啊，还能是谁的呢？”

老妇人暂离了房间片刻，回来时拿了件厚厚的束腰外衣递给俄瑞斯忒斯。

利安德引俄瑞斯忒斯去到外头的夜色里，陪他站了一会儿，直到两个人都能就着星光辨出事物的轮廓。他拍拍老妇人召来的那只山羊。

“你能保持清醒吗？”他问道。

“能的，”俄瑞斯忒斯说道，“我也能看见东西，我会小心的。”

“哪怕听到一丁点不对劲的声音，也要过来叫醒我。她还有其他山羊，离这儿有点距离的地里还有绵羊。你可能会远远听到它们的声音。天亮的时候，母鸡会弄出些声响。可能还会有其他声音，鸟叫声。但是如果你觉得自己听到的犬吠声有点过于近了，或是有人声，那你要叫醒我。我们可以想办法自卫。到明天早上，我们就可以保证这座房子的安全，或者比其他时候安全。”

“我们要在这里待多久？”

利安德叹了口气。

“我们不离开这里。”

“什么？”

“直到……”他开口道，“直到她死去或者她想要我们离开。那是我答应她的。”

“但是也许我们可以给她另找些犬。”

“这是我们要待着的地方，”利安德说道，“我们一定不能想着离开。”

利安德一离开，俄瑞斯忒斯就慢慢地跟着山羊走，就着海浪的声响判断悬崖的位置。由于房子周边长有大量树木，微风拂过树叶窸窣作响，他试图弄清楚一种新的声音，闯入者的声音，听起来可能会是什么样的。他希望很快利安德就会给他带来吃的，一些别的东西，而不只是他现在手里的面包。

当吃的最终送来时，他狼吞虎咽了一番，还想要更多，心里遗憾没能跟其他人一起上桌吃，要不然他就能瞧瞧是否还有更多。然后他就一个人了，伴着海的声响和叶子的窸窣声，间或有猫头鹰叫一两声，就没别的了，没有其他声响。

破晓前的那段时间他瞌睡了过去，然后在晨光里他一下子惊醒过来。这儿的黎明一定是悄没声儿的，他心想，因为等到周遭事物都变得光亮了，有了新的声响，鸟鸣和雄鸡的啼叫才把他唤醒。他坐起来听了听，以防有别的什么声音，但他并不这么认为。他不会告诉利安德刚才他睡着了。

接下来的两天里，当米特罗斯待在床上，或者依旧待在老妇人身边时，俄瑞斯忒斯和利安德就收集石块和小石子。他们设法把石块敲碎，以便每块都能掷出一段距离。时不时地，他们练习投掷石子和小石块来击打一个特定的目标，并在通向房子那狭窄小径两边的灌木丛里堆起了石堆。

他们也开始探索房子周边的土地，利安德注意到这些果树新近修剪过，并且地间的石墙和动物看起来全都被维护、照料得不错。他也仔细察看了房子本身及外屋和储有咸肉、谷物与烧火用的木材的仓库。

“凭她一个人是不可能做到这些的。”利安德说道。

当夜幕降临，米特罗斯主动提出，他要在其他人吃饭的时候去外面守卫。晚些时候，将轮到利安德在最高处坐一整夜，他们开了一条通向这最高处的小路，用石块和石子作了标记。当老妇人给他们送上吃食时，他问她是否一直都是一个人。

“现在这房里住满了人，但不是我，”她说道，“而是那些已经离开的人。我听得到他们的声音，可以的话我就回应他们，与他们说话。但我不用再给他们做饭了，所以仓库里东西满满的。”

“但是他们在哪儿？”利安德问道。

“散落在各地了。”她说道。

“谁？”俄瑞斯忒斯问道，“谁以前住在这儿？”

“我的两个儿子被征去军队打仗，他们的船也被征走了。”

“他们什么时候被征走的？”俄瑞斯忒斯问道。

“几个月前。他们全都走了，不会回来了。他们留了犬给我，现在犬也不在了。”

“以前这儿有多少人？”利安德问道。

“他们的妻子带着孩子逃了，包括那个跛脚的男孩，我最喜欢的那个，”她说着，忽视了他的问题，“你穿着的就是他的衣服。”

“你为什么不跟他们走呢？”俄瑞斯忒斯问道。

“没有人叫我走，”她说道，“只要他们中有人说一句话，我就会走的。在夜里逃亡的时候，谁都不想有个老妇人跟在身边。”

她叹了口气。

“我们以为他们只是要绵羊、山羊和鸡，那些来的人，”她说道，“但他们只要年轻男人和船。要是早知道是这样，我们就可以把男人藏起来。一瞬间，那些人就把他们带走了，我们知道他们不会回来了。”

“他们现在在哪儿？”俄瑞斯忒斯问道。

“他们在打仗。”

“打的什么仗？”

“就那一仗，”她说道，“那一仗。”

“那其他人呢？”利安德问道。

“其他人不敢待在这儿了。他们中只有一个，就那个跛脚的男孩，在出发时回头看了下。”

她沉默下来，他们也都一言不发地吃饭。他们吃完时，米特罗斯回到了屋里。老妇人将他的食物放上桌，朝他微笑，开玩笑似的而又充满深情地摆弄他的头发。在俄瑞斯忒斯看来，米特罗斯似乎已不知不觉进入一个他自己的领域，尽可能地回避利安德和俄瑞斯忒斯，紧紧地跟随着老妇人度日。

第二天早上，俄瑞斯忒斯和利安德一起坐在石堆旁，不说话，只看着远方，他们瞧见一只犬缓缓地走近，摇着它的尾巴。当这犬经过时，他们悄悄潜进灌木丛，两人手里都抓了个石块，俄瑞斯忒斯坚信有人来了，憋足了劲准备进攻。他们观察着，等着，但不见有人来的迹象。这犬似乎是自个儿来的。最终，俄瑞斯忒斯留利安德在外瞭望，自己回到了屋里，在屋里他看到这犬的脚爪踩在桌上，米特罗斯和老妇人两个正抚弄着它。

“这是那房子里的犬。在房子外边它成了我的朋友。”米特罗斯说道。

“什么房子？”

“在那房子外边，其他的犬把我们围住了。这家伙没和它们一起。它只是摇着它的尾巴。它很友好。”

老妇人拿出一碗水给这犬，这犬啧啧有声地很快就喝完了，然后又重新回到米特罗斯的身边。

当俄瑞斯忒斯出去告诉利安德发生的事情时，利安德笑了。

“人人都喜欢米特罗斯。除了那些守卫。他们不喜欢他。而且其他犬也不喜欢他。但这老妇人喜欢他。”

在去休息前，利安德提醒俄瑞斯忒斯要保持警惕，以防那农夫来找他的犬。

“如果他来了，我要怎么办呢？”

“告诉他前头有个捕兽夹，如果他再靠近房子，夹子就会啪嗒一声夹住他的腿。”

“如果他不信，我要怎么办呢？”

“大声叫，扔石头。用石头狠狠砸他的腿。吓唬他。”

*

慢慢地，他们逐渐习惯了老妇人的房子。她训练他们照料动物，教他们收割庄稼，种植蔬菜和管理果树。可以的话，米特罗斯就和她待在厨房里，出去的话就只为收取禽蛋或挤山羊奶，那犬总是伴他左右。俄瑞斯忒斯和利安德则轮流通宵放哨，每人连续三个通宵。俄瑞斯忒斯逐渐熟悉了这夜晚的声响，他自己摸索出了如何不在黎明前的那段时间睡去的方法，那是他最困乏的时候。

有时他想象利安德和米特罗斯是他的姐妹，厄勒克特拉和伊菲革涅亚。在他的梦里，他将会去寻找他们中的一个。他也想象老妇人是他的母亲。他想要知道，利安德和米特罗斯心里是否有着与他一样的念头，他们是否梦到过，这房子就像他们真正的家一样，而房里与他们同住的人就好像他们真正的家人。

一日清晨，他与米特罗斯正坐在厨房的桌边，利安德在灌木丛里站岗，老妇人则在照料母鸡，那犬开始用爪刨地，满怀期待地朝房间四周看。米特罗斯大笑，开始轻拍犬的脑袋，直到它刨抓得越来越狂乱。俄瑞斯忒斯停下了进食，看着这一幕。老妇人进来时，两个男孩甚至都没抬头看她一眼，他们一心都在犬身上。看到这情形，她尖叫一声，奔向了门口。

俄瑞斯忒斯和米特罗斯跟着她走，想要弄清楚出了什么问题。

“这犬！”她说道，“这意味着有人来了。快去找利安德！”

俄瑞斯忒斯过去从没听她唤过利安德的名字。在此之前，她似乎只晓得米特罗斯的名字。他往下朝利安德所在的地方跑去，发现他正坐在阴凉处，身旁有一堆石块。他告诉利安德发生了什么事情，利安德叫他去到小径的另一边，紧挨着石堆，什么都不要做。他要等利安德给他信号，然后再把石头投掷出去。

他们等待着，但不见人来。俄瑞斯忒斯遗憾于没有问问利安德，到什么时候他才可以回房去。他一夜没睡，累了。他的目光穿过小径，落在灌木丛上，不见利安德有传来什么信号。他猜测利安德一定在那儿等，隐藏着，仍然保持着警惕。又过了些时候，他忍不住想对他呼喊，但他意识到，如果利安德觉得他可以走了，那么利安德会隔着小径对他喊的。

他没有瞧见那两人靠近。相反，当听到他们中的一个叫唤起来时，他还吃了一惊，那人已被利安德掷出的石块砸中了脑袋。由于俄瑞斯忒斯两只手里一直都各攥有一个石块，因此对他来说迅速行动不算难事。他见那两人停了下来。其中一个两手抱头。另一个则朝四周看，搞不懂石块是打哪儿来的。俄瑞斯忒斯认出他们就是将他带离宫殿的那两个守卫。

俄瑞斯忒斯往后退了退，小心而冷冷地瞄准，决定朝那个受了伤的下手，一发石块打中那人的脑袋，随后第二发就正好打中了那人的脸。那另一个人朝房子的方向跑去，避开了利安德掷出的两个石块。俄瑞斯忒斯又拿起一个石块，从他后面掷去，重重地砸在他的肩膀上，但并没有让他停下脚步。

利安德从他所在的地方一跃而起，脱下衬衣，往里面装满石块，就去追赶那人。他如此做时，俄瑞斯忒斯注意到先前被击中的那个仍站在那里。他又一次地以两个石块瞄准，其中一个较另一个小些，也更尖些，连砸那人两次。那人倒了下来。然后俄瑞斯忒斯也脱下自己的衬衣收了些石块，跑上那条小道追利安德去了。

当他看见利安德时，利安德正独自站着，石块丢在了地上。利安德惊惶地环顾四周，拼命想找出他追逐的那人往哪儿去了。突然，那人从躲藏着的灌木丛里跳出来扑向他，一只手朝他喉咙袭去。俄瑞斯忒斯，离他们仍有段距离，他伸手摸到一个石块，但还没来得及掷出手，那人就已将利安德绊倒了。他们两个在地上翻滚搏斗，那人的手里拿了什么东西，俄瑞斯忒斯猜是一把刀。

他走近时，看到那人正铆着劲地压着利安德，骑在利安德身上，按住了利安德的一只手臂。利安德则抓着那人的手腕，那人正企图落刀下去，刺穿利安德的颈项。

俄瑞斯忒斯丢掉石块，意识到倘若他细想该怎么办，那么他将错失突袭这闯入者的机会。他试着不发一声地靠近，然后双手抱住那人的脑袋，两只大拇指竭其所能，狠狠地插进那人的双眼。在那几秒的时间里，他仿佛失却了他自己的身体，失却了意识，失却了一切，只剩下大拇指的那一股力量。直到感觉那眼窝里有什么东西挪移开了，他才重新开始呼吸，同时，那人尖叫一声，把刀掉落，放开了利安德的手。

一气儿地，利安德双膝跪地，捡起那刀，开始朝那人的胸口和颈项捅。见那人没有声响了，他们就把他仰面平放在地上。

“我们必须去找那另一个。”利安德说道。俄瑞斯忒斯几乎想要停下来给利安德解释死的这人是谁，以及他的同伴是谁——是待俄瑞斯忒斯不那么严厉，更为温和的那个守卫。但利安德已跑去了前头，他只得跟上。

那人不在那条小道上了。他们小心地往前走去，以防他藏在灌木丛里。他们到达那片空地时，看见那人远远地在他们下边，缓慢地左右摇晃着，捂着他的头。他回头瞧见了他们，试图逃走。

“等我一下，”利安德一边说着，一边回去拿了些石块。

“我们追得上他，”他回来时说道，“觉得自己能出手打他的时候告诉我。”

收集了些石块后，他二人鼓足力气，全速往前行进。在俄瑞斯忒斯看来，他们的这个猎物没法逃出他们的追捕，但他也担心这人有刀，和这人的同伴一样。如果那样的话，那么这人的唯一机会将是在足够靠近他们中的一个时，对其用刀。

俄瑞斯忒斯决定跑得快些，心中指望着如果能在前进途中不遗失石块，那么他就能在利安德——利安德跑在他前头——追上这人之前停下，并瞄准。他觉得只要他毫无挂虑，甚至不作计算，那他就能做到任何事情。他将瞄得很准，并且能够判断出什么时候是投掷石块的最好时机。看来，这人拼命想要摆脱他们，但俄瑞斯忒斯仍然清楚，这人也可能会突然转身威胁他们。

俄瑞斯忒斯没有跟着利安德和这人，他沿对角线穿过延伸着土埂的空地。他确信自己没有遗失兜在衬衣里抱在胸前的石块。当注意到这人又回头看时，他甚至跑得更快了。这人在计算，俄瑞斯忒斯心想，这人在考虑何时应该停下，并做好拿刀袭击利安德的准备，如果利安德蠢到靠近他的话。

现在俄瑞斯忒斯准备好了。他拣出一个石块，瞄准并掷了出去，但这人并非按直线奔跑，因此石块没打中，反提醒了这人俄瑞斯忒斯的位置。现在俄瑞斯忒斯别无选择，只能捡起装满石块的衬衣，尽可能快地跟上前面跑着的这人。他将不再有斜坡的优势了，但如果他用尽全力提升速度，那么他心想，他就可以靠近这人，近到可以从侧边再掷出一个石块，即使角度不会有方才那么好。

他停下来，又拿起一个石块。他吸进一口气，鼓起刚才袭击上一个人时那般的气力。然后他掷了出去。石块击中这人的肩膀。很快，他又选出一个石块。这一次击中了这人的脑袋，击得他仰天摔去。

当俄瑞斯忒斯追上利安德时，他一言不发。他二人的眼睛都紧紧盯着躺在地上的这人。他们靠近时，能听见这人的呻吟和喘息。俄瑞斯忒斯放下石块，跪着从剩下的五六个石块里取出一个。他奔向他的攻击对象，把石块重重地砸向这人的脑袋。

这人仰躺在地，两眼却圆睁着。当俄瑞斯忒斯瞧见他绝望的凝视时，这卧着的人，似乎认出了俄瑞斯忒斯，张口说了些什么，听来像是俄瑞斯忒斯的名字。俄瑞斯忒斯犹豫片刻，还是将另一个石块掷出，砸开了这人的脑袋。

利安德翻遍这人的衣物，找出两把刀。俄瑞斯忒斯走回去把他的衬衣拾起。然后他回到利安德身边，他们二人开始将尸体朝房子的方向拉，一人抓着一只脚，慢慢拖着前行，任尸体的脑袋在地上砰砰地撞击。由于他很沉，他们停下歇息了好几回。他们拖他到了他同伴所在的地方，他同伴的尸体已招来飞蝇了。他们将两具尸体逐一滚动，直滚到悬崖边，然后抛落。

“我曾向自己承诺我们不再杀人的。”利安德说道。

“不这样的话，他们会把我们杀掉的。他们就是绑架我的那两个人。”

“现在他们什么都做不了了。可是我却没能守住我的诺言。”

当和利安德一起朝房子走去时，俄瑞斯忒斯很想说说他从宫殿出来和那两人一起时的旅程，但他意识到既然利安德和米特罗斯都不曾谈论过他们被掳的细节，那么利安德也不会想要听到这些的。这些事情他只能自个儿心里想想。

他们发现米特罗斯和老妇人正坐在桌前。他们进来时，那犬站起来伸了伸腰，打了个哈欠。

"它刚才停下来，没刨地了，"米特罗斯说道，"所以我们猜这来的不知什么人，又走掉了吧。"

俄瑞斯忒斯朝利安德看去，利安德正站在背光处，没穿着衬衣。

"是的，他们走掉了。"利安德说道。

"而且我们听到一个男的大叫，"老妇人说道，"我就跟米特罗斯说，如果那个男的再叫起来，我们就要出去看看发生什么事情了。但是因为我们没再听到声音，所以我们就决定待在这里。"

利安德点点头。

"我的衬衣丢了。"他说道。

"我有些剩的布，"老妇人说道，"我可以给你做件新的。也许给你们一人做一件。这我可有的忙了。"

俄瑞斯忒斯瞥了一眼利安德，他看起来似乎长大了一些。他的肩膀宽了，脸庞变得更窄更瘦了。他独自站在背光处也显得更高了。有那么一会儿，俄瑞斯忒斯很想穿过房间去触摸利安德，把手放在利安德的脸庞或者躯干上，但是他站在那儿并没有行动。

俄瑞斯忒斯又饿又累，但他觉得他似乎需要再做点事情，事实上，如果有人告诉他有更多人在逼近的话，那他会非常乐意立马投入行动。

当利安德在这小小的房间里赤膊走动时，他总忍不住去看利安德。当他与利安德目光交接时，他看到利安德也心绪不宁。假如老妇人说她需要杀只绵羊，或者山羊，甚至一只母鸡，他都会带上快刀去和她一起。他会做好准备去帮她。他知道利安德也会如此。

他们坐在桌前吃老妇人备好的食物，仿佛这是他们生命中一个平常的夜晚。那犬在房间的一个角落里看着这一幕，米特罗斯每吃一口，它都同往常一般留神观察着，而米特罗斯每咳一次，它都会朝他挨近一些。

由于现在他们知晓无论有谁闯入，这犬都会提醒他们，所以俄瑞斯忒斯和利安德也就没必要在夜里放哨了。因而，在利安德的建议下，俄瑞斯忒斯和米特罗斯共享一床，中间再睡上那犬。利安德睡在隔壁房间，老妇人则睡在房子的尽头。

白日里，他们吃饭时碰面，饭菜由老妇人和米特罗斯烹煮。俄瑞斯忒斯和利安德则照料动物和庄稼，蔬菜和树木，常常一起干活。四人一块吃饭时，永远都有话说。他们可以谈论天气，或者风的变化；他们可以讨论老妇人制作的一种新型山羊乳酪，或者讨论某个动物或某棵树出了什么事情。他们可以打趣米特罗斯有多懒，或者在清晨把俄瑞斯忒斯从床上叫起来有多难，或者利安德已长得有多高了。他们可以丢面包给那犬，然后在看着它贪婪吞咽的时候大笑起来。但老妇人对她那离去的家人绝口不提，而男孩们，相应地，也对家绝口不提。俄瑞斯忒斯纳闷儿是否有可能米特罗斯已告诉了老妇人他们的故事，或者是否所发生的事情已在他们之间的交谈中显露出了部分。

某些日子里，风会变得狂烈。通常老妇人知道这将在什么时候发生。她会提醒他们。它可能以夜晚的一声呼啸开场，或者始于甚至比往常还暖和些的白天，它可能会增强变烈，持续个两三天，然后再次平息下来。当风呼啸得最为响亮的时候，那犬会变得不安，吠叫，想要躲藏起来，米特罗斯不得不待在它的身边。在风最为猛烈的夜里，他们谁也睡不着，坐到厨房里心神不宁的，这老妇人，事先取出一瓶蒸馏果汁，给她自己倒了一杯，也给男孩们备好大量水果和水，她将给他们讲一个故事，并允诺，如果可以的话，她会讲上一整夜。

“有一个女孩，”一天晚上她开始了讲述，“她被认为是人们所见过的最美的女孩。关于她的诞生有不同的说法。一些人相信她的父亲是上古神祇中的一个，他化为天鹅来到人间。但是，不管人们认为她的父亲是谁，关于这女孩母亲的名字，所有人都达成了一致。”

老妇人停了下来，风依旧在房子周围呼啸。当那犬走进角落的更深处时，米特罗斯坐到它近旁的地面上。

“她母亲的名字是什么呢？”俄瑞斯忒斯问道，“她也是一个神吗？”

“不，她是凡人。”老妇人说着，又停了下来。她似乎在努力记起一些东西。

“那是诸神的时代，”老妇人说道，“那天鹅与她同寝，那个母亲，然后有一些人就说……”

“他们说了些什么？”俄瑞斯忒斯问道。

“他们说两个是来自那天鹅父亲的种，另外两个是来自那个凡人父亲。前两个是一个男孩一个女孩，那后两个也是一男一女。而这女孩，天鹅的女儿，就是迷人的那一个。其他几个么……”

她又停了下来，叹了口气。

“那两个男孩现在已经死了，”她继续说道，悄声地，“他们死了，和那时的所有人一样。他们为保护姐妹而死。那就是他们的死因。”

“他们为什么得保护她？”利安德问道。

“所有的王子和君主都想娶她，”老妇人说道，“而且人们一致同意，任何追求她的人，即便追求失利，他们也得许下诺言，万一她碰上什么意外，他们都要来援助她的丈夫。战争就是这样生起的，这战争带走了船只和男性。战争因她的美貌而起。”

老妇人讲述着，而风在房子周围怒号。三个男孩与她整夜坐在一起，俄瑞斯忒斯和利安德在椅子上时醒时盹，米特罗斯则依旧与那犬待在一块，那犬被风吓着了。

*

利安德和俄瑞斯忒斯学会了吹口哨，这样一来他们即便不在一块，也能互相听见。他们主要的一种口哨是问候，让彼此知晓他们都身在何处；另一种则表示是时候回屋吃饭了；再一种则意味着他们得尽快找到彼此；最后一种意味着有人闯入。他们拉上米特罗斯一起，教他在他们误了饭点时吹口哨，还教了他一种最为响亮和尖锐的口哨，只要那犬一刨地，他就这样吹起来。

如果需要彼此，他们就可以吹口哨，因此俄瑞斯忒斯和利安德可以在不同的地里干活，或者可以一个待在屋里，而另一个去寻找动物。这也意味着俄瑞斯忒斯可以沿着悬崖边走，直到他找到一个豁口，一条可下到海里的岩石小径。他知道老妇人担心海浪，可能会又高又汹涌，所以他从不告诉她，他时常在白日将尽的时候去那儿，只为独自一人看海。

他找到一处平窄的岩礁。有些日子里，他会走下去看海浪推涌而入，互相挤攘着猛撞向下方的岩石。有时，鸟儿排着奇特的队形在海上飞翔，有一些飞得高高的，其余的则更贴近水面。水面通常平静而寂止，但有风的日子里，风就像把海水远远抛出去似的。

很快，他说服了利安德与他一起过来。当日光褪去，他们一同坐在岩礁上。利安德在户外干活时很少穿衬衣，身体晒得黑黑的。他比俄瑞斯忒斯高得多，也硕大得多。他就像是俄瑞斯忒斯记忆中与他父亲一起的战士，那些在他父亲帐篷里进进出出，目的明确，行动坚决的人。

俄瑞斯忒斯想要问问利安德是否有一个计划，是否在计数着流逝的岁月，如俄瑞斯忒斯那般，通过月盈月亏，通过产羊羔的季节，通过庄稼生长的方式，通过果树的收获时间来计数，以及他是否认为他们要在此度过余生，甚至在老妇人死后也依旧如此。

然而，随着时间的流逝，月亮圆了又缺，不再有人闯入了，看起来他们仨似乎是被遗忘了，似乎他们已寻到了这么一块地方，他们将在此安然生活，任何的离去和迁移都只会将他们置于危险之中。

有时候，俄瑞斯忒斯凝视着大海，在天边寻找小舟或大船。他记得在军营和父亲一起时，小舟大船尽皆候在港口。可在这儿，他没看见有任何迹象。

当他们一起坐在那儿时，俄瑞斯忒斯向后靠去，把头倚在利安德的胸膛上，利安德则伸出双臂把他揽住。俄瑞斯忒斯知道，一旦有此种情形，就什么都不要说，也什么都不要想，只等这夕阳沉入大海，到时候，利安德将会放松他的双臂，把俄瑞斯忒斯轻轻地推向一边，然后站起来舒展下身体，他们会一起走回房子去。

在夜里，米特罗斯经常给俄瑞斯忒斯转述老妇人与他独处时对他讲的故事。悄声地，他叙述她所说过的东西，他试着回想确切的语句，说到一些细节处也像她那样停下来。

“从前有个人，也许是个国王，”他说道，“他有四个孩子，一个女孩和三个男孩。他爱他的妻子和孩子，他们过得很幸福。”

“这是什么时候的事？”俄瑞斯忒斯问道。

“我不知道。”米特罗斯说道。

“然后那女人死了，”他继续说道，“那四个孩子的母亲，他们很难过，直到他们的父亲打发人把他们母亲的姐妹请了来，并娶了她，然后他们又过得幸福了，直到她嫉妒起那四个孩子。于是她下了命令要把孩子们杀死，但是奉了她命令的那仆人说他下不了手，因为他们都是漂亮的孩子，而且……”

他停了片刻，似乎忘记了下一部分。

“也许这国王会很生气。”俄瑞斯忒斯说道。

“是，也许是的。但接着她就自己来杀他们了。”

“在他们睡觉的时候？”

“或者在他们玩耍的时候。但她过来杀时也没下得了手。于是，她转而将他们变成了天鹅。”

“那他们会飞吗？”

“会。他们飞走了。这也是咒语的一部分，他们得远远地飞走，但在此之前，他们要了一样东西。他们要了一条银链子，好让他们永远都不分离。链子是为他们做的，然后他们飞走了，链子拴在他们之间。”

“但在他们身上发生了什么事呢？”

“他们飞到一个地方，然后去到另一个，然后再去到另一个，很多年过去了。有时候天气很冷。”

“他们死了吗？”

“他们飞了九百年。这么多年来，他们一直等待着，谈论着回家。他们谈论着将会有一天，他们飞着，银链子依旧在他们之间，他们会找到自己离开的那个地方。但是当那个时刻来临时，他们认识的所有人都死了。在那里的是另外一些人，他们不认识的新人，看到天鹅着陆，翅膀脱落，然后喙和全部羽毛都脱落的时候，那些人被吓着了。他们又是人了。是人，却不再是小孩子。他们老了。九百岁了，所有看见他们的人们都逃走了。”

“那接下来发生了什么事？”

“他们死了，然后那些逃走的人又回来把他们埋了。”

“那银链子呢？他们把那个也埋了吗？”

“没有。那些人把银链子留着了，后来他们把它卖掉了，或者作了别的用途。”

*

慢慢地，老妇人的身体变得虚弱。米特罗斯在厨房里给她铺了一张床，因为她再也不能走路了。白天里她仍然与米特罗斯交谈，开饭时间她也吃点东西，但只有米特罗斯给的她才吃。她认不出俄瑞斯忒斯，也认不出利安德。他们与她说话时，她也都不回应。有时候，她开始讲起一个关于船只和男人，关于一个女人和海浪的故事，但她没能继续。而在另一些时候，她念叨着一些名字，这些名字似乎与任何事都没有什么关联。他们在桌前沉默地吃饭，任她的声音来了又去，几乎没注意去听，因为差不多她讲的所有东西对他们来说都没有什么意义。

她经常会一句话说到半途就睡去，然后又醒过来叫米特罗斯，米特罗斯就会给她些吃的，挨着她坐，把那犬也带在身边，而那另外两个就回去干活，或是去房子的另一个地方，或是下到岩石之上的平窄岩礁，朝外望望海浪。

一晚，这妇人在停止说话并入睡前，将一些短句翻来覆去地念叨，然后是一些名字。当她再次醒来开始低语时，他们差不多已吃完了饭。一开始他们很难听清她的话。那是一串名字。俄瑞斯忒斯站起身来向她走去。

“你能把那些名字再说一遍吗？”他问道。

她对他毫不理睬。

“米特罗斯，你能让她把那些名字再说一遍吗？”俄瑞斯忒斯问道。

米特罗斯向老妇人走去，跪在她面前。

“你能听见我说话吗？”他低语道。

她停止了言语，点点头。

“你能把那些名字再说一遍吗？”他问道。

“那些名字？”

“是的。”

“这房子里曾经满是名字。但现在只有米特罗斯。”

“还有俄瑞斯忒斯和利安德。”米特罗斯说道。

“他们会和其他人一样离开。”她说道。

“我们不会离开。”利安德用更响亮的声音说道。

这妇人摇了摇头。

“所有的房子里都曾满是名字，”她说道，“所有的那些名字。这房子里曾经……”

她低下头不再言语。过一会儿，俄瑞斯忒斯瞧出她已没了呼吸，他们挨在她身边待了一阵子，米特罗斯握着她的手。

最终，俄瑞斯忒斯对利安德耳语：“我们该怎么办呢？”

“她死了。我们应该把她带去她的房间，再带上一盏灯，然后和她一起待在那儿直到天亮。”利安德说道。

“你确定她死了吗？”米特罗斯问道。

“确定，”利安德说道，“今天晚上我们将和她的尸体待在一块儿。”

“然后把她埋了？”俄瑞斯忒斯问道。

“是的。”

“埋哪儿呢？”

“米特罗斯会知道的。”

他俩轻轻抬起她的尸体，去到房子尽头的那间屋子，她睡觉的地方，米特罗斯则与那犬一块儿跟着他们，他开始咳嗽，一直缩在那妇人躺着的屋里的一个角落，他时不时地走过去摸她的脸和双手，然后再返回他待着的地方。然而，随着夜晚的流逝，他开始咳得更频繁了，只得去外头呼吸下空气。

俄瑞斯忒斯和利安德则与尸体待在一块，现在尸体已变得冰冷僵硬，他们二人都不敢说话。俄瑞斯忒斯察觉到，现在是他们一直在害怕的时刻，是他们不得不做出决定的时刻。他知道，他们住在这房子里，已有五年。他意识到他并不知道利安德想要做什么，也不知道他们待在这里的时候利安德脑子里一直都在想些什么。

他不想离开这里。已过去太多的时日了。如果，米特罗斯回来时，利安德说他相信他们应该留在这里，不作离去的打算，那么米特罗斯会迅速表示赞成，而他也会。他们将留在这里直到老去，就像老妇人那样老去。

俄瑞斯忒斯试着想象他们中哪一个会最先死去，谁又会独自在此活到最后。他觉得米特罗斯会最先死去，因为他身子骨最弱。他想象自己和利安德单独在此，利安德照管动物和庄稼，而他，俄瑞斯忒斯，则照管厨房、食物，收集禽蛋。他想象一天结束时利安德进得门来，他已为利安德备好食物，然后他们谈论天气、庄稼和动物，再过些时日，他们也许会说到米特罗斯和老妇人，甚至说到家，以及留在家里的那些人。

次日清晨，米特罗斯带他们去到灌木丛里，老妇人曾说过的想让自己的尸体入土的地方。他仍然在咳嗽，捂着他的胸口，另外两个人则挖洞，好将老妇人的尸体埋进去。当飞蝇在她附近聚集起来时，米特罗斯一边喘着气一边忙着把飞蝇给划拉开。

老妇人的双眼还半睁着，并且，虽然她的尸体不会动弹，了无生气，但有那么几个瞬间俄瑞斯忒斯还是觉得，她真的动了一动，或者在他们给她准备墓地的时候，她能看到并听到他们。到了能把她的尸体下到他们挖好的洞里时，他们犹豫了。他们端详着这场面，一动也不动。

米特罗斯屈身握住老妇人的一只手。利安德坐在地上，凝视着前方。那犬则悄悄跑去了阴凉处。

突然间，俄瑞斯忒斯想到他应该做什么了。他站直了身子，引得米特罗斯和利安德都密切地注视起他来。他看着老妇人死去的身体，想起了那个妻子曾唱过的歌，那时她的丈夫正倒在地上，中了井水里的毒。他清清嗓子，开始唱起来。他不确知所有的歌词，但他记得旋律。他也记得那女人朝天歌唱时所调动起的强烈情感。俄瑞斯忒斯仰头向天看去，就像那女人曾做的那样。当忘词时，他就重复先前的句子，或者现编。当看到米特罗斯向利安德点头时，他迫使自己的嗓音变得更加高亮。米特罗斯将双手伸到老妇人的肩膀下面，利安德则跪下身子将两只胳膊伸到老妇人的双腿下边。慢慢地，他们把她移到墓穴边上，轻柔地下到土里，然后把墓填上。

他们三人都朝房子的方向走回去，后头跟着那犬，利安德问俄瑞斯忒斯是从哪儿学的这歌。俄瑞斯忒斯的脑海里浮现出了这一幕——那痛苦不堪倒在地上的男人，无情地旁观着的守卫，女人臂弯里的孩子，在他们之上的苍天。看起来那就像是另一世的生活，抑或一种曾属于他人的生活。

“我不记得从哪儿学的了。”他说道。

当米特罗斯依旧和那犬待在厨房里，而利安德去地里的时候，俄瑞斯忒斯就去他的岩礁，期待利安德会在那里与他会合，那样他就能弄清利安德有什么打算。但利安德没有出现。

他尽可能久地眺望海，听下边海浪撞击的声音，等得不耐烦了，他就回到房里，发现米特罗斯正坐在地上剧烈地咳着，口里冒血。他去外头吹口哨将利安德唤来，然后回到厨房把米特罗斯的脑袋枕在自己的大腿上。

那一晚，他们守在米特罗斯床边，他睡了，然后咳着醒来，然后又睡去。晚些时候，他们给他拿来食物，确保他觉得舒服，那犬则伸直了四肢躺在他边上。

“我们必须得离开了，”利安德说道，“一直到现在我们都很幸运。但总有一天会有其他人来这里的，我们没法抵挡他们。”

“我不能走。”米特罗斯说道。

“我们会等到你好起来，”利安德说道，“等到你不再咳嗽。”

“我不能走。”他重复道。

“为什么？”俄瑞斯忒斯问道。

“那妇人告诉我，我一离开这里，死亡就会等着了。”

“等着我们所有人？”俄瑞斯忒斯问道。

“不，只等着我。”

“那我们呢？”俄瑞斯忒斯问道。

“她告诉了我将要发生的一切。”米特罗斯说道。

“是不好的事吗？”俄瑞斯忒斯问道。

米特罗斯没有回答，却迎着俄瑞斯忒斯的目光与他对视了好一会儿，似乎在考虑该说什么。

“你可以告诉我们。”利安德说道。

“不，我不可以。”他回道。

他闭上双眼就一动不动了。俄瑞斯忒斯和利安德留他一人在那儿睡觉，他俩就回厨房去了。

再次听到大声的咳嗽时，他们立即来到他身边。他眼睛睁着，伸出手紧握住俄瑞斯忒斯的一只手。

“你会……？”刚开口他又咳了起来。

“你不必说话的，”利安德说道，“就歇着吧。”

“我想坐起来。”

他们协助米特罗斯坐起来。从头到尾他都抓着俄瑞斯忒斯的手。

“你会告诉他们吗?”他问道。

“告诉他们什么?”俄瑞斯忒斯问道。

“告诉他们这些年我都和你们在一起，还有老妇人，这犬和这房子。你会告诉他们我们的故事，我们所做的事吗?”

“告诉谁?”俄瑞斯忒斯问道。

利安德将手搭上俄瑞斯忒斯的肩膀，往后拉了拉他。米特罗斯放开了他的手。

“我们会告诉他们你很快乐，”利安德说道，“并且有人照顾你，我们爱你，关心你，你没有碰上什么不好的事情，一点不好的事情都没有。我会告诉他们，俄瑞斯忒斯也会告诉他们的。我们一回家，就会首先去做这个事。”

“俄瑞斯忒斯……”米特罗斯开口道。

“米特罗斯，我在。”

“也许她说的将会发生的事情并不是真的。”米特罗斯低语道。

“但是她说了什么呢?”俄瑞斯忒斯问道。

“你能保证你会告诉他们吗?”米特罗斯提高了嗓音问道，忽视了俄瑞斯忒斯的问题。

“是的，我保证。”

“他们所有人?我的父亲和母亲，他们所有人，我的兄弟们?也许我有新的兄弟或姐妹了，我从没见过的。”

“我们会告诉他们所有人。”

米特罗斯躺下又睡了过去。随后，俄瑞斯忒斯去利安德的床上躺下，但利安德并没有与他一道，而是在厨房和米特罗斯所在的地方之间徘徊，整个夜里，俄瑞斯忒斯都仔细地听着利安德的动静。

次日清晨，俄瑞斯忒斯一定瞌睡过去了，因为利安德把手搭在他肩膀上才唤醒了他。

“刚才米特罗斯停止呼吸了。”利安德低语道。

“你有试着叫醒他吗？”

“他不是睡着了，”利安德说道，“他是死了。”

他们在他尸体边上等着，直到日头散着微光挂在天上，然后他们将他搬去埋葬老妇人的地方，那犬急切地跟着，两耳竖起，像是能听见远处的某一声音似的。当他们准备将尸体下土，下到他们在老妇人尸体旁边挖出的空间里时，利安德看向俄瑞斯忒斯，以眼神询问他要不要再唱一次那歌。俄瑞斯忒斯向墓挪近并坐下。他开始低低地吟唱他所知道的词，然后声音越来越低，最后几乎像是在说悄悄话。

填墓时那犬看起来焦躁不安的。它与他俩在那儿待了一会，但接着它就缓缓动身回房，迟疑地跟着他们，发出低沉的吼叫声。它坐在厨房里它惯坐的地方。俄瑞斯忒斯给它吃的和水，轻拍它的脑袋，与它柔和地说话。

他知道利安德在计划着离开。他们并未说起过这事，但他确信利安德就是这样计划的。而如果这样的话，他不知道那犬该怎么办。

夜里醒来时，他从自己的床转移到利安德的床上，那犬也跟着他走。利安德给他腾出空间，让他在自己身边躺定，然后抱住他。俄瑞斯忒斯意识到，他们都在担心，担心他们离开后事情会变成什么样子。

他不再去他自己的床睡，而是等到利安德准备睡了，才和他一起去房间里，那犬也会再一次地紧跟在他的后边。他开始期待起夜晚，期待起这几个小时里他们之间发生的事情，期待起他们醒来的清晨。

一天晚上，利安德似乎无法入眠。他辗转反侧好一会儿后，俄瑞斯忒斯在床上朝他挪近了些。黑暗中他们彼此相拥，两人都睡意全无。

“我想见我的祖父，如果他还活着的话，”利安德说道，“他有两个儿子，但其中一个已经去世，然后我的父亲只有一个儿子，也就是我。也许我的祖父在等我。伊安忒，我的妹妹，我被掳走时她十岁。现在她是个大姑娘了，她也在等我，还有我的父亲和母亲也在等我，还有我的姨父和姨母也在等我，还有我的外祖父、外祖母，我母亲的双亲。”

“我不知道谁在等我，”俄瑞斯忒斯说道，“也许那就是米特罗斯试图说出来的，没有人在等我。”

“你的母亲在等你，还有厄勒克特拉。”利安德说道。

“但是没有我父亲？”

“你父亲已经死了。”

“谁杀的他？”

那一刻利安德没有作答，接着他就把俄瑞斯忒斯抱得更紧，低语道：“他已经死了，这就够了。”

“我的姐姐伊菲革涅亚也死了。”俄瑞斯忒斯说道。

“我知道。”

“我看着她死的，”俄瑞斯忒斯说道，“他们没有人知道我是看着她死的，我听到她的声音，我还听到我母亲的尖叫，看着我母亲被拖走。”

“你怎么看到这些的?”

“当时我在营地的山上。他们把我留在那儿和士兵们斗剑，但过了些时候士兵们斗厌了，然后我就一个人待在一个帐篷里睡着了，醒来时听到动物嚎叫的声音，我就从帐篷里出来，趴在山上高高地往下看，看见母犊被带出来，看着它们被宰杀。我听到它们发出的声音，从它们肚子里冒出来受惊的声音，然后我看到血喷了出来。我的父亲在那儿，还有其他一些我认识的人也在。我能闻到动物的血和看到扔得到处都是的内脏，血也流得到处都是。我要跑下去找我的父亲，或者找我母亲和伊菲革涅亚。但后来我就瞧见她们了。她们在一个队列里，在队列的前部，伊菲革涅亚和我母亲两个走在其他所有人的前面，男人都跟在她们后面。她们出现的时候一点声音都没有。我看到她们剃掉了我姐姐的头发。然后他们要她跪下。她的手和脚都被绑着。然后我听到了她和我母亲的声音。他们拿什么东西封住了她们的嘴巴，不让她们叫唤。那几个人把我母亲拖走了，然后我姐姐试图伸手去够我父亲，但被拖回去了。他们蒙上了她的眼睛。然后我父亲身边的另一个人慢慢朝她走过去，手里拿了把刀。她嘴巴上绑着的布条掉了下来，她开始尖叫。那声音就跟动物的一样。她倒了下来，他们就把她的尸体搬走了。”

“接着发生了什么事？”

“然后我回到帐篷里躺下来等。有人来了，他们问我想不想斗剑，我告诉他们我已经斗够了。然后我父亲来了，他跟我玩耍，把我驮在他的肩上穿过营房。”

“那你的母亲去哪儿了？”

“我和我父亲的人待在一起。我一定在他的帐篷里睡了几晚，因为我记得他们所有人都在谈论，然后大喊起来，那时候他们知道船终于可以起航了，因为风向改变了。风向一变人们就到处跑。他们几乎忘掉我了，直到阿喀琉斯看到我，带我去了我父亲那儿。我的父亲又一次地把我驮在肩上穿过营房，去到我母亲在的地方。然后我们就开始了回来的旅程。”

“你有告诉你母亲你所看到的事吗？”

“一开始我不清楚她知不知道伊菲革涅亚已经死了，或者会不会问我或其他人在她被拖走之后都发生了什么。她没看到发生的事情。而我看到了一切。我的母亲没看到，厄勒克特拉根本就不在那儿。我是唯一的一个，除了那群人和我的父亲。”

“你想回家见你母亲和厄勒克特拉吗？”

“有时候我不想，但现在我可能想了。”

“我们必须做个决定。”

“我们要走的。但我们要带上那犬吗？”

“我们必须让那犬信任我们，然后它才会跟我们走，”利安德说道，“我们要随身带上吃的。我们应该尽我们所能地带吃的，还有水。”

俄瑞斯忒斯伸出双臂搂住利安德，表明他心中的忧虑。利安德也将他搂住。

俄瑞斯忒斯知道随着夜晚的流逝和晨曦的到来利安德并没有睡去。他能感觉到利安德睁着双眼在思索。他真希望他们能够回到过去的那段时光，老妇人和米特罗斯仍健在的时候，甚至再往前些，一段几乎无法想象的时光，那时节他的母亲与他、伊菲革涅亚动身去与他的父亲会合，他父亲正准备出征，迎接了他们。

他想要知道——此时利安德动了动身子——在未来某些时刻他会否记起像这样的夜晚，他与利安德彼此间单独相处，彼此间低语消磨去时光，那犬睡在他们近旁，米特罗斯和老妇人则在不远处他们的墓穴里。利安德起来时他还躺在床上。他看着利安德穿衣，为这一天做准备。他也必须起来了，得开始预备他们的旅程。他将会让自己忙于打包食物。在脑海中，他开始罗列他们旅程中将会需要的东西。

行将动身的那个清晨，他们发现那犬无精打采地躺在厨房，舌头垂在嘴巴外边，想要喝水似的。他们给了它水，可是，它却不喝。

“这犬快要死了，”利安德说道，“它并不想跟我们走。”

他们把犬抱起来时它没有反抗。他们带它来到米特罗斯和老妇人的墓边，陪它等在那里。白日慢慢地逝去，利安德或俄瑞斯忒斯去拿吃的和水，可这犬一点东西都不碰。它只是轻轻地哀鸣，很快连哀鸣也停歇了。他们陪它等着，对它低语，也对老妇人和米特罗斯低语，甚至天黑了也是如此。然后他俩都保持沉默，唯有这犬断续的呼吸声将沉默打破。然后就连一点呼吸也没有了。

次日清晨，太阳一升起，他们就将坟墓再次挖开，把犬的尸体添在米特罗斯和老妇人的尸体边。这事一做完，他们就回房子找出他们为旅程备好的东西。他们应当尽早动身，利安德说道，这样他们才会在第一天取得好的进展。

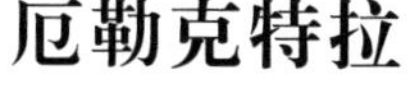
厄勒克特拉

离宫殿一段距离的地方有一列蜿蜒的台阶通向一个下沉的空间，那里曾是一座花园。一些台阶已经破损，其中一两级台阶因岁月或是在石头缝里安家的蜥蜴的缘故而几乎完全脱落。下边，低矮的树木和野生的灌木为生存空间而争斗。我姐姐在世的时候，如果我们需要说说话，并且想要确保不被人听到时，就会去那儿。当天光褪去，鸟鸣声逐渐增强，几乎变得狂烈。也许鸟儿这般喧闹似乎是为了对抗在此地成群出没的鼬鼠。那时候我们确信，即便有人藏在荫蔽里也无法听见我们的交谈。

现在我的姐姐已不在人世。她不会再来这座花园了。

取而代之的，是我母亲去那儿。她离开宫殿时会有两三个守卫远远地跟着她。有些日子里我会和她一块走，但我们不大说话，通常我离开她时她几乎连头都不点一下。

这下沉的花园将是她的死地。有人会在这里将她杀死。她会躺在她自己的鲜血中，在这奇形怪状的灌木丛里。

有时候我笑着看她步下台阶，她的守卫们倚上石栏杆时一脸警觉，生怕她在这破损的砖石上跌了跤。

可能人们会易于觉得，当我母亲和她的守卫不在的时候，埃癸斯托斯孤家寡人，会更易遭人暗算，而那时候对某些人来说也可能是个很好的时机，去偷偷潜入他办事的房间，朝他迅速走去，把刀扎进他的胸膛，或者缓缓靠近他，像有求于他似的，然后毫无朕兆地，抓住他的头发将他的脑袋向后扳，同时将他的喉咙割开。

然而，以为这么容易就能谋杀我母亲的情人，那可就错了。他满脑子的计谋，其中之一，可能也是至为重要的一个，就关乎他自身的安危。他保持着警惕。一些受他雇用，或在他控制之下的人们，也同样保持着警惕。

埃癸斯托斯就像来到室内寻求舒适和安全的动物。他已学会用微笑来代替嗥叫，但他仍然充满本能，布满尖爪和利牙。他能够嗅出危险。他会率先出击。他会拱起他的背部，在威胁刚露出一丝端倪时就猛扑上去。

害怕他并不算错。我有理由怕他。

*

那一日我父亲自战场归来，当他在外向老者们致意时，我母亲命埃癸斯托斯的两个朋友来找我。他们把我从餐厅里拖出来，无视我的尖叫和震惊的抗议。他们奋力地拉我走下蜿蜒的楼梯，到达底下的楼层，随后将我丢进厨房下边的地牢，留我在那儿过了好几个日夜，没有吃的也没有水。然后他们把我放了。他们只是将关押我的黑房间的门打开。他们允许我一身污秽缓缓地走回我的房间，所有人都看着我，仿佛我是一只下贱的仅驯化了一半的野兽。此后他们允许我活下去，仿佛什么异常事儿都没发生。

我从地牢出来那天埃癸斯托斯来到了我的房间。他站在门口说道，我母亲吃了不少苦，身体状况很虚弱，可不能提那些可能使她心烦或使她想起她所遭逢痛苦的话题。他说我绝不能离开宫殿庭园，不可被人看到与仆人说话，也不可被人发现与某个守卫私语。

他让我不要去惹麻烦。他会留神确保我不惹麻烦。

“我的父亲在哪儿？”我问他。

“他已经被杀死了。”他说道。

“谁杀的他？”

“他自己手下的一些士兵。不过他们都已被处置了。我们不会再听到关于他们的消息了。”

“我兄弟在哪儿？”

“为安全起见他已被带离了这里。他很快就会回来。”

“也带去了我曾待过的地方？把我丢进地牢是为我的安全起见？”

“你现在安全了，不是吗？”他问道。

“你想要什么？”我问道。

“你的母亲希望一切恢复正常。而这也是你所希望的，我可以肯定地说。在这个事上我们需要你的帮忙。”

他朝我鞠了一躬，装出一副有礼节的做派来。

“我想你是明白的。”他说道。

“我的兄弟什么时候回来？”我问道。

“很快他就安全了。而这也是你母亲盼着的唯一一件事了。到时候她就不会像现在这样焦躁，这样忧虑了。”

*

没多久我就弄清了我父亲是如何被杀死以及为何我母亲不愿人们提起他的死亡方式。于是我也明白了她为何派遣埃癸斯托斯来威胁我。她不想听到她女儿指责的声音。她和他二人都熟悉笼罩这宫殿的古老的忠诚和效忠的网络，其间满是萦回不散的回声和低语。他们一定知道我很容易就能搞清楚我父亲出了什么事情，也知道很快就会有人告诉我我的兄弟是如何被人诱离了这里，以及引诱者是奉行了谁的指令。

我的母亲和她的情人用威胁换来了我的沉默，但他们无法掌控夜晚，也无法掌控言语的传播。

夜晚是属于我的，如同夜晚属于埃癸斯托斯一样。我也能行动起来不出一丝声响。我活在阴影之中。我与寂静之间存在着一种亲密关系，因此我能确定在什么时候低语是安全的。

*

我敢肯定埃癸斯托斯了解我的兄弟在哪儿，或者了解我兄弟都遭遇了什么事情。然而，他不会将之与任何人分享。他了解权力是什么样的。他的这些了解扰乱了这房子里的空气。

他已准备好将我们抓捕在他的双爪里。他把我们拿在手里就如老鹰抓捕小鸟一般，啄掉它们的翅膀，留着它们的性命，好让它们在适当的时候给它提供养料。

他高度警惕于我对他的兴趣有多少。与他一样，我听到了每一个声响，包括他与他喜爱的守卫在离走廊不远处的某间屋里鼓捣出的欢爱声，或者他朝仆人住处的方向迅速、轻快地走动的声音，在那儿他会找到个女孩来满足他，然后他会回到我母亲的床上，蜷在那儿，仿佛他哪儿也没去过，仿佛他并没有被那已引他走向享乐和权力的黏糊、饥渴的欲望所驱使。

只有一次，我看到埃癸斯托斯畏缩了，或者说露出了恐惧；只有一次，我看到他体内的变色龙在猛冲疾走，寻求掩护。

有消息传来说被绑的男孩们都被释放了，且已在回家的路上，我们期待着，俄瑞斯忒斯也在其中，那时我母亲与我和埃癸斯托斯坐在一块，他仍然心神不宁的，十分严肃。

我们等着迎接我兄弟回家。等着他何时到来的确切消息，等得不耐烦了，我母亲和我就离开了埃癸斯托斯，去看俄瑞斯忒斯的房间是否已准备妥当。我们去到厨房，心里想着他可能喜欢哪些吃的，好给他做第一餐。我们彼此间热诚地说话，这自我父亲被刺起，还是头一遭，我们讨论着要最好的仆人去照顾他。我能感觉出我母亲盼着他回来的快乐。

当我们回到埃癸斯托斯所在的房间时，我们发现另有一人在那儿，一个陌生人。在我看来，那一刻我们是闯入者，我们打断了这人和埃癸斯托斯之间关于某些重要事情，甚至可能是私密事情的交谈。我纳闷这外来者，这粗鲁又讨厌的人，会否是埃癸斯托斯的一个秘密的情人或拥护者，现在来提醒他所亏欠的东西了。

我们进门时埃癸斯托斯正面向窗户；他紧握着双拳，那造访者则靠着门边的墙站在那里。当埃癸斯托斯转过身时，我瞧见了他眼中的恐惧。他朝那人点点头，示意那人离开房间。我意识到或许我也应当走开，此时此刻，无论发生了什么，埃癸斯托斯都得和我母亲待在一块。但是，我没有离开，反而坐了下来。我清楚地表明，仅一个礼貌的请求可没法把我打发走。我会和我母亲一起等，等埃癸斯托斯说出到底是什么事引得他这么恐惧。

我母亲，当有埃癸斯托斯在场时，通常就会变得像个少女，蠢蠢的，然后时不时地使小性，异常地难伺候。她的话索然无味。她已学会说蠢话了。天气很热啦，一些花啦，她有多累啦，食物啦，一些女仆动作慢啦，某个守卫很傲慢啦——这些就是她的话题。我时常在心里琢磨，倘若把这些事全都公开说出来，那么她那嘁嘁喳喳的嗓音，她那鸡毛蒜皮的好笑腔调，她那欲言又止的做派将会有什么变化呢——比如她所说的那个守卫觉得他有权利对她傲慢，是因为有时他被人撞见在埃癸斯托斯的臂弯里喘息，再比如其中两三个女仆，她必然也认得的，她们动作慢要么是因为正怀着埃癸斯托斯的孩子，要么是因为已生了他的娃。其中一个，就我所听说的，甚至还生了双胞胎。

因而在我们下方的房间里尽是生殖之力，如同这走廊里尽是粗野的欲望。对我母亲来说，假装这一切并未发生，假装她不知怎地傻到或者心意烦乱到没有注意这些，是省事的，但是显然，她与我一样，不容许任何事情逃过她的眼睛。她不傻。她也没有心意烦乱。她所有的假笑和曲意迎合底下藏着的，是盛怒，是刚毅。

“刚才在这里的那人是谁？”她问道。

“哪个人？”埃癸斯托斯问道。

“那个讨厌的人。”

“不过是个信使。”

“通常信使可不进到这里来。而这是件好事，因为那人走后留了一屋子的味道。可能是因为他有些日子没洗澡了吧。”

埃癸斯托斯耸了耸肩。

“唉，怎么没风呢？”我母亲对着她周遭的空气问道，“我累死了。”

埃癸斯托斯将拳头握得更紧。

“我预感到有消息来了。”我母亲说道，她提高了嗓音，好让埃癸斯托斯明白她是在同他说话。

我与她目光交接时，她指了指埃癸斯托斯，好像我有办法能让他作出回应似的。

我冷冷地看着她。

“那信使带了什么消息来？”她更大声地问道。

此时一片沉默，看起来，我们谁都不愿将之打破。我母亲脸上似笑非笑；她就像吃了什么酸的东西，正尽她所能地掩饰着自己的不适。

过去我从没有过这样的想法，但在此刻我却强烈地感觉到，她与埃癸斯托斯之间已开始相互嫌恶。先前我曾想象他们处于一片和煦，白日里愉快地彼此围绕，夜里的一些时候，当埃癸斯托斯没有在宫殿里随意晃荡的时候两人彼此拥抱。而现在，我觉察到一种艰难的分离。他们已将彼此摸清，并获悉了某种丑恶的真相。

他们让这事显得如此自然，这使我觉得有趣；看起来他们并不准备打破这一局面。我理解他们的两难。我想，如果让我母亲和埃癸斯托斯分开的话会很困难。已经发生太多事情了。

在沉默中与他们坐在一起时，我想象在那些艰难的时刻里有哪些东西会必然填满他们的梦境，我也想象那沉闷的尖叫声是如何必然而阴沉地压在处于睡眠时分的他们身上，正如他们醒着时一样。

我看了他们一会儿。我凝视着我母亲睁眼又闭眼，而埃癸斯托斯一动也不动。我所目击的这些几乎和最为亲密的行为一样私密。我看着他们，就如同他们裸着身子一般。

*

我从他们的世界，这言语、现实时间和纯粹人类欲望的世界，移向一个一直就存在于此的世界。每一日，我都祈求诸神助我得胜，我祈求他们监看我兄弟的时日，助他归来，我祈求他们在时辰来临时，赐我灵魂以力量。我与诸神同在，处于他们的留神与警惕中，而我也留神、警惕。

我的房间是阴间的一个前哨。每一日我都与我的父亲、姐姐一同过活。他们是我的同伴。当去到我父亲的坟墓时，我在他尸体躺卧的那地方，那一片寂静中呼吸。我屏住气，好让这新空气充满我的身体，然后缓慢地将气呼出。那时，我的父亲就从他那黑暗之所向我走来。我走回宫殿时，他的幽灵就挨着我，在我近旁徘徊。

他走近宫殿时十分小心。他知道即便自己已经死去，但有些人他也要小心提防。当他在这房间里寻着个地安顿下来时，我没有发出一丝声响。然后我一低声唤出我姐姐伊菲革涅亚的名字，她就出现了，起初她像空气里一阵微弱的扰动。他们缓缓地移向彼此。

一开始，我还为他们担心。我相信我姐姐来到我们中间是为提醒我父亲她是怎么死的，是为向他提起在她被献祭时他是如何地冷漠旁观。我相信她是作为一个指控者而来，要将他投入一个超越他所在之地的黑暗之所。

然而，我的姐姐伊菲革涅亚，身着婚礼服饰，现出实体时更显苍白和美丽，反倒缓慢无声地朝我父亲走去，准备拥抱或挽住他，或是在他的鬼魂身上寻求慰藉。

那时候我真想问她是否已不记得了。我真想问是否她死去的方式已从她记忆中抹去，是否她现在活着，仿佛那些事都没有发生过。

或许她临死前的那些日子，她被处死的那种方式，在她待着的那地方都不算什么。或许诸神将死亡的记忆上锁、储藏，严加看守起来。他们反而释放那曾纯洁或甜蜜的情感。那曾极为要紧的情感。他们容许爱变得要紧，因为爱对死者没有伤害。

他们彼此走近，我的父亲和姐姐，行动间带着迟疑。我不确定，一旦他们见到了彼此，他们是否还会来看我。我不确定生者是否能勾起他们的兴趣。他们有太多只属于他们自己的需求；他们有太多东西可以分享。

因而当我父亲和姐姐的灵魂在这房间里温文地徘徊时我不与他们说话。对我来说有他们在这儿就已足够。

但有个问题我想问问他们。我想要知道我的兄弟在哪里。有些日子里我觉察到他们对此保持着警惕；他们在等着我发问，但在我提起他的名字前他们就已飘散开去。

某一个下午，就在埃癸斯托斯和那人相见后不久，突然有喊叫声从走廊传来，然后是人们跑动的声响。随后我听到了我母亲的尖叫。

一意识到我那两个来访的灵魂都没有察觉到这声响，我就不动作了，只与他们一块儿等。我听到宫殿外头传来更多的喊叫声；然后一个守卫来到门前告诉我说，我母亲希望我现在能与她在一块儿，因为男孩们，那些被绑架的男孩们，终于要抵达了，我们得在那儿迎接俄瑞斯忒斯。

我兄弟的名字一经说出，我就感觉我父亲和姐姐的灵魂变得更加稠密，也更加活跃了。我能觉出父亲在拽我的袖子，我姐姐则抓着我的手。然后当这守卫的脚步声渐渐远去时，这里又沉静了下来。

我决定由我自己说出我兄弟的名字。我将之悄然说出，然后又更大声地说了一遍，我听到一个声音，一个迅疾的应答声，但我辨不出那说的是什么。我姐姐将双臂环在我身上，仿佛要把我就地抱住。我挣扎一会儿才脱出身来，我父亲又拽起我的袖子，试图引起我的注意。

“我的兄弟终于要回来了，”我低语道，“俄瑞斯忒斯要回来了。”

“不。”伊菲革涅亚说道。她的嗓音，或者说这一个听起来像是她的嗓音，几乎可算是响亮了。

“不。”我父亲重复道，他的嗓音就微弱些。

“我得去见我的兄弟了，我得去迎接他。”我说道。

然后我就不再被他们抓着了。想到他们或许已去到宫殿的前部，而我兄弟出现时他们或许也能在场，我就笑着松了口气。我以最快的速度沿着走廊朝门口奔去。宫殿外头传来了人们整齐划一的声音。

听着这欢呼和口哨声，我真希望自己与母亲在一块儿，这样的话俄瑞斯忒斯在第一时间就能瞧见我们一道站在那儿迎接他回家。

当第一个男孩抵达，被高举展示给众人时，欢呼声仍在持续，但我能瞧出来，很快人们就变得不安了。有些人环顾四周，仿佛在寻找是否有其他人也目击到了他们所目击的——这男孩苍白、惊恐的脸，他游移不定的双眼，就如一只动物的双眼一般，这动物曾被关在笼子里，而现在甚至更加惊恐于这自由的喧吵声。

我母亲把我的手抓在她手里。她看着，继而倒抽一口气，轻轻地叫唤，然后开始对着周边人群大喊，告诉他们俄瑞斯忒斯必须得直接带到她这儿来，他可不能被人们举到天上去，他是阿伽门农的儿子，他可不能像其他人那样任人摆布。

那时候，我注意到埃癸斯托斯也站在人群中。他的脸上带着忧虑和紧张，眉头紧皱，两眼低垂。当他抬起头时，我与他目光交接。那时候我就知道俄瑞斯忒斯不在那群被释放的男孩里边。当其他男孩被高高举起，伴着迎接的呼叫和宽慰的呐喊时，我知道我的兄弟不在这些男孩里边，当我环顾四周，瞧见一些人紧张不安地朝我母亲瞥时，我意识到他们也知道这一点。也许所有人都知道。唯一不知道的就是我母亲，她无比热切地呼吸、言语，盲目地期待着。

那些男孩被愉快的亲眷们带回家去时，我看着埃癸斯托斯。人群开始散去，剩下他和其中两家人，那两家的儿子也没有回来。他们聚拢在他周围，他成功地用承诺与保证减轻了他们的忧虑，就只剩下他与我母亲了。我站在她旁边，她正傲慢地盯着他。

“俄瑞斯忒斯在哪里？”她问他。

“我不知道。”他答道。

“你能弄清楚他在哪里吗？”她问道。

“我原本听说他是和其余的男孩们在一起的。”他说道。

“是吗？”她问道。

她的语气冷冷的，直截而又克制，但声音里又有着强烈的怒意。

“那么，那个信使是谁？人走后留了股味道的那个。”她问道。

“他是来告诉我男孩们已在路上了。”

“然后俄瑞斯忒斯不在他们里边？”

埃癸斯托斯垂下了头。

“会找着他的。”他说道。

“把陪同男孩们回来的那些人带到我跟前来。”我母亲说道。

“他们不是从头到尾一路陪过来的，”埃癸斯托斯说道，“走上一段路，他们就把男孩们交给其他人照顾。”

“那就去追踪他们，把他们带回来，”我母亲说道，“现在就去。等他们到了这里，把他们带来见我。这事已经拖得够久了。我不会再容忍了。我不会再让你这样对我了。”

我远离着我的母亲，但从走廊里人群的声响、我母亲发布指令时嗓门的音调以及随之而来的一片沉默来看，我推断恶意的对抗正在我周边上演。我悄悄地溜了，去到我父亲的坟墓，但即便是在那儿，我也觉得那气氛是顽固的，无论怎样低声乞求，都没法引得死者冒险越出他们自己的领域。

那一晚，当走到母亲的房门口时，我听到她在哭泣，听到埃癸斯托斯试图安慰她的声音，然后她没理会他，还让他离她远点。

次日清晨，我被宫殿外头较远处的喊叫声唤醒。又一次地，我听到走廊里传来人声。我仔细地穿戴。我想我要去找母亲和埃癸斯托斯，和他们坐在一块儿，哪怕只是为了证实一下守卫告诉我的事情——埃癸斯托斯，直到最近，一直都知道俄瑞斯忒斯的下落，事情就是他搞出来的，他也相信俄瑞斯忒斯会和其他人一道回来，但不知怎地他和另两个男孩从埃癸斯托斯的亲信手里逃脱了。

忒俄多托斯，仍然失踪的其中一个男孩——利安德的祖父，和同样没有回家的第三个男孩——米特罗斯的父亲，带着他们的一些手下出现了，他们要求与我母亲和埃癸斯托斯召开一次紧急的会议。

我父亲出征时留下的那些人里面，忒俄多托斯是最受人崇仰和尊敬的。他常常到宫殿来讨论被绑男孩们的下落，每次都要解释一下利安德是他唯一的孙子。

我问候了这些等在走廊里的人。我随他们走进我母亲的房间，站在角落看着他们，忒俄多托斯甚至看都不看埃癸斯托斯，就禀告我母亲说他们已从回家的男孩那里探明，俄瑞斯忒斯已经逃出去了，和他的两个朋友一起，其中一个是忒俄多托斯的孙子——利安德，另一个是米特罗斯的儿子，也唤作米特罗斯。这三个男孩就是在其他人被释放的前几天逃掉的，他说道，其间他们杀了一个守卫。没人知道他们去了哪里。

“会找到他们的，”我母亲说道，仿佛这一切并不让她觉得意外，“我已经安排了，会找到他们的。”

“所有的男孩都遭到了毒打和恶劣的对待，”忒俄多托斯说道，而那另一个人则谦恭地站他旁边，“他们中有些人都将近饿死了。”

“这与我们不相干。”我母亲说道。

忒俄多托斯朝她淡淡地一笑。他低下头，委婉地暗示他理解她为何会这样说，但他并不相信她。然后他朝我鞠了一躬。但不管是他还是那另一个人都没有朝埃癸斯托斯看一眼。从他们的表现来看，不知怎地，他们对他不屑一顾。

数日之后，陪同男孩们走了最多路程的两个人给带到了宫殿，像囚犯一样给护送去了我母亲的房间。他们被告知在走廊里等着，而那些儿子已经回归的人们则和忒俄多托斯、米特罗斯一起聚集在屋里。经过那两人时，我扭头仔细地看他们；他们似乎被吓到了。我又一次地走进我母亲的房间，站到角落里。

当那两人被带到她面前时，我母亲立即举起一只手，不让他们说话。

“我们知道他和其他两个人逃出去了。不用告诉我们这些。我们只需要你们去找他们，他们三个。他们逃跑时往哪里走了你们肯定有点数的。我的意思是：追踪他们，找到他们，把他们带到这儿来。不必做多，也不许少做。也别找借口。现在就开始。为这事我已经痛苦得很了。”

他们中的一个像是要说些什么。

“我不想听你们说任何话，”我母亲说道，“如果你们有什么问题，那就出去的时候问埃癸斯托斯吧。我想看到我的儿子，那才是我想要的。我不想听其他任何事情。而且我不希望他和他的伙伴受人虐待，不管是以什么方式。如果让我听到他们有哪怕一丁点的抱怨，我都会亲手把你们的耳朵切下来，你们两个都是。”

他们谦卑地离开了，埃癸斯托斯跟在他们后边。当其他人也都走出房间时，我留了下来，注意到我母亲身上充盈着无比的自豪。她在抚摸自己的脸，温和、轻柔地，然后她将双手轻轻地放在自己的头发上。她有意识地环视身周，如同一只笨拙的孔雀。她坐在那儿，仿佛她有一大批的观众，她可能随时会把所有人遣散，或是下达某一命令，这命令将以其全然任性和尖锐恐吓的气息使所有人铭记。当发现我时，她站起来，笑了。

“能让俄瑞斯忒斯回来那该有多好呀，”她仍旧环顾四周，对着那想象中的人群说道，“也许，他没有和其他人一起回来，也没有被那群乌合之众迎接是最好的。我会确保他独自抵达，另外两个男孩也许可以晚个一两天到来。”

她笑得甜甜的。我迫不及待要回自己屋了。我有种感觉，在这一天余下的时间里，她会一直试穿衣服，查看她的头发和脸蛋，从而做好准备，准备在接待俄瑞斯忒斯那天进行表演，并为人群所瞧见，那满怀恋念的母亲迎接她的儿子归来。

*

接下来的几个月里，忒俄多托斯经常和那另一个人——米特罗斯一起到宫殿来。两人总是会受到正式的接待，有时还会有其他人受邀来见证这些会面，而我母亲总是极为权威地告诉他们得如何保持耐心。虽然埃癸斯托斯在一边看着，散场时也会引导来宾出去，但他们从不与他说话，也不看他。

我母亲和我时常谈起俄瑞斯忒斯，谈起他可能身在何方。我知道我母亲和埃癸斯托斯之间关系难处，所以我独自一人吃饭，并且每天都去墓地，回来时我父亲的灵魂就伴我身旁。我也朝我姐姐低语。但伊菲革涅亚以及我父亲的灵魂都很微弱；有时候他们几乎不在那儿。

我意识到在我身周的紧张气氛；那些时日里，没有人在宫殿的走廊里行走，日日夜夜地，我母亲不走出她的房间，而埃癸斯托斯似乎也比往常更沉寂了。有一段时间，他们没有接待人，一个都没有。当我冒险进入走廊时，守卫们站在那儿一动不动，如同已经石化的雕像。

*

一日清晨，我被人们说话的声音唤醒。忒俄多托斯和米特罗斯召集了另外十人，在他们身后站成一排，那些人，相应地，又带了亲眷、家仆来支持他们。我穿过那些守卫，走到宫殿的前部，来到忒俄多托斯身边。我发现我母亲拒绝见他和米特罗斯已经有一阵子了，并且埃癸斯托斯告诉了他们，除非受召见，否则他们不可再踏入宫殿。

“告诉你的母亲我们要求获准见她。”忒俄多托斯说道，米特罗斯和其他人则站在他身边，点点头。

我朝里一指，意在强调如果他们想进宫殿的话，那他们所有人都可自由地进入。我跟守卫说话，告诉他们我母亲说了，希望见见这些来访者。我跑在前头，那些人则由忒俄多托斯和米特罗斯领着，穿过走廊向我母亲房间走去，但他们很快就被四面八方奔出来的其他守卫拦住了。

“让我过去。”我朝守卫命令道。

在她的房里，我母亲站在窗边，埃癸斯托斯则坐着。他们严厉地看着彼此，仿佛刚说了些难听的话，或者可能正待说出。他们二人转过头来看我，态度里混杂有一股怨恨和一种令人讨厌的亲热。

“叫那些人等着，”我母亲说道，“我很快就会去见他们，但只见他们两个。”

“我不是你的信使。”我说道。

埃癸斯托斯站在那儿盯着我看。我给吓到了，就缓缓地朝门口移去。但随即我又添了勇气，便穿过房间，挨着我母亲站着。埃癸斯托斯一出去，我就听到人声响了起来。很快，那些人挤进房间，由米特罗斯领着，忒俄多托斯则跟在后边。他们面向我母亲站着。

埃癸斯托斯静静地向角落走去，我母亲则找了个位子坐下，她穿过房间的样子就好像她脑袋里装了许多其他重要事情似的。她把自己侍弄舒服了，才将心思集中到忒俄多托斯身上。

“你们竟敢挤到我房间里来？事情竟到这个地步了吗？在我做了这一切之后？”

忒俄多托斯谦恭地笑了笑。他正要开口，米特罗斯就打断了他。

“在你做了这一切之后？你都做了些什么？”米特罗斯问道。他气得脸都红了。

“我一直不辞辛苦地做事，来确保这三个男孩的归来，”我母亲说道，“最开始我们派出的那两个守卫没有回来，我们就派了其他最可靠的——”

“从一开始就是你绑架了男孩们，”米特罗斯打断道，“这事是奉你的命令做的。还有你自己的儿子！”

埃癸斯托斯愤怒地朝米特罗斯走来，但被另外几人中的一个推开了。我母亲拿手捂住自己的嘴巴，两眼直盯着前方。当忒俄多托斯试图讲话时，米特罗斯又一次地打断了他。

“而且你，你还独自一个人，谋杀了你的丈夫，”米特罗斯直接对我母亲说道，“是你下的手。你独自下的手。”

我母亲站了起来。那群人中有几个蹑手蹑脚地朝门走去，然后迅速离开了房间。

“他的尸体就躺在那儿，而你让我们坐着吃喝，然后还要我们假装没瞧见你有多快乐。你要我们像什么事都没发生过一样地活着。在你的恐吓下我们全都不吭声。”

“够了！”忒俄多托斯对米特罗斯喝道。

“我们来这里是想说，我们希望派出一小支军队去搜寻男孩们，”忒俄多托斯继续道，“我们一直试图与你见面讨论这个事，已经有一阵子了。”

“是你绑架了男孩们，”米特罗斯指着我母亲说道，“这是奉你的命令做的，为了恐吓我们。而且就是你的手——不是别人的——操着那把刀谋杀了阿伽门农。这不是别人奉你的命令做的。而就是你做的！就你一个人做的！”

“我这朋友因他儿子的缘故而受悲痛折磨，”忒俄多托斯说道，“他妻子的身体非常虚弱，也许活不了多久了。”

“我是受事实折磨，”米特罗斯说道，“我说的是事实。有谁能否认我说的？你能吗？没错，就你。”

他向埃癸斯托斯看去，埃癸斯托斯耸了耸肩。

当他的目光落到我身上时，我几乎笑了起来。这事儿厨房里的女仆和走廊里的守卫都晓得，但一直以来人们都只是悄悄地说，如此清楚明白地被说出来还是头一遭。既然事实已被说出，我就毫无忌惮地朝我母亲走去，紧紧抓住她的手腕摇动起来。

当我转向仍待在这里的那群人时，我注意到他们中有一些现在已显得不安了，但其他人却是一副坚决、无畏的模样，似乎被米特罗斯的话和我的行为激出了胆量。

然后我朝埃癸斯托斯瞅了一眼。他又开始盯着我看了。我闪到一边，突然觉得恐惧起来。再次瞧过去时，我看到他的凝视变得严峻而尖锐。他不盯其他人，只盯着我，仿佛我是当众公然谴责我母亲绑架我兄弟，谋杀我父亲的那一个，也仿佛我是在这些人离开后需要被收拾的那一个。

“你是发了疯了。我对你说的任何事都没有兴趣，”我母亲对米特罗斯说道，然后她转向忒俄多托斯，“没有我的命令，任何军队，无论大小，都不得从这里派出。”

“我们需要搜寻他们。”忒俄多托斯说道。

“我们已经派了解地形的人去了，等他们回来吧，”我母亲说道，“以后什么时候我们再见吧，或许等大家脾气好些的时候。或许你是不是应该让你的朋友收回他所说的话？我看到他这谎话已经扰乱了我女儿脆弱的内心平静了。我女儿并不坚强。”

所有人都站在原地。

我的母亲站起来，提高了嗓音。

“我坚决要求你们马上离开，如果你——”她用手指着米特罗斯说道，“——再靠近宫殿，我会立刻以散布卑鄙、恶意的谎言的罪名把你拘留起来。”

“你用一把刀谋杀了你自己的丈夫，”米特罗斯说道，“你哄骗了他。你还让人绑架了你自己的儿子。还有我的儿子，还有其他所有孩子。那个待在角落里的人只不过是你的傀儡。”

他又一次地指着埃癸斯托斯。

“我要叫守卫了，他们会把你撵出去。”我母亲说道。

“还有你的女儿！”米特罗斯说道。

“我的女儿？”

“是你引她被谋杀的。”

我母亲朝他猛冲过去要打他的脸，但他往后退了退。

“是你引她被谋杀的！”米特罗斯又说了一遍。“而且你还把那一个——”他指着我，“像条狗一样锁在地牢里，那时候你正做你魔鬼的勾当呢，谋杀你的丈夫。”

有两个人将他拖出了房间，他朝地上啐了口唾沫。最后一个走的是忒俄多托斯，他转向我母亲低语道：“隔个几天，或许我可以单独过来？这事闹得很不体面。我们谁都没想到他会这样讲话。”

我母亲给了他一个歪斜着嘴的、夸张的笑容。

“我想你应该带你朋友回家。”

他们全走尽以后，我注意到埃癸斯托斯仍盯着我看。当我母亲转过身像要说些什么时，我就从房间里逃了出来。

*

随后，我在几乎快睡着的时候，感觉到门口有人。我知道是谁。我也在等着他。

“不要进到我房间里来。”我说道。

埃癸斯托斯笑着站在那儿。

“你知道我为什么来这里。”他说道。

“不要进到我房间里来。”我重复道。

“你的母亲——”他才开口。

“我不想听到关于我母亲的事。”我就打断了他。

“她很艰难，这一场等待，还有那些不愿协助的人。今天听到的事你一定不能再对她提起。她让我把这意思传达给你。”

“我不能再提那所有人都听到的事？那光天化日里说出来的事？”

“并且，如果你兄弟回来了，那么关于这个事你也不能跟他谈论，这很重要。”

“他什么时候回来？”

“没人知道他在哪儿。但他随时都可能回来。而告诉他发生了什么，这将是你母亲的任务。”

“是编个谎告诉他吧？按你的意思。”

“我讲清楚了没有？关于今天所说的事，你一定不能和他谈论。”

“他会弄清楚的。自有人会告诉他。”

“到那时他就会习惯他母亲和我的角色了。他就会知道我们是在照顾所有人的利益。而其他的一切都已成为过去。”

“你想让他信任你们？在这一切发生之后？”

“为什么他不会信任我们？”他几乎笑出来了。

“他会信任你们，我敢肯定，就和我们所有人对你们的信任一样。”

“如果被我发现你违抗你的母亲，那么你会见识到我的另一面，也许是你还不曾见识过的。在地牢下面还另有一层。”

他的手向下指着，好像我不知道地牢在哪儿似的。

“而你的母亲，如我刚才所说，让我强调一下在任何时候她都完全不希望有人谈论此事，即便是你跟她单独在一块儿也不行。她已经听够这件事了。”

他并不费心否认米特罗斯所说的事。相反，他要求我不再说这事，甚至在我母亲面前都不可以，却只不过把这事带入了一个令人不舒服的、尴尬的事实的领域，这事实或许会搅乱我母亲假装的安逸。

她谋杀了我的父亲，把他的尸体丢在太阳底下任其腐烂。她将我和我的兄弟送入黑暗之所。她筹划绑架了孩子们。但她想把这一切都抛开，就像你可能想把一盘吃剩的、倒胃口的食物抛开一样。

我真想去她的房间，坚决要求她听我讲，我会再给她清清楚楚地讲一遍，她对我的兄弟和我所干的事，好让我们无法目击到事实，而事实就是，她未得到诸神准许，也没有征求过一个老者的意见，就作出了要杀我父亲的决定。我真想确保她能听到我重复一遍米特罗斯所说的事，也好让诸神们听到：她独自一人操刀杀死了我的父亲。

我回想她从我姐姐的献祭归来时的情景。我回忆起她的沉默和盛怒，她无常、易变的情绪，她的任性，她的不逊。

如今人们已公开说出她是个什么样的人。她是个一肚子杀欲，惯会搞阴谋的女人。

当她站在那儿等着迎接我父亲，而埃癸斯托斯待在宫殿里头的时候，一出漫长的表演就开场了，这一出始于微笑而终于尖叫的表演。

难道她不知道仆人们都明了她干的勾当，仆人们都看到她离开我父亲血淋淋的尸体时眼睛里尽是满足，而关于她所作所为的消息早已如干燥多风季节里的大火一样传播？

然而她与埃癸斯托斯整天都在表演他们的谎言。倘若他们能够禁止我们再提起他们的所作所为，那么他们就可以活在他们自己编造的世界里。他们希望所有人都缄默不语，他们就可以继续扮演无辜者的角色，因为没有了互相攻击和攻击我们所有人的冲动，他们已无法表演其他角色。女凶手和绑架者的角色，在我看来，不知怎地我母亲已不能企及。对她来说，那只是曾经发生的事情。已经过去，且不会再被提起。而女凶手的傀儡和助手的角色，在没有了对更多戏剧、更多血腥、更多暴行的渴望之后，埃癸斯托斯也已无法轻松地扮演。

埃癸斯托斯仍然站在那儿注视着我，他的恶意已显露殆尽，我看到我已身处危险之中，除非我答应做一个脆弱的女儿，一个可爱的傻瓜，总是去造访父亲的坟墓，与他的鬼魂说话，而那个作为见证者的鬼魂却几乎不记得他女儿所听闻的所有事情了。

只要需要，我会一直加入他们这无辜者的游戏。我会协助我的母亲扮演她的角色，一个曾知晓悲痛而现在几乎是愚蠢、心意烦乱、无害的角色。我们会一起扮演角色，哪怕我的兄弟回来。

“我们会看着你，”埃癸斯托斯说道，“如果你兄弟出现了，那么我们会把你看得更紧。无论何时如果你想去地牢下面的那一层逛逛，那你只消让我知道。那里会为你备着。并且你最好——如果你珍视自己的安全的话——还是不要冒险越出宫殿庭园的范围。我们希望知道你人在什么地方。”

他一离开，我就告诉自己，等到合适的时机，我要让人杀掉我的母亲。而一有机会，我也会让人杀掉埃癸斯托斯。当我筹划如何达成这一目的时，我会恳求诸神站在我这一边。

*

在我母亲和米特罗斯、忒俄多托斯碰面的数日之后，我陪父亲回他的坟墓，待在那儿直到他的灵魂复归安宁，然后在走廊里有一个守卫将我拦下。

“我有个消息要带给你，”他说道，“来自科朋的消息，忒俄多托斯的儿子。他希望你能去他家。他很急切地说你一定得去。他没法来这里。他很害怕。他们全都很害怕。你千万不要提我跟你说过话。”

“我被禁止走出宫殿和庭园了。”我说道。

“如果不是事关重大，他是不会要你去的。”

我的第一反应是不能去，我怀疑这会否是埃癸斯托斯对我设下的圈套。我拿不定主意是从我惯常去父亲坟墓走的边门出去呢，还是勇敢地从正门口走下台阶，我清楚地知道如果那样，我就会被守卫盯上，然后很快埃癸斯托斯就会知道我离开了。我拿不定主意，一会儿生出鲁莽的胆量，做好准备反抗他了，随即又浑身打战地意识到，我无法再一次地面对那地牢。于是我决心从边门走。

在父亲的坟墓边上，我检查了下，发现没有人看着。偷偷地，我溜进墓碑中间，寻着一条杂草丛生的古道，这小道挨着一条干涸的溪流，过去人们常沿此溪搬运尸体再掩埋。几乎没什么人会再来这条路了。谁也不想到这鬼魂出没的地方来。

我注意到，即便我经过的房子如我所知是住了一家子人的，但这些人家也还是窗户紧闭，一片寂静。当我从一个荫蔽不停地游走到下一个荫蔽，我很快就意识到，我本不该出来的。我敢肯定我已被人瞧见了。在我去往忒俄多托斯家的时候，我敢肯定已有人去到宫殿，为讨好埃癸斯托斯，而向他报告了我的行踪。

甚至忒俄多托斯家也窗户紧闭。我绕到房子的一边，轻轻叩了叩窗户。终于，我听到有人在低语。我等着，能够听到房子里边传来进一步的动静，拉锁声和脚步声。随后是一个女人的声音。过了一会儿，赖萨，科朋的妻子，和她的母亲出现在门里，并招呼我进去。她们对我低语，要我随她们去到里面一个几乎全黑的房间。

我的眼睛适应黑暗后，便看到这一家子全都在屋里——忒俄多托斯的妻子达契亚，赖萨的父母和她的姐妹，她姐妹的丈夫以及他们的孩子，那五六个孩子围在他们父母周围，然后赖萨和科朋的女儿伊安忒也在。她在房间的一个角落里凝视着我，两手握成拳头捂着嘴巴。自她还是孩子时起我就没见过她，现在她几乎是个大姑娘了。

“出什么事了？”我问道。

他们谁都不说话，一个孩子开始哭了起来。

“忒俄多托斯在哪儿？”我问道。

“这就是我们请求见你的原因，”科朋说道，“我们以为你可能会知道。”

“我什么都不知道。”

“带走利安德的那批人，那同一批人，他们在夜里过来带走了我的公公。”赖萨说道。

“这一次他们没有说什么，”伊安忒说着，开始哭了，“但是上一次，他们来拿我哥哥的时候，他们说他们来这儿是奉了你母亲的命令。”

“我不是我的母亲。”我说着，立即就看到了他们强烈谴责的神情。我试图想出一些别的话来说，以向他们表明我无法帮到他们。然而，想着想着，我就沉默太久了。从某种程度上来说，我是在容许这谴责的凝视来判定我。

“你能问问她吗？”科朋轻柔地问道，“你能问问你母亲吗？”

我知道如果我给他们解释我是如何过活的，以及我和我母亲、埃癸斯托斯是多么地疏远，那么这话听起来一定很不真实。这些人是在为他们自己寻求帮助，他们没有兴趣听我有多么地害怕。

“我没有权力，”我说道，“我只是——”

“不光是他，还有其他人。”赖萨打断了我，说道。

我纳闷他们是否还带走了这家里的另一个人。在半明半暗中，我一个脸一个脸地查看，还是不能确定是否有另一个人失踪了。

“是谁？”我问道，“告诉我。”

“是米特罗斯。”科朋说道。

“他们把他也带走了？”

“我们不知道。”

“他不在他家？”

“已经没有家了，”赖萨轻声说道，“我会带你出去，让你看看本来是他家的地方。”

“出去不安全。”她父亲说道。

“他们带走了我的儿子，又带走了我丈夫的父亲，”赖萨回道，“如果他们也想要我，那就把我抓走吧。”

他们全没想到对我来说出去也可能是不安全的，赖萨示意我与她一起。我注意到她一走出房子便表现出何等的倨傲和挑衅。她就像一个要求被拘捕的女人，一个准备自我牺牲的女人。我缓慢而又小心地走在她身边。

我们来到米特罗斯的房子曾经在的地方，那里什么都没有。就一些树和灌木，仅此而已。没有任何迹象表明这里曾有过一座大房子，一个花园和四周环绕的橄榄树。

“两天前，这还有一座房子，”赖萨高声说道，“有一家人住在这房子里。每一个经过的人都知道这是米特罗斯的房子。现在，什么都没了。那些树是夜里种上去的。昨天还没有。是从别处弄来的。这房子变成了瓦砾，然后瓦砾给运走了。地基也给覆盖了。可人去哪儿了呢？米特罗斯一家去哪儿了？米特罗斯的仆人们去哪儿了？有人想方设法地要假装他们从没在这儿生活过。但他们生活过的。我记得他们。只要我还有呼吸，我就会记得他们。”

此时，人们聚集起来了，听着。然后赖萨转向了我。她希望我见证这些。我知道我必须得离开她了，但我又不想让她以为我和我母亲、埃癸斯托斯是一伙的。我站在那里，仿佛孤身一人。我让我的目光停留于那房子曾存在的空间。我没有低下头。当面对赖萨时，我觉得她使我变得坚定，以致我想要暗示我与她同在。但我下定决心，不能让这群人将我说过的任何话传达给埃癸斯托斯或者我的母亲。

我想要赖萨回家里去，我也想回家。

“我的儿子在哪儿？”赖萨对人群大喊，“我丈夫的父亲在哪儿？米特罗斯和他们全家在哪儿？”

然后她朝我看来。

“你会问问你母亲他们在哪儿吗？”

她在向我发起挑战，等待我的回应。如果我一言不发转身走掉，我知道，那我看起来就会像是我母亲及其情人的同谋。如果我站在原地，相反，我就会被迫作出回答。

我呼唤我父亲的鬼魂和我姐姐死去的身体。我呼唤高天之上的诸神。我祈求他们让这女人噤声，让她从我身边走开。

我凝视着赖萨，我的犹疑不定似乎令她不安起来。我试图暗示，如果那些人能在夜里过来，让一座房子消失，如果他们能抓走两个最有权威的老者，那么来向我寻求帮助就几乎可说是愚蠢了。

但我还是想要强调，我拥有一股来自坟墓和诸神的力量，一股难以轻易地命名或消除的力量。我希望她能明白，尽管我软弱，但在未来的某一时刻，我会获得胜利。

“现在我没有权力，”我说道，“但总有一天。总有一天会有的。”

赖萨骄傲地转身朝她自己的房子和家人走回去。当她走出一段距离后，我才看到她身体躬曲，听到她断续的哭声。

我深吸一口气，并不动作，迫使那些看着我的人慢慢散去。我决心要从空地走回去。一路上碰到的人，我谁也不看，但当我靠近宫殿时，我看到埃癸斯托斯的身影在等着我。他在笑。他还是那一副多年前迷住我母亲的魅力十足的模样。我走近台阶时，他似乎要来帮我。我任他引领着我，如同引领我母亲的迷了路的女儿一般，进入宫殿穿过走廊去到我的房间。

*

随后的几年里，当我开始放弃再见我兄弟的希望时，我意识到，作为一个没有丈夫的女人，我没有权力，并且会一直如此。我就只有鬼魂和记忆了。甚至我果决的意志也毫无意义，它终将落空。

我看着那些来到我母亲桌前的人，那些她从我父亲的兵士中挑选出来卫护我父亲攻占的城池的人。有时候，他们会来与我母亲商量事儿，一商量就是好几周。

在那些夜晚，餐厅里摆起了给他们的宴席，我察觉到某种令人眩晕的警觉，每一个宾客都清楚，在这里的外头，我父亲的裸尸曾挨着一个身着红衣的美丽女人的尸体躺着，那女人是他从战争中带回来的。

这些宾客现在就和谋杀他的女人待在一块儿，众所周知，她这么做并未得到诸神认可。这给了我母亲一种奇异、恶毒的力量。随着夜晚渐渐逝去，这使得她容光焕发。她支配了这个房间，然而没有人显得紧张；相反，他们激动，兴奋，健谈。死亡及其所有的剧情带给他们充盈的满足，这满足会持续到夜晚的结束。

起先我相信在那样的时刻和环境中这些人中的任何一个都会意识到，在我姐姐去世，我兄弟失踪的情况下，倘若我做了他们中哪一个的妻子，那么将会有多么大的权力落到那一个人的手中。

我命令女裁缝们去翻查我姐姐伊菲革涅亚的衣橱——她的东

西总是设计得精巧些，因为她更受宠爱——看看这些年那里留下了什么。我们挑了些长袍和衣裙，或许能改得适合我这个不那么美的妹妹穿。

起初，我没有穿她们为我改的衣服去任何宴会，但我经常在午后试穿它们，在我独自一人时将它们穿上。

当我出席宴会时，我想象自己穿着姐姐的长袍，头发精心地盘好，脸蛋因眼周的黑色眼线而显得更加白皙。我想象自己被人注意，令人眼前一亮会是怎样一幅光景。

我告诉自己，一旦穿上这些新衣，我就要保持沉默。我要微笑，但不要太过，我要装作满足的样子，就好像我拥有着内心之光一般。

我看着这些来宾，梦想着或许很容易他们中的一个就会留在这儿陪我，与我一起秘密地筹划我们的联盟。我想象我若是得了一个丈夫，我母亲和埃癸斯托斯将会有多么地不安。

我们将拥有对我们全然忠诚的守卫，以及仅属于我们的珍宝之源。我们将等待时机，在认为合适的时候迅速行动。我们将会做到我一个人无法做到的事情。

我将挑选我的夜晚。我将做出抉择，是选我母亲举办的某个小型宴会呢，还是一个大些的场合，也许是一个庆典，庆祝某个新近获得的胜利，新缴获的一系列战利品。

有消息传来说，在一个更为遥远的地方起了一场叛乱，叛乱者已坚持反抗数周，制造谋杀和混乱，杀死了我父亲一个老盟友的妻子，并把他的孩子们送上了刀口，很快，我们就得知，那个战士，狄诺斯，他自己和他的一小队士兵在最初的屠杀中幸存下来，并最终击败了那支四处劫掠的武装力量，使得那里又重归和平。而许多人被处以死刑。

狄诺斯，失去如此之多的那人，他的全然忠诚使我母亲大悦。她遣了装备精良的部队去协助他，也送了他不少私人礼物。她赐地给他的父亲，他那住在宫殿近旁的父亲。倘若狄诺斯想回来看看父亲，并想在荣耀中被接待的话，那么她还会派埃癸斯托斯最亲信盟友中的一个去接替他。她时常说起他的勇敢，说起他是多么英俊，多么令人钦佩。

那时我就觉得这样一个丈夫将会还我自由。他足够强大狡猾，能与我母亲和埃癸斯托斯抗衡，再者他的功勋已四处传扬，他的名号将尽人皆知。如果他想再娶，那么没人会反对。如果他想迎娶阿伽门农的女儿，他惯常效忠的人的女儿，那么听来也是合情合理，这也几乎是他应得东西的一部分了。

我想，一开始我们会很小心谨慎。他可以做我母亲和埃癸斯托斯的顾问。慢慢地他会开始觉出他俩是多么地恶毒，多么地血腥难闻，以及把我母亲和她的情人送去某个他们无法再搞出更多破坏的地方是多么地必要。

人们已开始为狄诺斯的到来做准备。经协商，街上将举办一个盛大的活动来对他表示敬意，随后将会有一场宴席。

为此，我决定让女裁缝为我做一件华丽的长袍，样式和质地上要与我姐姐曾穿过的那件相近。每一天，都有一个女仆来为我做新发型，另有一个仆人则带了药膏和甘甜的水来柔化我的肌肤。

几周之后，当礼服备好时，那女裁缝和她的助手以及其他仆人都来到我的房间，看着我在那儿做准备。

当我和父亲、姐姐的灵魂单独待在一块时，我穿上我的礼服，把头发捋到后边，于是我的脸就能清楚地被人看到。我在房里骄傲地走来走去，感觉到自己处于他们的看护之下。在赴为狄诺斯而设的宴席前，我想要得到他们的认可。

盛大活动和宴席的前几天，狄诺斯都待在宫殿里。他受到了我母亲和埃癸斯托斯的接待，有人告诉我，他们还与他召开了正式的会议，讨论军队的补给以及他所需要的其他资助，以确保不再有叛乱发生。他们还为他和他的父亲办了一次私人的宴会，一个仆人告诉我，在宴会上，他表示自己因失去妻子和孩子而悲痛欲绝。但他没有哭泣。从始至终，他都保持着距离，如同一个指挥官。他很英俊，一个女仆跟我说，他是她曾见过的最英俊的男人之一。

由于这些天我都没见我的母亲，她就让她的一个仆人捎了消息来，说我如果不参加宴席的话，她就要不高兴了，但是从安全角度来说，我最好不要事先去举办活动的街上。

我想象着当所有人都已在那里时，我步入那巨大的餐厅。我看到门开着，我听到一片寂静，那几秒的时间似乎没有人说话，人们的注意力能轻易地朝门聚焦。我看到狄诺斯的父亲朝我走来，当我与他一起走向主桌时他为我腾出位子。然后我想象着狄诺斯本人转过头来。

一整个下午，女仆们都在料理我的头发和皮肤。礼服被拿去作进一步的修改，然后又送返回来。宾客会集前的一个小时，我已准备就绪。眼周的眼线一上好，我就让女裁缝和仆人们离开，好让我定定神。但是，有一个仆人，我让她仍待在我的房间附近，这样她就可以告诉我什么时候宾客到齐了。

缓缓地，我唤起我姐姐的灵魂。我抚摸我的脸，仿佛这是她的脸一般。我朝我父亲低语。当那仆人向我示意时，我已准备就绪。我独自沿着走廊向餐厅走去。当仆人开门时我往后站了站，然后我独自走进房间，不径直看任何人，但已准备好吸引每一个朝我看的人的注意。

我最初听到的是我母亲的声音。她正在讲一个故事，关于当她听到叛乱的消息时，她如何当即就祈求诸神，继而如何听从诸神的建议，派遣她最信任的士兵去援助狄诺斯并迅速、高效地扑灭反叛。她提起诸神的方式很草率，几乎带着蔑视，我想，房间里所有人可能都注意到了这一点。

然后她瞧见了我。我仍站在门口。一秒之间，当我抬眼看时，我看到母亲在凝视着我。她停止了说话。

“哦，不，”她说话的声音比刚才大了些，“我一整个星期都听说厄勒克特拉在酝酿着什么事情，但我从没料到会是这样。”

她把宾客们撇到一边，朝我走来，但我和她之间仍隔了一段很宽的距离，她得朝我大声叫唤我才能听见。

“谁负责的这事？”她问道。

我看了眼其他一些人，那些盯着我看的人。没有人在我附近。我身后的门也已关上。

“哦，去坐下吧，”她说道，“在太多人看见你之前。埃癸斯托斯，你能带厄勒克特拉入席并陪着她吗？或者找个愿意的人。”

埃癸斯托斯对他的一个伙伴低语，那人就陪我去到桌边。我坐在他和他的一个朋友中间，当他们无聊地互相评论着什么时，我就扭头看向别处，或者两眼正视前方。有几次，我将自己的目光引到狄诺斯身上，但他未曾注意到我的存在。上了许多的菜肴，然后是些漂亮的言辞。人们开怀畅饮。对大多数宾客来说，似乎，他们已经淡忘了我父亲的被谋杀。但是我没有淡忘。当我看着我母亲和狄诺斯交谈，当我看着她向他说话时两眼闪烁的样子，当我看着她倾听他时显露出的魅力，我想起了我父亲，直到他比这些受制于我母亲和她的情人以及他们的权力的人更为真实、也更为情绪激烈地现身于这个房间。

那晚结束时，当其他人离去，我也设法离开了。因此当我走回我房间的时候，没有人注意到我。

那时候我就想从我父亲和姐姐那得到一个我兄弟尚在人世，并且将要回来的朕兆。但我等着，暂不发问，我要等到我能够肯定，等到我能够确信说出他的名字将不会只带来空气中一阵扰动的时候。

我将它低声说出。我说出了他的名字。起初，一片寂静。我又低声地求他们给我一个信号，如果他尚在人世的话。我靠门站着，以确保我们不会被人打扰。

但是什么也没有，没有朕兆。

稍后，我又去了我父亲的坟墓。我确信我姐姐的灵魂仍与我在一起。空中雷鸣阵阵，天色泛着紫。我等在墓边，试图贴近我父亲的灵魂，比以往任何时候都更近。然后，当大雨点落下时，我明白了将会有何事发生。

俄瑞斯忒斯还活着。那时候我便知道了。但他在别处，一个房子里，在那儿他很安全，有人保护。还需要一阵子他才会回来。但是就在此处，在这坟墓前，我将与他相逢。

他会来的，我被告知，他会如期到来。我要做的只是等待。

俄瑞斯忒斯

那些石头，他们仔细拣选来保护自己免遭下边农庄里的犬伤害的石头很重，在他们动身时拖慢了他们的脚步。那是一大清早。利安德，在他们前行时谈论着策略与战术，带着如此满满的企图，因而俄瑞斯忒斯明白这是一种转移注意力的方式，为使他俩都不再想米特罗斯，老妇人和那房子，无论发生什么，他料想他们都不会再见到那些人和物了。

一靠近他们曾被犬围住的地方，他们就走得更小心了。很快，每走几步，利安德就把手指放在唇上，示意他们应该停下来听一听。但是只听得到断断续续的鸟鸣，以及远处海浪撞击岩石的怒号声。

他们抵达那房子时，看到那房已无人居住，几乎废弃了。他们一动不动地站着，往身后瞧瞧，然后看向一边。当他们沿着杂草丛生的小径朝门口警惕地走去时，俄瑞斯忒斯留神听犬或山羊的声音，但他什么都没听到。那门已经半腐朽，他朝里推时那门绕着门枢摇摇晃晃地转动。

俄瑞斯忒斯想象着他记忆中的那幅场景——那人及其妻子，那犬，那山羊，那似被他和他的两个同伴威胁到的一派祥和的农牧氛围。他纳闷这一切是如何结束的，是否那人及其妻子被什么东西吓到了，抑或是否他们迟缓而又理性地做出了离开的决定。

由于他们已假定自己会遭袭击，假定那农夫一发现他们靠近就会放狗对付他们，由于他们过来时紧张兮兮，高度警惕，结果这里空空如也，一片寂静，这几乎令他们失望。那一会儿，当与利安德目光相遇时，俄瑞斯忒斯感觉到他的同伴也同样失望于此处的空空如也。

利安德朝俄瑞斯忒斯打手势，示意他们应继续前行。他说他们应当扔掉一袋石头，但仍要保留着另外一袋，以防沿途遭犬袭击。

他们向着朝阳的方向行进。奇怪的是，一路上除了灌木丛里的狐狸，一些惊惶逃窜的穴兔和大野兔以及蟋蟀声和鸟鸣声外，丝毫没有其他生命的迹象。他们路上经过的房子要么被焚毁，要么就已变为废墟。

如果利安德建议说他们应返回老妇人的房子，迄今为止他们的旅程不过是为了勘察地形，那么俄瑞斯忒斯将不会表示异议。但利安德似乎已下定了决心向前。

*

“现在只有爬山是安全的了，”利安德说道，“如果一直走这些小路，那么很快，我们就会遇上人的。山上肯定会有溪流。如果我们省着点吃，那我们的食物还够我们吃上两到三天。”

“我们离宫殿有多远？”俄瑞斯忒斯问道。

“这很难说。但我可以肯定这是最佳路径。我可以靠太阳辨认出方向。”

俄瑞斯忒斯点点头。他能感觉到，他们在老妇人房子里的那段时光对利安德来说几乎已经不算什么了。那不过是他们曾待过的地方罢了。现在利安德一门心思都在他们的旅程以及如何确保他们的安全上。

他们一直爬，随后，找到些鹌鹑蛋和野果，歇息了几个小时，然后再次出发。利安德定时朝天空看，但他经常显出像是不确定该走哪条路的样子。因为没有哪条山路是笔直的，所以想要沿着一个方向往前走很难。

宫殿在一个平原上。因而无论他们上上下下走了多少山路，在抵达前他们还是得走上两天甚至三天来穿过平坦的有人居住的乡村。如果他们能找到一个居住区，俄瑞斯忒斯想道，那么他们就能表明自己的身份，并给任何愿意陪同他们走完剩余路程的人提供一些报偿，但同时，他们也可能会被再次绑架。

当多岩的景致变为低缓的丘陵时，利安德，设了个陷阱，成功地捕到一只穴兔并杀死了它。他随身携带了生火的材料，费了不少劲才生起火。虽然他们都很饿，但那肉外头焦了，里面却几乎是生的，他们很难下口。

再度启程时，他们碰上一群绵羊，还站在那儿听了一会儿。

“我们可能比我们想的要离目的地近很多，”利安德说道，“或者可能我们这一天都走错了方向。我们得沿着溪谷走。”

由于遇上了绵羊，所以俄瑞斯忒斯料想他们很快就会碰上一个村庄和一片房屋，但是景致显得越来越光秃和荒凉，还起了呼啸的风将沙子吹进他们的双眼。

“我们是接近海了吗？”俄瑞斯忒斯问道。

“我不知道，但至少我们是安全的。最重要的是要保持警惕。即便是现在也可能有人在监视着我们。”

俄瑞斯忒斯环顾四周，意识到他们是多么地暴露，在这暗色、无光的环境中，某个人，甚至某群人要监视并隐匿地等着他们又是多么地容易。

他们能做的只有走。俄瑞斯忒斯并不需要利安德告诉他，一旦下坡，他们就不得不去到一个风没那么大的庇护之处。

当风停止呼啸时，取而代之的是雾，那雾起初是打着旋来的。有时候太阳将雾灼穿，他们可以看到远处，但在其他时候，雾气变得浓厚，他们被笼于一片重雾之中，不得不紧紧贴近彼此。

他们往前行进时，俄瑞斯忒斯不再介意饥饿和口渴，他甚至都不再觉得累了。当他将手搁在利安德身上时，他感受到了利安德肩膀的温暖以及利安德的意志力，而这给了他安慰。

随后，当雾气散去，他们能瞧见一座薄薄的山脊，一条湍急的溪流从中穿过。他们在溪边坐下，用手掬溪水喝。

“我知道我们在哪儿了，”利安德说道，“有一个离这儿半天路程的村庄。我曾和我的舅父、表兄弟们来过一次。我们是来打猎的。我母亲的家族就来自那个村庄。如果我们能到那儿，那我们就安全了。她兄弟们住的房子就在那儿。但我们必须小心——一路上有一些房子，我不知道里面都住了谁。”

俄瑞斯忒斯能感觉到利安德渐渐增长的渴望。他现在行动得如此迅速，似乎愈加地闭锁于他自己的世界了。他就像已抵达他的目的地似的。他们路过的所有房子都是空的，他们想进去找点吃的，但一无所获。这些房子虽然没有沦为废墟，但看起来似乎已被废弃一段时间了。

“利安德。”他说道。

“怎么了？”

“我这样和你一起过来明智吗？”

“为什么这么问？”

“因为我父亲或者我母亲的缘故。”

“我想我们最好不要说你是谁。我们会告诉他们你只是其他被绑架的男孩中的一个。”

俄瑞斯忒斯看出来了，这是利安德已经想好的事。

他们一来到利安德母亲家族的房子，利安德就大声喊出自己的名字。当人们慢慢出现时，他们朝他跑来拥抱他，重复着他的名字，一个妇人一边开始哭泣，一边坚持说他有着他祖父的嗓音，无论在哪儿她都会认出这副嗓音。

俄瑞斯忒斯站在一旁，直到他们中的一个注意到他。利安德没有介绍他的名字，但他们把他也迎进屋里，几乎和对利安德一样热情。他看到，利安德一直都显得很庄重，越来越多的亲眷来迎接利安德了。

他们待在那房子里的白天与黑夜，那家人几乎没跟俄瑞斯忒斯说过话。对俄瑞斯忒斯来说，很明显利安德已经告诉了他们不要在他同伴面前随意地说话。

当他去到他们给他提供的房间时，他期待利安德会陪他一起。但是利安德没有。取而代之的是，利安德在清晨的时候将他唤醒，告诉他要等到黄昏再出发，因为月亮足够圆，他们就着月光穿过乡间也会更安全些。

他们最初动身的时候，利安德的两个舅父陪着他们，然后在一个交叉路口与他们分离。只剩他们俩时，俄瑞斯忒斯试探地问利安德是否了解到了他们不在时都发生了什么。

“事情很糟糕。”利安德说道。

“哪里？”

“我家。”利安德说道。

他没有作进一步的解释。

“我们得先去我家，我们俩都是。”利安德最终说道。

“为什么？”

“是他们给我的建议。这一次，我会告诉他们你是谁。”

“我母亲还活着吗？”俄瑞斯忒斯问道。

“活着。”

“厄勒克特拉呢？”

“活着。”

“在宫殿里？”

“是的。”

有好一阵子他们都不再说话。利安德在他一旁走着，胳膊连在他身上，有时会去抓他的手握住或者搂着他，还会在这夜晚的行程中放慢脚步。这给俄瑞斯忒斯带来了慰藉，但他也明白或许利安德是要借此告诉他，他们现在在一起，但很快就要分离，那在老妇人的房子里发生于他们之间的事再也不会发生了。

当黎明到来时，利安德激动而又惊奇地注视起四周，停下脚步检视，不放过一丝一毫，俄瑞斯忒斯注意到了他身上的轻快。他不想打破利安德这入迷状态，所以他没问利安德他得在利安德家待多久。他们也没有讨论该如何应对米特罗斯的家人，如果他们发觉利安德已经回来，那他们一定会来寻他们的儿子。

他们从一些他们认出的房子边走过。路过时有犬吠叫，但俄瑞斯忒斯并不觉得危险。很快，俄瑞斯忒斯发现他已路过了本可转向宫殿方向的地方；他默默地跟着利安德，朝利安德家走去。

靠近房子后，利安德打了个响指，吹了声口哨，然后一只犬从房子里出来，来到他身边。利安德对那犬低语并摩挲着它的脑袋，那犬依偎着他，摇着尾巴。利安德跪下身子，将脸贴近那犬的脸。他们绕去了房子后边，所有的犬都跟着他们。

显然里面所有人都还在睡觉。俄瑞斯忒斯纳闷利安德要到什么时候才会喊出他父亲或母亲的名字，抑或他祖父或者妹妹的名字。然而相反，利安德去推了推门，但门全锁上了。他们沉默地坐在一级台阶上，听着，直到一个准备去取水的仆人开了门，瞧见了他们。她吓得当即将取水容器扔在地上，往里跑了，利安德追了上去。将她抓住后，他拿手捂住她的嘴，扼住她的手腕，低声给她解释他是谁。俄瑞斯忒斯站在利安德近旁，利安德则告诉这吓坏了的仆人说，他不希望家人因他到来的消息而被唤醒。他希望吃的、喝的能摆到桌子上提供给他自己和俄瑞斯忒斯，就像一个平常的清晨，仿佛他从未离开过一般。

这仆人摆开桌子，取来禽蛋、咸肉、面包、乳酪和橄榄，她看起来很紧张，一副将信将疑的样子。即便是她拿了水罐，要再次去外头取水的时候，她也警惕地回头看这两位来访者，然后一回来就远离他们好好地站在那儿。

利安德的母亲是第一个进入这房间的。她一看到他们，就尖叫着沿走廊奔向卧室。当利安德跟上她时，俄瑞斯忒斯能够听到利安德的母亲在唤全家人，催他们快点起床，然后到一个可以上锁的房间里集合。

“他们又回来了，”她大喊道，“那些人又回来了。”

利安德沿走廊快速走去，大声地喊他自己的名字，喊他已经回来了。但是他的话丝毫没有平息房间里传来的喊叫声。过了一会儿，他返回厨房和这仆人说话。

“你能告诉他们我是利安德，我回来了吗？”

“他们不会信我的。”她说道。

“那你能割下我的一绺头发拿去给我母亲看吗？”他问道。

“你的头发已经变了，”她说道，“你已经变了。我认不出你了。”

“你没法让他们相信吗？”

“他们很害怕，因为那老人家给抓走了。”

利安德阴郁地看向俄瑞斯忒斯。由于他并未表现出诧异，因此显然，他已从他母亲的家族那儿获悉了这件事。

利安德站在厨房门口。

“是我，利安德，”他大喊道，“我被绑架然后逃了出来，现在我到家了。请出来吧。我就在桌子旁边。我是利安德。”

他返回来坐下。

“我们吃吧，”他对俄瑞斯忒斯说道，“他们中总有一个会出来的。”

俄瑞斯忒斯不知自己是否可以悄悄地溜走。他意识到现在利安德几乎注意不到他了。他们的到来，俄瑞斯忒斯能看出是利安德周密地计划过的，但却并未如利安德预料的那样发展。他们吃饭的时候，除了仍然被这仆人紧张地注视着，就再没其他人出现了。最终，利安德又一次地站起来走到外边，开始透过窗户叫人，大声喊出他自己的名字，再次告诉他们他回来了。

最先出现的是一个年轻姑娘。她站在厨房入口处，盯着两个来访者看，也不说话。她穿着睡衣。俄瑞斯忒斯看得出她的身材是多么高挑，头发是多么黑亮，双眼是多么乌黑。当利安德从座椅上起身去拥抱她时，她往后退了退，一副畏缩的样子。

“我们希望你们离开，”她说道，“痛苦已经够多了。你们还想抓谁？”

“伊安忒，”利安德温柔地说道，“你是我的妹妹。我要做些什么才能让你相信我就是利安德呢？”

她发出一声低沉的叫喊，然后沿着走廊跑去。

很快，他们三三两两地来了，站在厨房门口，科朋和赖萨以及赖萨的双亲和科朋的母亲，达契亚，还有另外一对夫妇和几个孩子，俄瑞斯忒斯推测他们必定是赖萨的大家族里的成员。

赖萨最先穿过厨房的地板去触摸利安德。

“那是谁？”她指着俄瑞斯忒斯问道。

“是俄瑞斯忒斯。”利安德说道。

“他在这里做什么？”她问道。

“他和我一起逃出来的。”

“还有米特罗斯？”

“我们必须得去告诉他的家人他死了。”利安德说道。

赖萨叫了一声，几乎跟笑一样。

“没地方可去了。他们全都被杀，或者被抓了。”

“他们？谁？”

“米特罗斯一家。”

“什么时候的事？”

“在你祖父被杀或者被抓的时候。”

“我不知道这事，”利安德说话时，他们全都望着他，“在那村庄的时候他们没有告诉我这事。”

缓缓地，伊安忒再一次靠近他。她开始触摸利安德的脸，他的肩膀，他的后背和他的胸膛。但其他人仍然在厨房的入口处徘徊。

“我们以为你死了，”伊安忒说道，“我们要花些时间来相信你还活着。”

“有人跟踪你们到这儿吗？”科朋边问边穿过房间。

“没有。”利安德说道。

“你确定？”

“是的。”

“他为什么和你一起来这儿？”他的父亲指着俄瑞斯忒斯问道。

“在村庄的时候我被告知这样会更安全些。”利安德说道。

“或许这是明智之举，”科朋说道，“目前他是该待在这儿，这样的话他们就不知道你已经到了。”

“谁不该知道这事？”俄瑞斯忒斯问道。

“你的母亲和埃癸斯托斯。”科朋说道。他的声音里带着明显的恨意。

*

利安德与俄瑞斯忒斯之间有着一套类似于私密语言的说词；在老妇人房子里的时候，他们原本谈论着天气、食物或者农场里的动物，但渐渐地就会变为温和地取笑，恣意地评论起彼此的缺点和无能。而现在有家人在了，他们就不得不约束自己；他们得试着不要谈论太多，因为他们之间的谈论会打扰别人。

俄瑞斯忒斯注意到这一家子人是何其地谨慎。科朋每天都出去监看食物的供给，或者去市场转转，但回来时总是沉着脸，一副垂头丧气的样子。显然唯一值得关注的消息就是他父亲的下落了，但由于科朋一言不发，人们便可推测他在巷道或市集里没有弄到一点消息。

伊安忒，不同于其他人，似乎理解或者欣赏俄瑞斯忒斯和利安德的说话方式，但她只在与他们单独待在一块儿时才表现出这样。其余的时候，她与家人们一起沉默着反对这两个新来者交谈和相互玩笑的方式。

最初的几天里，有好几次，他们试图谈谈他们的逃亡，也讲讲老妇人的房子，但他们得到的是那家人的迷惑和茫然的表情。全家人都把时间花在拥抱利安德以及给他讲述他被绑架的那个清晨上。却没有人想要确切地知道任何的细节，关于他去了哪儿，或者在他身上发生了什么事。知道他曾离他们而去，就已经足够了。

在这个家庭中，俄瑞斯忒斯很快就察觉到人们在窃窃私语，利安德也被涵括于其中，而俄瑞斯忒斯是被排除在外的。

利安德的外祖父说话没法压低声音，因此俄瑞斯忒斯听到他们谈及利安德有必要回他母亲家族的那个村庄去，与他们一同搜寻他母亲的一个兄弟，那人曾与阿伽门农一起征战沙场，并随他得胜归来，不想却和被俘的奴隶们一起给带走了。

如今他们已做好造反的准备，俄瑞斯忒斯听那老者说道，而抓他们的人已渐渐懒散，放松警惕，也不像先前那般武装精良了。当然要推翻抓他们的人并非易事，那老者说道，但是可能再也不会有更好的时机了。利安德应当立即动身。

*

慢慢地，看来似乎也是存心地，这一家人找出了个法子将利安德领入他们的会谈，并且破坏了他和俄瑞斯忒斯之间私密的沟通方式。如此一来，他们就成功地无视了俄瑞斯忒斯。利安德看在眼里，心中也不自在，但他为将俄瑞斯忒斯拉入这一家子的生活而作的全部努力都以失败告终。

当俄瑞斯忒斯最终说他希望回家时，利安德并未表现出惊讶。

“你的姐姐每天下午都去墓地。”利安德说道。

“你见过她？”

“我母亲和我妹妹见过。”

“我们要是去那儿的话，会见到她吗？”

“一离开这个房子，你就会被人注意上。他们会让你回宫殿的。”

“有什么事是我不该告诉他们的吗？”

“别告诉他们在路上的时候我们曾和我母亲家族的人待在一起过。你也千万不能跟人转述你在这个房子里听到的事。”

“我能告诉他们我是和你一起回来的吗？”

利安德在回答前犹豫了一下。

“我父亲担心我的归来会引起他们的注意。这就是他希望你待在这儿的原因，这样的话他们就不会知道了。但是现在他认为也许让你走更好些。会有人发现你在这儿的。但尽量少说点吧。”

“还有什么事——”

“如果听到任何关于我祖父的消息，你都一定要捎信给我。哪怕是一丁点消息。”

“是谁抓的他？”

"俄瑞斯忒斯，别问了。"

"是埃癸斯托斯绑架他的吗?"

"埃癸斯托斯身边的某个人。或许是埃癸斯托斯身边的某个人。"

"我会尽力而为的。"

几天之后，在赖萨和伊安忒的引导下，他们在下午的时候沿着狭窄的小巷和小径，去到了墓地。他们躲在一块墓碑的后面，俄瑞斯忒斯看到厄勒克特拉站在一座墓前，低声祷告着，然后举起双臂朝向天空。

"那是你父亲的坟墓。"赖萨低语道。

俄瑞斯忒斯很难想象，他记忆中那个男人，他那身材魁梧、仪表堂堂的父亲，竟一动不动地躺在这黄土之下，肉体渐渐化为白骨。

慢慢地，他们靠近那墓，赖萨和伊安忒则留在远处。当厄勒克特拉抬头看时，俄瑞斯忒斯觉出一种急切的需求要朝她走去，拥抱她，但同时他也迫切地不想她靠近，仿佛她的存在代表了这个现实世界及其所有的艰难与冷酷，他宁愿逗留于那个为他量身定做的柔软而临时性的茧中。

最初她没有朝他看，而是将目光落在利安德身上。随后她的眼神才迅疾、完全地盯住了俄瑞斯忒斯。

"我的祈祷得到了回应。诸神垂青于我了。"

"我带他回家了，"利安德轻柔地对厄勒克特拉说道，"我把他安全地交给你了。"

好些宫殿里的守卫朝着他们的方向快速地行进，随后利安德就离开他们，转向他的母亲和妹妹。俄瑞斯忒斯注视着利安德，而利安德没有再回头看一眼。

*

那些守卫跑在前头，告知他母亲他终于回来了。当他与厄勒克特拉沿着小径从墓地走向宫殿时，他的母亲正独自站在那儿等他，完全不受保护，也极易遭人攻击。当他已离他母亲很近的时候，他母亲举起双臂朝向天空。

“这就是我想要的一切，”她说道，“我必须致以感谢。”

他的母亲拥抱他，要他随她进入宫殿，她大声下达着指令，关于他的房间和他们将吃的食物，并要求埃癸斯托斯无论在哪儿都得过来。她进一步地拥抱他，吻他，还指挥仆人们去找一个能为她的儿子制作合身新衣的裁缝。

埃癸斯托斯一来，俄瑞斯忒斯就效仿起利安德在那村庄里和他母亲家族的人在一起时的做法。他试图显得庄重。当看到他母亲的情人想要拥抱他时，他缓缓地避开了，仿佛心里在思索着什么重大事情。他注意到，自始至终，厄勒克特拉都一直热切地观察着他。

次日，当裁缝给他量尺寸，好做新衣的时候，他母亲进到屋里来围着他转，给那裁缝提了些详尽的建议。她满是热情，也满是喧吵的意见。

“你长这么高了，”她说道，“比你父亲活着时都高了。”

她说话时脸上闪过一丝阴影，并且声音里有几分紧张。

“我有事要问你。”他说道。

“你一定有许多事情想要弄清楚。”

“是的，有许多，但眼下我想问问你是否知道些关于利安德祖父的事。”

“不知道，”他的母亲说道，“完全不知道。”

当迎着他的目光与他对视时，她的脸红了。

“这是一段非常艰难的时期，”她说道，“冒出了许多谣言。是他们让你来问关于他的事的吗？”

“不是，但他们说他被绑架了。他们很担心。”

“这真是最为不幸的事了。但最好不要牵涉到这里面去，我猜测这是他们家族与家族之间的纠纷。我希望你能明白这一点。”

俄瑞斯忒斯点点头。

“对我们来说最重要的事就是你回家了。也许眼下，我们不该考虑旁的什么事儿了。”

*

尽管他的母亲和姐姐把他当作一个男孩对待，问他吃得饱不饱，床睡得舒服不舒服，但在宫殿中，无论他走到哪里，人们都会怀着敬意招呼他，有时还带些敬畏。对守卫和仆人来说，他是他父亲的儿子，回来是要获取他本应有的地位的。

这意味着他在穿过走廊，甚至有时一人独处的时候，都意识到他的角色和他的重要性。然而，有时，他就好像仍待在利安德家里一样。他的母亲总是不停地感谢诸神带他回来，以此中断所有对话，也时常絮叨他是多么地被记挂以及她和埃癸斯托斯是做了多少努力才换得他的被释，来打断所有的交谈。

和他的母亲一样，厄勒克特拉更乐于向他解释，他的离开对她来说意味着什么，以及现在他回来了她是多么地宽慰。他发现如果他的母亲和姐姐认为他打算开口了，那么她俩都会变得紧张；如果他看起来像是准备好要说话了，那她们就会急忙忙地问他更多关于他舒不舒服的问题，仿佛在表明，就她们而言，他仍是那个男孩，那个儿子，那个弟弟，那个曾被绑架而如今回了家的人。

就他所能看出来的，和利安德的家人一样，她们对他身上发生过什么和他曾去过哪儿没有什么兴趣。埃癸斯托斯看到俄瑞斯忒斯时总是微笑着，但在他允许克吕泰涅斯特拉做主的用餐时分，部下带了消息来给他，他会时不时离开房间，眉头紧锁，脸色阴沉。

从一开始，俄瑞斯忒斯就被告诫要注意安全；无论他去哪儿，通常都有好几个守卫跟着他。然而，有一次，他转移开了他们的注意力，去了利安德家，却被赖萨冷冷地告知，利安德已经不在那儿了，她也不晓得他的行踪。

一日，他与母亲、埃癸斯托斯以及厄勒克特拉一道坐在他母亲房里的餐桌前，他注意到他们已聊完了轻松的话题，而关于他以及他舒不舒服的主题也说尽了。他觉出房间里的紧张气息，就逐一地朝他们看去，看谁会尝试打破这一局面。他几乎能够听出来，他母亲正在设法想出些轻松的、能起到安抚效果的话来说。

“你知道吗，”她最终开口道，“有那么一队人每天清晨都要来见我，询问我关于土地权和取水权的事，或者有一些人来跟我商量遗产继承和旧有的纠纷。埃癸斯托斯说事儿太多了，我们必须把那些人撵走。其中一些来访者甚至可能会带来危险。但我认识他们。你父亲在世时我就认识那些人。他们过来是因为信任我，就像他们曾信任你的父亲一样。有些个清晨里我会让人带他们进宫殿。而对他们来说那通常就够了，甚至对那些留待听候的人来说可能也够了。我们已准许他们进宫殿里来了。我用上了你父亲的守卫曾待着的那个房间。我坐在那儿听。不久后的某一天，俄瑞斯忒斯，你一定要和我一起过去，帮帮我。你也一定要听听。你会和我一起过去吗？”

他发现自己冷冷地点了点头，如同他心中料想利安德可能会做出的样子，而此时他的母亲继续谈论她手头的所有任务，越来越兴奋地详述起个中细节，其他人则保持着沉默。

“你能不能告诉我，我父亲从战争归来后都发生了什么事？”俄瑞斯忒斯打断道。

他的母亲用两手捂住嘴巴，紧张地看向埃癸斯托斯，似乎要站起身子，但又靠坐在了椅子上。然后她清了清嗓子，严厉地看着俄瑞斯忒斯。

“我们是最幸运的人了，”她说道，“我们能活着真是非常有幸。为此我们得谢谢埃癸斯托斯。是他查明了那对付我们所有人的阴谋，也是他的拥护者及时到来镇压了叛乱，要不然我们可就全完了。”

厄勒克特拉盯着地面看，然后看向了窗户。

“谁杀的我父亲？”俄瑞斯忒斯问道。

“这事我正要说呢，”他母亲答道，“你父亲自己手下的一些人在密谋反对他。唉，他们看上去是他的朋友！唉，他们让人觉得他们很乐意顺从他！我必须承认在他抵达的时候，我没有看出什么不对劲的地方。也许是因为看到他回家，我太放松了，没有生起什么怀疑。卸下了所有公务的担子后，我太放松了。”

她停了下来，再次用双手捂住嘴巴，朝窗口看去。

“可是发生了什么？”俄瑞斯忒斯问道。

“我几乎说不出口，”他母亲答道，“我们及时地发现了这事，救出了你和你姐姐，然后我也及时地躲了起来。可是你父亲，太晚了，太晚了。我都不忍心想起这事。”

她的声音在颤抖。

“救出我？”俄瑞斯忒斯问道，“你刚说‘救出我’？”

“我们尽力确保你的安全。”他母亲说道。

“如果只是想救出我，确保我的安全，”他问道，“那为什么那些人要带我去那么远的地方？”

“是为了确保你能保住性命，”他母亲答道，“也是为了确保我们的敌人一个都找不到你。如果我们不这样做的话，他们会来抓你的。”

“是谁下令带我去那个地方，而不是其他地方的？”

“这是一个错误，”她说道，“我们很快就意识到这是一个错误。当我后来想起这事时，我就知道这是一个错误。”

她的声音开始发颤。

“你知道的，俄瑞斯忒斯，我掌控不了那些人。那是埃癸斯托斯干的事，但他也掌控不了。我想那是最安全的做法了。后来我们派那两个人去找你，但他们没有回来。然后我们又派了其他人，但他们找不着你。我以为我坏事了，我们失去了你。我相信我们失去了你的父亲，然后又失去了你。还有你的姐姐伊菲革涅亚。我以为我只有厄勒克特拉了。他们出去找你，然后回来跟我们说找不到你。我们尽力而为了，但我们掌控不了。埃癸斯托斯，我们掌控得了吗？”

埃癸斯托斯打翻了他的饮品。很快地，他将杯子取回放好，恶狠狠且饱含威胁地瞪了俄瑞斯忒斯的母亲一眼。然后他冷静地将他的玻璃杯重新斟满。

“那是一段充满恐慌的时光，”他的母亲继续道，“我们都试着尽了自己的最大努力。而现在，我所能做的也仅仅是感谢诸神，至少我们都平安无事。”

“在你送我去的那地方，我可不平安。”

“俄瑞斯忒斯，”他的母亲说道，“那不是我干的。”

俄瑞斯忒斯将他的椅子往后一推，站起身子穿过房间。

“埃癸斯托斯为什么在这儿？”他问道。

“他在这儿是为了护卫我们。”

“他为什么在这儿和我们一起待在这房间里？同我们坐一桌？”

俄瑞斯忒斯注意到厄勒克特拉吃惊地张大了嘴巴。

“发生了一场叛乱。”他的母亲说道。

“所以他就得同我们坐一起？”俄瑞斯忒斯直视着埃癸斯托斯问道，“我们总可以吃我们自己的饭，不要他同桌吧？”

“俄瑞斯忒斯，”他的母亲说道，“我只有他了。我们全都处于危险之中。”

俄瑞斯忒斯返回餐桌，经过埃癸斯托斯身边时，他在他身后徘徊，然后俯下身拨弄埃癸斯托斯的头发，好像很深情，很亲昵，就如同老妇人过去常对米特罗斯做的那样。

埃癸斯托斯站起身来，好像遭了威胁或攻击。

“俄瑞斯忒斯，不要那样做！”他的母亲大喊道。

“我确信他在这儿很受欢迎。”俄瑞斯忒斯说着，又再次坐回他的位置。

*

随后，当他回想母亲说过的话时，他记起的是她的声音，以及她提起父亲和伊菲革涅亚时脸上的悲伤和不知所措的表情。他原本不想这样公然对埃癸斯托斯发起挑战的。他所说的，他几乎是当玩笑来说的，但不知怎地说着说着，事情就变成了另一副样子，脱出了他的掌控，而这样的交谈若是发生在他和利安德之间则绝对不会有这样的走向，他们反而会开怀大笑的。然后他拨弄了埃癸斯托斯的头发表明自己对他并无恶意。而埃癸斯托斯和他母亲的反应则向他展示了他们有多紧张不安。

那一晚厄勒克特拉到他房间来的时候，他打算给她解释下这事，她则说自己不能久留，但要他明白，他必须要小心，有人监视着他，他说的每一个字都会被人留意。

“谁监视我？”他问道。

“他们得知道你站在哪一边。”

“你是指我的母亲和埃癸斯托斯？”

“留神你说的每一句话。别再多问了。”

她朝门边看去，好像那儿可能会有人在听似的。

“我得走了。”她低语道。

第二天，俄瑞斯忒斯从自己房间出来去往他母亲住处的时候，看见埃癸斯托斯朝着他的方向走来。俄瑞斯忒斯停下脚步，准备向埃癸斯托斯问好，他很乐意与埃癸斯托斯持续地待上片刻，这片刻之间，如果他被允许开口的话，也许他要以某种方式谈谈前一天发生的事。然而，埃癸斯托斯一看到他，就像忘了什么东西似的掉个头，走开了。

每日里，俄瑞斯忒斯养成了和母亲以及厄勒克特拉两个一起消磨时间的习惯。在上午的晚些时候，他和母亲一起坐在宫殿前部的一间屋里。时不时地，他们会看到求见者，但通常就只有他们俩。一日，有一个来访者说到一场叛乱，她等到只剩下他们母子俩时才重提这一话题。

“你听到我们谈论叛乱了，”她说道，“叛乱一直都有。各种派系斗争和骚乱也一直都有。我们总是处于战争之中。我们每天都会接到报告。我从你父亲那儿学到的，而你也必须学会的就是，一个可信任的朋友是你最不可信任的。针对每一个盟友，我都会有一个隐伏的盟友，但即便那样，我也还有其他隐伏的盟友，他们全都在监视着，报告着。这就是我们掌权的方式，决不信任他人。我会带你了解他们都是谁。你也可以找埃癸斯托斯谈谈，他总是非常警惕的。俄瑞斯忒斯，我们的敌人只须走运一次即可，但我们必须得每时每刻保持警惕。既然你已经回来，那你就可以做我的耳目了。但你一定不能信任任何人。”

令他吃惊的是，他母亲在与他们一起吃饭、接待来客和与他结伴走在花园的时候可以有多么地不同。她可以一时忧心忡忡，一时又喋喋不休于轻松、友好的谈话。

厄勒克特拉明确表示在下午的大部分时候她不愿被打扰。她每天都去父亲的墓地，然后返回她的房间。等到太阳西沉的时候，她会接待他。当他提及她对他说的关于他应当做什么、说什么的警告时，她不理他，当他问她是否知道杀死父亲的人的名字或者任何关于利安德祖父的消息时，她陷入了沉默，并指着门口的方向。

但是，在他们独处的这段时间里，他的姐姐变得感兴趣于他曾去过的地方。与他待在一块儿她不那么焦虑了。当他说起他被掳走后发生的事情以及他如何逃出时，她显出了密切的关注。

尽管他的讲述不厌其详，但他没有提到他们杀死了那个守卫以及那两个人。他也试着不要说太多关于利安德的事。但厄勒克特拉最感兴趣的是老妇人的那座房子。他发觉为她讲述老妇人和米特罗斯给他带来了某种宽慰，他每天都盼望见到他的姐姐。

有时候，厄勒克特拉会谈起诸神以及她对他们的信仰，她呼唤他们的名字并说起他们拥有的力量。

“我们活在一个古怪的时代，”厄勒克特拉说道，“一个诸神逝去的时代。我们中的一些人仍能看到他们，但有些时候我们并不能。他们的力量在衰退。很快，这世界将成为一个全新的世界。它将由白日的光亮来支配。很快它将成为一个几乎不值得栖居的世界。你应该庆幸你与这个旧世界有过接触，在那座房子里它曾用它的翅膀轻触过你。”

他不知该如何回应这番话。厄勒克特拉一说起诸神，就会显得孤独而凄凉，而后，当她检查过门口并没有人在听时，她会开始讲述宫殿外头的世界里正发生的事情。当她说到叛乱时，他知道不必重复母亲跟他说过的话了，所谓的叛乱一直都有。相反，他认真地听起来。

他惊讶于她似乎对山那边的平原非常地了解，也惊讶于被告知藏匿在山中的反叛军并未撤退，而是在蓄积力量，缔结同盟，并在数量上发展壮大。

然而，当她说她并不知道其中涉及的任一个人的名字时，他就疑惑她所说的准确性了。俄瑞斯忒斯料想现在利安德也在他们当中，和他的家族成员一样。但俄瑞斯忒斯没有提这事。

*

他开始察觉他的母亲更加心事重重，花在他身上的时间也更少了。有一回，他们坐在一起，埃癸斯托斯进得屋来对她做了个手势，没料想被俄瑞斯忒斯注意到了。当他母亲试图回到正在讨论的话题时，他能看出她的心已不全在他身上了。很快，她找了个借口，说必须得去处理下仆人的事儿。但俄瑞斯忒斯并不信她；他知道那是些更加严重的事情。

*

这宫殿在夜里很寂静。有时候俄瑞斯忒斯沉沉地睡去，在清晨醒来，渴望着现在仍是先前的夜晚，他面临着的是梦境和昏睡，而不是白日里，越来越多的人来找他的母亲和埃癸斯托斯商议事情，他的母亲在用餐时变得更加地热情洋溢，试图以此来掩饰她的忧虑，到处都弥漫着不安。厄勒克特拉则相反，变得更加地沉默寡言。

但是当他渐渐习惯这寂静后，他意识到此地也并非完全如此。他开始听到些声响，比如，有人在走廊里悄悄地走动，或者有些微弱的低语声，然后一时间又什么都听不到了。很快，当他在最黑暗的时候待在房间外边时，他看到埃癸斯托斯来了又去，迅速地走动，以及他的母亲也时常在走廊里行走。他甚至注意到厄勒克特拉从她的房间穿过走廊去到对面的房间。

这些守卫只是守在那儿而已。看起来，他们的工作并非阻止现任掌权者们在这宫殿里游荡，而是保护掌权者免受外人的伤害。一开始，他料想他们一被指定站在哪儿就决不移动，几乎就同几件家具一样。然而，有一晚，他守在那儿，看见埃癸斯托斯离开了他通常与俄瑞斯忒斯的母亲同寝的房间。俄瑞斯忒斯看到他朝一个守卫慢慢地走去，向守卫招手，示意守卫跟着他走。当他们往前，走进宫殿前部其中一个很少用到的房间时，其他守卫似乎全都没有注意到他们。俄瑞斯忒斯等了一会，想看看他们是否会回转，不见他们回转，他就自己沿着走廊偷偷地走去，经过那些守卫时他就假装没看见他们。他站到了埃癸斯托斯和那守卫所去的房间门外。

他听到的声响对他来说是熟悉的，他也不会弄错。他纳闷在这样的夜晚里，他的母亲是否曾自个儿尾随过埃癸斯托斯，并听到这喘吁和灼热的呼吸声。

当想起厄勒克特拉时，这同样也让他觉得纳闷。她也会穿过走廊暗地里与人幽会吗？随即，他就在心里想象如果告诉利安德这事，那利安德会说些什么，提出多少问题，发表多少评论呢。但接下来他就突然想到，他没法与利安德分享这事。他只能自己保守这一秘密，直到利安德归来。

有一晚当他醒来时，他在走廊看见厄勒克特拉，身后有一个守卫跟着她进了一个房间。他看到另一个守卫也靠近，进了那房间。他在外边只能听到一些低语，那说话声音太小，他甚至辨不出是谁在低语。但不管他们在说什么，他们的语气是很严肃的。

渐渐地，他能够区分这些守卫了。他们中只有两个会跟埃癸斯托斯走，但会穿过走廊和厄勒克特拉低语的则要多出几个。一晚，他站在那儿看他的母亲在走廊上来来回回地走；他纳闷她是否也会溜进其中一间房，并且身后还跟着一个守卫。但是她走路的样子太自我沉醉了，干不了那事；她就像个梦游者，或者一个试图解开难题的人。即便她从他身旁经过，他也知道她不会注意到他。她在一种巨大的、不可打扰的孤独中，仔细地思索着脑海里的什么事情。

日间在那儿的一些守卫通常也会换班为夜间的守卫。其中一个日间守卫，他在被绑架前就认识了。这个守卫的父亲，也是个守卫，过去当俄瑞斯忒斯想要斗剑时，他就时刻准备好要陪俄瑞斯忒斯消遣。俄瑞斯忒斯记得他曾常带他的儿子一起来；那男孩很随和，也乐意同俄瑞斯忒斯一起玩，即便他比俄瑞斯忒斯要大上几岁。

现在这个男孩已长大成人，白日里在俄瑞斯忒斯的房门附近站岗。一开始，他举止拘谨；俄瑞斯忒斯经过时他很少对俄瑞斯忒斯点头。当俄瑞斯忒斯与他说话，提醒他斗剑的事，以及打听他的父亲时，这守卫依旧表现得无礼而严肃。他换成夜班时，仍然很少向俄瑞斯忒斯致意。

然而，慢慢地，这守卫开始变了。他一来执勤，就会提醒俄瑞斯忒斯他在了，让俄瑞斯忒斯知晓另一个守卫走了，他已替了那人的班。就好像他认为俄瑞斯忒斯会欣喜，和认识的人在一块儿也更自在似的。

一晚，俄瑞斯忒斯醒过来，仍然躺在床上，清了清嗓子。就这么一个声响而已，他以为走廊上的人是没法听到的。但这守卫听到了，进房间来坐到床边，问他是否有什么需要。当俄瑞斯忒斯回答说自己不过是醒了来，相信很快就会再次入睡时，这守卫触碰了他一下，然后把手移开了。

“我与利安德是一路的，”他低语道，“我父亲和他祖父是朋友。是利安德叫我来这里的。这花了些时间，因为绝对不能让人发现。”

“利安德在哪儿？”俄瑞斯忒斯问道。

“在山里和反叛军一起。”

他们留神去听，以防万一走廊里传来什么声响。

“利安德说你与他是一路的。”这守卫低语道。

“我是他的朋友。”

“他说你会支持他。”

“告诉他——”俄瑞斯忒斯刚开口。

“我得走了，”这守卫便说道，“可以的时候我会再来的。”

这守卫下次来的时候，明确表示他们一点话都不能讲，走廊上动静太多了。然而，在另一次造访中，他待得久了一些，并告诉俄瑞斯忒斯关于发生了何事和利安德身在何处，他还没有听到更多的讯息，但是他一得了消息，就会马上过来传达。

某些个夜晚，这守卫在这房间里的现身成了俄瑞斯忒斯回到宫殿的缓慢仪式的一部分，而每个白天，俄瑞斯忒斯都划出时间来陪厄勒克特拉，也划出些时间来陪他的母亲，现在他的母亲更需要他的陪伴了，因为埃癸斯托斯已经兴兵，准备彻底解决——她说道——这最近的叛乱。

一开始，他试图对这守卫发问，但这守卫会用手捂住他的嘴，示意门口可能有人在听。哪怕是他们在一起的时候，这守卫也尽量努力不发出声响，并试图鼓励俄瑞斯忒斯，无论在这黑暗的房间里他们之间发生了什么，都不要打破这沉静。而这也成为了仪式的一部分。

一晚，这守卫待在屋里，然后准备回他的岗位的时候，他示意俄瑞斯忒斯随他走。随后他俩站到走廊上，这守卫留神地听。听到纯然一片寂静后，他拉起俄瑞斯忒斯的手一起回到房间，挨着俄瑞斯忒斯站在离门最远的角落里，然后开始低语。

“忒俄多托斯和米特罗斯都活着。”他说道。

“不。”俄瑞斯忒斯低语道，“米特罗斯死了。他死的时候我跟他在一块儿的。”

“他的父亲米特罗斯活着，忒俄多托斯也是。利安德希望你能去关他们的地方。这就是我收到的消息。他们被关的地方离这里不远。”

“有人看守着他们吗？”

“有的，但晚上没人。”

“有人能帮我们救他们吗？我们可以请求利安德的父亲吗？”

“这事必须从宫殿这边入手，利安德是这样坚持的。科朋没法接近宫殿。那两个人被关在花园的地下，”这守卫说道，“我们得快些行动，因为米特罗斯活不了多久了。”

“你能独自办这事吗，或者和别的什么人一起？”俄瑞斯忒斯问道。

“我们需要人带路。”

"谁拘押的他们?"俄瑞斯忒斯问道。

"我不知道,"这守卫说道,"我只知道忒俄多托斯是利安德的祖父。然后利安德希望他能被释放。这就是他们要我带给你的信息。"

第二天晚上,这守卫说他联系上了科朋,科朋已给那两个人找好了藏身的地方。一旦他们到达墓地以外的一个地点,科朋就可与他们在那儿碰头。他会有帮手,并且他会确保在小路上不会有人阻拦他们。而有一些守卫是效忠于利安德的,他们也会确保这一点。

俄瑞斯忒斯并不想公然传消息给利安德说支持他,因为他和反叛军在一块儿。如果那样做的话,那他看起来就像是不忠于或者反抗他的母亲一般。但他也不想拒绝利安德的请求。他也不愿将这守卫带来的消息与他姐姐分享。他意识到,他独自面对着这事。他可以什么都不干,抑或是,他可以如他们所请求的,陪这守卫去到他声称关押着那两个人的地方。

如果他这么做了,并找到了他们,那他就可以在那儿做出进一步的决定。当他仔细考虑可能的后果时,他告诉自己他是他父亲的儿子,只要他愿意,他就能在宫殿里行使权力,但他也是他母亲的儿子,母亲已告诫过他不要信任任何人。

他突然想到,他的父亲,是决不会什么事都不干的。他记得父亲强有力的嗓音和命令的语气。如果是父亲在这里,那么,父亲或许会谨慎地行事,但决不会出于恐惧而待在房间里。他的父亲必定会采取行动。

这守卫和他制订了一个计划，守卫搞到了厨房以外的一间屋子的钥匙，这屋子有个侧门，没有月亮的时候他俩可以从这门出去。

*

过了两晚，当这守卫进到俄瑞斯忒斯的房间里来时，俄瑞斯忒斯是醒着的，并已做好了准备。

在外边，他们一动不动地站了些时候，好让双眼适应黑暗。他们离开宫殿，转向下沉花园的一边，朝更远的空旷地行进。一言不发地，他们穿过了干涸的溪流。

他们来到一个地儿，按守卫所说人就关在下面，他们用手刨了一通，土层下现出一扇暗门的坚硬表面。他们找着那暗门，将门往上拉，一股难闻的气味从下边冒出来，不只是泥土和腐烂灌木的味道，还包括人的屎溺味。

俄瑞斯忒斯沿着台阶走入黑暗之中。当到达一片黏土的地面时，他叫唤那被绑的两个人的名字。但一开始他什么都没有听到，没有人的声音。

当最终听到一声呻吟时，他说出了他自己以及利安德的名字，并补充说他是来救他们的。他听到有人在低语“米特罗斯”的名字。他试着寻找这声音发出的位置，探索起这地下的空间，同时又不迷失他自己的方向。即便这地儿昏暗无光，他也开始觉察到了那两个人身在何处。他伸出手时，另一双手抓住了他，他感觉到那手强壮而瘦削，一门心思地要把他抓牢。

“你们得帮我扶他起来。”一个声音说道，这声音听起来几乎是在掌控着局面。

俄瑞斯忒斯和这守卫扶那人站起来，俄瑞斯忒斯猜那人是米特罗斯，然后他们领他穿过那地面到达台阶。他们不得不一级一级地推米特罗斯上去，还得抓着他以免他向后跌。他喘吁吁的，没什么力气。当他们接近暗门时，俄瑞斯忒斯挨着他缓缓地移动，米特罗斯痛得皱眉蹙额的；他正被挤压到洞口的一边。俄瑞斯忒斯抓住他的手腕将他拽出，然后帮他立起来，同时那另一个人，俄瑞斯忒斯知道是忒俄多托斯，也出来了。

他们缓慢地走出宫殿庭园，穿过墓地，米特罗斯被俄瑞斯忒斯和守卫搀在中间，喃喃自语并呻吟着。

相较于地下监牢的黑暗，这夜晚本身几乎可说是明亮了。当他们在小路的拐角经过第一座房子时，这守卫示意俄瑞斯忒斯停下来。科朋正靠墙站在那里，等着。这守卫说他要回宫殿了，就留俄瑞斯忒斯和科朋在此带那两人去藏身的地方。

继续前行时，他们没再遇上人。俄瑞斯忒斯不清楚这些小路上通常是否会有守卫通宵执勤，但他猜想这小路正被人密切监视着。置身宫殿的要塞，他推想这与宫殿毗连的郊地，潜伏着如此多的危险，一定会被警惕地控制，尤其是在晚上。但此时这儿却没有人。那守卫是对的，而这意味着，俄瑞斯忒斯意识到，利安德及其同伴在守卫中必定有着相当数量的秘密支持者，而安保措施在埃癸斯托斯不在的情况下变得松懈了。

因此他们得以朝目的地行进而不被任何人阻止。就俄瑞斯忒斯所能察觉到的，甚至都没有人看到他们经过。这房子又小又普通。一个妇人开了门，领他们进去。很快，她给他们拿来吃的与喝的，并陪米特罗斯去到里边的一个房间，好让他躺下来。

俄瑞斯忒斯意识到，他很快就得离开这儿回宫殿去了，要赶在黎明到来前。如果可以的话，他并不想跟他母亲和厄勒克特拉解释他都干了些什么。

“利安德在哪里?”忒俄多托斯问道。

“他不在这儿。”科朗说道。

“他在哪里?”

“他去解救他的舅父们了。起了一场叛乱。”科朗说道。

“米特罗斯在哪儿，那个男孩?”忒俄多托斯朝俄瑞斯忒斯看去，并问道。

“他死了，”俄瑞斯忒斯低语道，“我们回来前他就死了。”

忒俄多托斯叹了口气。

“别告诉他的父亲，”他说道，“他父亲活着的唯一目的就是为了能见到儿子。”

“我必须告诉他，”俄瑞斯忒斯说道，“我必须告诉他米特罗斯在死的时候很幸福。”

“没有谁在死的时候是幸福的，”忒俄多托斯说道，“他活不长了。你必须告诉他，他的儿子和你与利安德一同回来了，然后又和利安德一块儿走了，但很快就会回来。你必须让他相信这都是真的。”

俄瑞斯忒斯没有动弹。他真希望现在他就可以走了。

“你必须马上去他那儿。他在等着呢，他等的就是这个，他的家人来了以后，你也必须告诉他们你所做的事，好让他们也有一样的说辞。”

“他的家人?”俄瑞斯忒斯问道，看向科朋。

“必须得有人去告诉米特罗斯的家人他已经被救出来了。”忒俄多托斯说道。

“没有什么家人了，”科朋很快地说道，“他家已被夷为平地。他们说他的家人全被杀死埋在那儿了。我们本以为他也和他们埋在一块的。他肯定在他们被杀前就被抓走了。”

忒俄多托斯倒抽一口气，垂下了头。

“他活不长了。必须告诉他，他的儿子已被释放并且和利安德一起走了，也必须告诉他，他的妻子，他的其他儿子女儿们在他被捕的时候逃走了，逃到了离这儿有些距离的地方。”

“他会要求见他们的。”科朋说道。

“告诉他安全的时候他们就会来的。”

“但是假如他活下来了，那我们怎么办呢?”科朋问道。

“我不知道假如他活下来我们要怎么办。”忒俄多托斯回道。

他们听到米特罗斯所在的房间里传来低低的呻吟声。

“现在去他那儿吧。”忒俄多托斯说道。

米特罗斯，在俄瑞斯忒斯走进房间来的时候，正万分吃力地呼吸着。他伸出手，试图抓住俄瑞斯忒斯的手。

“他平安吗，我的儿子?”米特罗斯问道。

“平安，”俄瑞斯忒斯回道，“我们从他们关押我们的地方逃出来了。”

“然后发生了什么？”

“我们在海边发现了一座房子。那里有一个老妇人照顾我们。她最喜欢您的儿子。”

米特罗斯颤抖着，似乎笑了片刻。他试着坐起来。

“你母亲在哪儿？”他问道。

“她在宫殿里。”俄瑞斯忒斯说道。

“——睡觉，”米特罗斯说道，“唯有恶人才睡得着。”

俄瑞斯忒斯想了片刻，觉得他是开了个玩笑。

“所有的麻烦都是由她而起。”米特罗斯继续说道，仍然试着坐起来，在俄瑞斯忒斯试图帮忙时将他推开。

“是她下的绑架的命令，”他继续道，“那样她就可以恐吓我们了。然后她杀了阿伽门农，你的父亲，她亲手杀的他，把他的尸体丢在宫殿前头任其腐烂。他的尸体没下葬就躺在那儿，她还让我们从尸体边经过。”

“我母亲没有杀死我的父亲，她——”俄瑞斯忒斯话刚出口。

“这是你母亲亲手干的。”米特罗斯就打断道。

他的语气平板而确凿，几乎带着厌烦。显然他深信他所说的是事实。

“埃癸斯托斯有和她一起吗？”

“埃癸斯托斯算不得什么，”米特罗斯说道，“是她一个人干下的。这一整桩杀戮。这一整桩。”

现在他已经完全坐起来，紧紧地握住了俄瑞斯忒斯的一只手腕。

“但她没有杀死伊菲革涅亚——”俄瑞斯忒斯又开始说道。

“诸神要求献祭伊菲革涅亚，”米特罗斯说道，“这是最为冷酷的选择。诸神可能很冷酷。”

“但这不是我母亲做的，”俄瑞斯忒斯说道，“这是我父亲做的。”

“没错。这不是你母亲做的。”米特罗斯说道。

有那么一会儿，一片寂静。俄瑞斯忒斯仔细地听着，确保米特罗斯尚在呼吸。

“我的儿子他平安？”米特罗斯最终问道。

“是的，”俄瑞斯忒斯说道，“他和利安德在一起。他很快就会回来。”

就着房里那盏小灯照出的灰暗的光，他能感觉到米特罗斯在凝视着他。

“你确定是我母亲杀了我的父亲？”他问米特罗斯。

“是的。是她的刀。”

“还有谁知道？”

“所有人都知道。”

米特罗斯松开了俄瑞斯忒斯的手腕，转而移向俄瑞斯忒斯的手，并将之握住。然后他开始啜泣。

“我的家人，那些男孩和女孩们……”他开口道。

“他们都很好，”俄瑞斯忒斯说道，“等安全了他们会来这里的。”

“你的母亲杀死了他们，”米特罗斯说道，“我的妻子，我的男孩们，我的女孩们。我看着他们被她的人杀死。是她下的命令。”

俄瑞斯忒斯正准备反驳他并再一次地告诉他，他很快就会见到他们的，但米特罗斯不听他的。他仿佛在自言自语。

“我听到他们死时的呼叫，”米特罗斯说道，“然后那些人就把我带走了。”

在他们一起被埋在地下的时光里，俄瑞斯忒斯意识到，米特罗斯肯定没有告诉过忒俄多托斯他曾目睹自己的家人被杀。他们肯定没有谈起过这事。

“但你的儿子活着。”俄瑞斯忒斯柔声说道。

“是，是。”这老人回答的语气里带着悲伤和无奈。

俄瑞斯忒斯不确定米特罗斯是不是信他。

“等一下，”米特罗斯说道，“靠近些吧。”

俄瑞斯忒斯在床边跪下。

“你的母亲谋杀了你的父亲，”米特罗斯低语道，“她诱骗他进入宫殿。他们一挨近，她就准备好了刀子。这是她的计划。她想要他的权力。我以我的孩子们起誓这都是真的。只有一个人，独独一人，可以报复她的所作所为，报复那一桩杀戮，以及其他的一件件杀戮，而那人就是你。你就是那一个。这也是诸神保全了你，并将你送回的缘由。也是你身在此地而我能给你讲述这事的缘由。现在，作为阿伽门农的儿子，你有责任为他的遇害复仇。”

他把手轻柔地放在俄瑞斯忒斯的头上，就搁在了那儿，他的呼吸也比方才强健、平稳些了。

科朋过来说想让俄瑞斯忒斯现在就走，他说他会陪俄瑞斯忒斯一起穿过那些小路。

“不了，我自个儿走吧。”俄瑞斯忒斯说道。

他返回时天边正现出黎明的第一缕曙光。他悄悄地溜进厨房以外的那扇门，偷偷地穿过下方的走廊，而后走过一小段的楼梯，上到了主廊道。

在他的房间里，他想起母亲，以及她如何试着怂恿他追随她和埃癸斯托斯，并在他们的引导下了解权力和权威。他本可成为他们的一员。

他突然生起一股怒气，针对她也针对埃癸斯托斯，埃癸斯托斯取代了他父亲的位置，在宫殿里趾高气扬，仿佛手握统治权力似的。然而，当他仔细回想发生的事情时，居留于他心中的却只是他母亲的形象。想起母亲他就生出一种力量来。她是那个掌控着局面的人。当清晨的喧哗声响起时，他意识到，是她篡夺了权力。复仇可能也会针对埃癸斯托斯，但首先得针对她。

想到他无须找利安德或者厄勒克特拉或者其他任何人商议此事，他就几乎笑了出来。但随即他就意识到他需要厄勒克特拉的支持。他需要拉近他们姐弟的关系。他没法自己一个人干这事。

然而，随着清晨渐渐逝去，他又对米特罗斯与他说的话产生了怀疑。那人说话时好似那样地肯定。而那些话听来也真得很。不过米特罗斯遭了这么多的罪。那些事也可能是他想象出来，然后开始当了真的。

俄瑞斯忒斯想道，如果真是他母亲杀了他父亲的话，那他一回来厄勒克特拉就必定会告诉他的。当时，他母亲解释他父亲被刺的时候，厄勒克特拉就在屋里。如果他母亲没有实话实说，那么厄勒克特拉必定会给出一些暗示的。

他苦苦地思索着自己应该信谁，他决定去告诉厄勒克特拉米特罗斯所说的话，然后看她会作何反应。他真希望利安德就在他身边，这样的话他就可以问问他该怎么办。

*

下午的时候，他与母亲说着话，母亲亲热地朝他探过身来。

"俄瑞斯忒斯，"她说道，"我得和你说说知心话了。你知道的，起了一场叛乱，埃癸斯托斯已去参与平定了。但这些叛军比以往的造反者更有决心。他们不会待在同一个地方。他们会消失，然后再出现的时候甚至比先前还强大。埃癸斯托斯有许多忠诚的拥护者。他是个勇敢的战士，但他不像你父亲是个军事领袖。并且他的拥护者们都很粗俗。他们知道如何发动猛烈的攻击。但他们原本都是土匪。"

她站起身来，在屋里四处走了走。

"俄瑞斯忒斯，埃癸斯托斯给我带来了很大的麻烦。我得让你知道这事。我不能告诉其他任何人，我只能告诉你。"

俄瑞斯忒斯看着她，她还准备说些什么，然后又停了下来。突然，她朝他走来，抓住他的肩膀。

“这次叛乱比我们所知道的任何一次都更有决心，也更严重。眼下我只有你了。我信任你，也信任狄诺斯，他是个战士，和你父亲一样狡猾。除此之外，其他人我全都不信任。我派了人去监视、跟踪狄诺斯，我确信他的忠诚，正如我确信其他人的忠诚一样。我想送你去他那儿。我不能失去你。对那些领导叛乱的人来说，你就是战利品。没人在乎我和厄勒克特拉。他们要来抓的是你。因此你不能在这儿。我们在这很容易遭人袭击。”

她说完时俄瑞斯忒斯看着她。有那么一会儿，他确信母亲要把他送走是因为发觉了他前一天晚上所干的事。但随即，当她对他说起更多的细节，说到他穿过乡间将会得到多大的保护时，他就不那么确定了。到他们交谈结束的时候，他和母亲一致认为次日他们将和旅程中要做他保镖的人碰头讨论下安全问题，他只知道他要被送出去了，但他无法判断其间的缘由是他把母亲惹恼了呢，还是她真心实意想要保护他。

当他去到厄勒克特拉的房间时，她表现得很诧异。

“狄诺斯的妻子和孩子在一场叛乱中全被杀掉了，”她说道，“他凭着他极度的凶猛和残暴将叛乱镇压。但那儿仍然是个至为险恶的地方。我们的母亲竟想送你去那儿？”

俄瑞斯忒斯点点头。

“她说她信任狄诺斯。”他说道。

“我确信她对他极为钦佩。”厄勒克特拉说道。

“她说叛乱很严重。”

“而且还在蔓延。埃癸斯托斯镇压的只是其中之一。他没法将它们全都扑灭。它们会等着他。她已把他送到了死地。”

“是谁拿主意要他去的?”俄瑞斯忒斯问道。

“她让他觉得，因为他是一个战士，所以他就必须得去。她没给他留其他的选择。她这样谋划了，他就去了。没有她的话，什么事都不会发生。都是她在做决断。”

“父亲从战场回来那一天，”俄瑞斯忒斯问道，“也是母亲在做决断——”

“自从你回来，她充满了魅力，极其地温柔，是不是?”厄勒克特拉打断道。

“你为什么不回答我?父亲回来那天发生的事，是母亲下的决断吗?”

“你为什么不去问她?你花那么多时间和她在一块儿。”

“我要是问是不是她杀的父亲，她会回答我?”

“那你觉得是谁杀了父亲?”厄勒克特拉问道。

“你是在发问吗?”他回道。

厄勒克特拉来回摆弄着花瓶里的花。

“如果是的话，我想要听到母亲的回答。”她说道。

“我想要听到你的回答。”俄瑞斯忒斯说道。

“忒俄多托斯和米特罗斯没告诉你?”她问道。

“你这话什么意思?”

“你营救他们的时候他们没说?”

“你怎么知道我救了他们?”

她把花瓶拿到离门更近的一张桌子上。

“这是一座充满低语的房子。”她说道。

“母亲知道我救了他们吗?”

“这个问题你为什么不也去问她呢?不过眼下不必问,因为她和我要去花园散步了。”

“关于营救的事是谁告诉你的?”

“谁告诉的我并不要紧。要紧的是你不应当插手超出你界限的事。”

“利安德是我的朋友。忒俄多托斯是他的祖父。”

“利安德正带领着其中一支叛军,”厄勒克特拉说道,“除非他能得胜,否则他就不是你的朋友。而是你的敌人。”

“他去解救他的舅父们了,他母亲的兄弟。他们也被绑架了,在我被绑的时候。你一定看到了我被掳走。”

“那时候我被关在地牢里。”厄勒克特拉说道。

此时她正背对着门站着。

“谁把你关起来的?”

“你为什么不也去问问母亲呢?”

“我是在问你。”

“你必须学会倾听。我注意到夜里有时你会在我待着的房间外边听。但你什么都没听到,是不是?”

“父亲被杀时你在宫殿里?”

“是的,我在。的的确确,我是在的。我跟你说过了我在地牢里。”

“所以你什么也没看见?”

“在我的牢房里有个小窗。我能看见一线光。”

“所以你不知道——？”

“我当然知道，”厄勒克特拉打断道，“我知道所有事！”

“但你不打算告诉我？”

“可以的时候我会告诉你的。现在，我必须得走了，得和母亲到花园散步去，而你也必须回你的房间了。”

*

那一晚，那守卫出现了，他低语道：“你必须得去下利安德家。早上宫殿里一忙起来，你就得去那儿。”

“是谁要求我过去？”俄瑞斯忒斯问道。

“这事很紧急。”这守卫说道。

“我的姐姐知道我帮忙营救了忒俄多托斯和米特罗斯。”

“你被人看到了，”这守卫说道，“而你去利安德家也会被人看到。但这事比其他任何事都重要。”

“是科朋要求见我？”

“我不知道。我要传达的信息仅仅是，当太阳出现在天空的时候，你必须得去那儿。”

这守卫和他待了一会儿，但不再言语。稍后，俄瑞斯忒斯独自躺在床上，利安德的模样猛地闯入他的脑海。他想象利安德是那么果断而警觉。利安德绝不会出错。他将利安德的冷静，头脑清晰的目的性与他母亲和埃癸斯托斯的形象作比。他猛然醒悟，无论他们之间发生什么样的斗争，利安德都将获胜。他不知道之后会发生什么，但他已下定决心天一亮就照他们要求的做。他会去那个房子。倘若母亲责问起来，他总可以声称，由于她没有告诉过他，他没想到利安德是叛军的一分子。他会告诫厄勒克特拉不要告诉母亲他知道这事。他可以说他只是去看望朋友，并告诉朋友自己即将离去。

他醒得晚，然后悄悄地从侧门离开宫殿，走过墓地和干涸的溪流。他时而觉得很有勇气，时而又觉得紧张不安。当走在小路上从人边经过以及穿过一个小而热闹的集市时，他始终低着头。

抵达时，看到前门大开着，甚至过道上也不见一点仆人和这家人的迹象，他心下觉得古怪。一切都空荡荡、静悄悄的。他开始大声唤他们的名字，科朋和赖萨，伊安忒和达契亚，然后唤他自己的名字，就像利安德曾做的那样，如此他们就会知道他不是一个陌生人。

然而，当他进到房子更里边时，他闻到了一股自与那老妇人待在一起时他就已熟悉的气息，那是山羊或者小羊羔偶尔跌落悬崖，开始腐烂的气息。

现在这气息朝他扑来，比以往任何时候都浓烈。当他再次唤出那些名字时，那来自房内大厅的恶臭如此强烈，熏污了他自己的呼吸。

他瞧见了一堆尸体，尸体四周都是嗡嗡作声、闪闪发亮的黑蝇。这尸堆堆得整齐，一具死尸摞在另一具死尸上边，彼此保持着平衡，看起来近乎是一体的。他不得不转过身去呕吐。返回时他注意到一片白色的肌肤上有什么东西在动，然后他发现是皮肤上爬满了蠕动的蛆。

他忧虑于自己为何会被打发到这里来，也忧虑于是否可能有人在其他房间里等着，他找了块布，捂住口鼻，环顾房子四周，当发现忒俄多托斯和米特罗斯的尸体躺在一张浸血的床上，而他们四周全是飞蝇的时候，他惊得透不过气来。

他返回大厅，带着厌恶和恐惧，抓住其中一具尸体的脚踝，将之从尸堆顶端拖下来，尸体落地时发出一声冷硬、死气沉沉的闷响，然后他把尸体翻了个身，看见了赖萨的脸，她的喉咙被人从左耳到右耳切开，两只眼睛都圆睁着。

就他所能辨认出来的，利安德的所有家人都死了，还有所有的仆人。当嗡嗡的飞蝇落到他自己的脸和手上，当恶臭、腐烂的气息似乎因他移动了一具尸体而加剧时，他下定决心要回宫殿去找厄勒克特拉，在做其他的任何事之前，他应当告诉她他所看到的事。她会和他一起回这儿，然后当其他人到此发现这一堆尸体时他不会是独自一人。

正起着这样的念头，他听到了一个低低的呜咽声，他纳闷是不是什么动物，一只鼬鼠或者一只大耗子，钻进了尸体堆里。但随即他就听到了一个女孩的声音。那声音来自那摞一动不动的尸体的内部深处，故而他只能将尸体分开好找出声音的来源。当一只手向他伸来，手的周围全是狂舞的飞蝇时，他往后躲了躲，飞奔去了房间的角落。当转过身时，他看到伊安忒从尸堆里辟了条路钻出来，站起了身子。她看到他就尖叫，惊恐地尖叫，试图将她自己再一次地埋入死尸堆中，仿佛它们会为她提供一个安全之所。

“伊安忒，我是俄瑞斯忒斯，”他说道，“我不会伤害你的。”

他走回那摞尸体旁，又拉开了一些尸体，发现其中有科朋，有忒俄多托斯和米特罗斯出逃那夜为他们提供庇护的那个妇人，还有紧紧挤在一起的两个孩子。伊安忒，当他试图伸手去碰她的时候，她就像巢穴被人玷污的野兽一般。她蜷起身子奋力地躲到一具尸体的下面，因此他就没法触碰到她了。他唤她的名字，也再次说出他自己的名字，但他试图安抚她的努力却让她尖叫得更加厉害，她恐惧地大叫，大叫着她母亲和父亲的名字，大叫着要利安德来。

“我会帮你的。”他抓住她手腕的时候说道。他将她提起，并抱住她的身体，她满身都是黏糊糊的血。从她反抗的力气来看，他料想她没有受什么重伤。当他设法把她弄到外边，离开这恶臭和飞蝇的时候，他看出她衣服和皮肤上的血并不是她自己的。

“你必须跟我走，”他说道，“离开这里。”

她终于开口说话了，起初因为她的抽噎他辨不出她说的是什么。他不得不再三询问她要说的是什么，并恳求她说得慢一点儿。然后他听出了她说的话。

“是你干的这事！”她说道。

“不，不是我！”他答道。

“干这事的是你母亲的人。”

“我母亲的人不是我的人。”

“我们已经准备好逃走了的。忒俄多托斯和米特罗斯刚到这里来，”她抽噎着说道，“米特罗斯那样虚弱。他希望我们把他丢下，但我们不愿意。你派了人监视我们，你肯定已经知道我们准备逃跑。”

“我没有派人监视。我不知道。我什么都不知道。”

他迫使她同他一起走，好几次她都试图回那房子，他不得不拉她向前。他们一起穿过小路，进入集市场所，而后又进入宫殿前边的那片开阔场地；看到他们的人都慢慢走开，消失不见，被伊安忒邋遢的样子以及她衣服、头发上干结的血迹吓到了。

在宫殿里头，俄瑞斯忒斯找到了厄勒克特拉，她将伊安忒领进了她的房间。

“厄勒克特拉，”俄瑞斯忒斯说道，“他们杀了伊安忒的所有家人。我找着了他们的尸体。他们全死了。”

厄勒克特拉向门走去，像是在卫护这房间免遭人闯入。

“她告诉了我是谁下的屠杀命令。”俄瑞斯忒斯说道。

当伊安忒在恐惧和痛苦中喊叫得愈加厉害时，厄勒克特拉和俄瑞斯忒斯两个都走过去帮她。

“你为什么带她到这儿来？”厄勒克特拉问道。

“那我们还能上哪儿去呢？”俄瑞斯忒斯反问道。

厄勒克特拉阴郁而不耐烦地看着他。

俄瑞斯忒斯等在外头的时候，厄勒克特拉给伊安忒沐浴，换上干净的衣服。最后她唤他回来，当伊安忒抽噎得全身发颤时，他们二人都抱住她，突然，他们的母亲带着两个守卫进了房间，出现在他们面前。

“这女孩在这里做什么?”他母亲问道。

她说话的口气里混合着满腔的怒火和命令，这是俄瑞斯忒斯过去从未听到过的。

“她将暂时待在这儿。”厄勒克特拉说道。

“是谁下的命令让她来这儿的?”他母亲问道。

“是我。”厄勒克特拉说道。

“你是凭了谁的权柄?”

“凭我自己的，”厄勒克特拉回道，“作为我父亲的女儿，我母亲的女儿，俄瑞斯忒斯的姐姐，伊菲革涅亚的妹妹。”

“我知道你是谁的女儿，谁的姐妹。你知不知道现在已经起了场叛乱?她不能待在这儿。”

“一两天内她就会走的，”厄勒克特拉平静地说道，“我已经承诺了她可以留下来。”

“我不希望她靠近我。”他母亲说道。

“她不会走出这间屋子的。”厄勒克特拉回道。

“我可以向你保证她不会!”

俄瑞斯忒斯看看他母亲，又看看他姐姐，注意到她们二人连看都不看他一眼。对狂怒之下的她们来说，他已经变成了一个隐形人。当她们站在那儿怒目相视时，他下定决心要忍住，不可说出发现伊安忒的是他。他也不会坚持说伊安忒是奉他之命在这儿的。他知道现在他最好不要做声。就目前来说，他需要他母亲一直盯着他姐姐，而不要把注意力落到他的身上。

就在不久前，他兴许还会奇怪为何他母亲不问问伊安忒身上到底发生了什么事情，或者他会自问为何母亲并不要求他们解释一下为什么伊安忒的衣服——被血浸透了的——扔在地上，或是为什么伊安忒在这屋里一动不动，木呆呆的，犹如一只被捕的无助动物。

现在他不奇怪了。现在他清楚了。是他母亲下的屠杀命令，正如她下了绑架的命令，也正如她操使了杀死他父亲的那把刀。

他注视着她，带着冰冷的怒意。

*

随后，当他单独与他母亲一起吃饭时，他注意到她闷闷不乐的，抱怨说她的头有点疼。

“你的姐姐，”她说道，“已经变成一根大刺了。别人还以为，眼下这种时候她会过来和我们共进晚餐，陪着我们呢。夜里祈祷的时候，我感谢诸神赐予我的东西。我感谢他们带回了你。至少，我的儿子回来了，与我在一起。不管怎么样，不管这所有的失望，也不管这所有的背叛，我感谢他们。”

她的笑容温暖而又亲切，略带着一丝宽容和无奈。但她的姿势和声音里有某种东西让他暗暗觉得不妙，仿佛她完全清楚他的所作所为，完全清楚他在释放米特罗斯和忒俄多托斯的事件中扮演的角色，以及他独自一人，未征询她的意见，就去到利安德家，在那儿发现了那些死尸。在她的语气中，他也觉察出了一种警告，一丝她在厄勒克特拉房中已表露过的坚毅和冷酷，他迫不及待地要离开她。

“走之前吻我一下吧，”他站起身时她说道，“这时节，我们所有人都务必当心。我们得密切关注一切事物，留神听着，哪怕一丁点的私语声都不能放过。”

*

俄瑞斯忒斯的守卫失踪了，也不见有接替者再站到他的门口附近。他时睡时醒，不一会儿醒来时听到房里有人的声音。他惊恐地坐起，厄勒克特拉悄声告诉他不要做声，也不要动。

“母亲睡了，而且我过来的时候，效忠于她的那些守卫都没瞧见我，”她说道，“有一个我自己的守卫守在门口。如果你有听到一个声音的话，那就是他在提醒我们要保持安静，全然安静。”

“你想干什么？”俄瑞斯忒斯问道。

“既然埃癸斯托斯不在这儿，我们就可以行动了。她已没有了保护者。她现在不会想要和我单独待在一块儿了，甚至都不会靠近我。今天你回来前她和我在花园里散步，都与我保持着距离，不过她不会再和我去花园散步了。她不会再冒险。她怕了。”

“怕什么？”

“怕我会对她做的事。”

片刻间俄瑞斯忒斯觉得自己似乎已停止了呼吸。

“去往下沉花园的那条路上有一些松动的台阶，”厄勒克特拉继续说道，“她每天都去那儿。那是我离她而去后，她散步行程的一部分。明天下午你要陪她一起去。你要正常地表现。会有三个守卫跟着你们，但是在你们靠近台阶的时候，其中两个会把那第三个制伏，然后撤退。这事会悄无声息地做成。不要紧盯着看。也不要引起她对这事的注意。你要用的刀会在你往下走的第三级台阶松动的石块下边。只有一次机会。如果你错过这次机会，她就会把我们俩都杀死。”

“你想要我拿刀捅她？”俄瑞斯忒斯问道。

“没错。她亲手杀了你的父亲，她下令绑架你，抓走忒俄多托斯和米特罗斯。她还下令杀光了他们的家人。”

“我看到他们杀死了伊菲革涅亚，”俄瑞斯忒斯说道，几乎是在岔开话题，分散她的注意力，“我看到了这事。”

“你过去看到了什么并不打紧。”厄勒克特拉说道。

“是父亲，”俄瑞斯忒斯说道，“我看到父亲在那儿看着——”

“你是在害怕吗？”厄勒克特拉问道。

“害怕什么？”

“害怕杀戮？”

“不。”

“这事一办成，效忠于我们的守卫就会打开宫殿大门，其他人就会进来处死那些依然效忠于她的守卫。他们会把她派去除灭忒俄多托斯一家的人杀死。到那时宫殿就是我们的了。”

“你怎么知道那两个守卫明天会站在你这边？”俄瑞斯忒斯问道。

“为明天的事，我是下了工夫且做好了准备的。她不会怀疑你。没有人知道你有多勇敢。”

“那你怎么知道？”

厄勒克特拉思索片刻，笑了。

“那就是我曾祈求的东西，”她说道，“祈求你成长为一个勇士。我知道你很勇敢。”

“我以前杀过人。”俄瑞斯忒斯说道。

“我们一旦握有权力，就要把所有敌人都收拾掉。”厄勒克特拉继续说道，没理睬他的话。

俄瑞斯忒斯沉默了。

“这计划已经就绪，”厄勒克特拉继续说道，“你是唯一能干这事的人。”

“我们就不能把她抓起来，然后遣走吗？”

“遣她去哪儿呢？听，很快就有其他守卫要进入走廊了。我不能和你待在这里了。事情做成后我才能自由地来见你。我会一直待在我的房间里，和伊安忒一起，直到有消息传来说母亲死了为止。我会祈求诸神保佑此事顺利达成。”

“刀会放到那儿吗？”

“现在已经在那儿了。第三级台阶，那块松动的石头。”

随后她离开了，留下他独自一人。

随着夜晚的慢慢逝去，他知道他会照他姐姐要求的去做。他会为死去的父亲报仇。次日他要尽一切努力取得母亲的信任。他将会和气地待她，表现得温顺并且乐意照她说的去做，然后他将会变得勇敢。

在早晨最亮堂的光线里，他发觉自己几乎是在嫉妒母亲，嫉妒她能够如此果决地灭人满门，然后还能冷静地在花园里散步或者在坐着用餐时随意地聊天。她杀他父亲的那一天，他心想，她必定也是如此的。他记得那时她在宫殿门口的微笑，满是热情。

她知道如何杀戮，他心想。她知道杀戮是什么样的。但后来他突然觉得他也是如此，他不等利安德的指示就杀死了那个守卫以及来到老妇人房子边的那两个人。他把握住了那个时机。现在他唯一能做的就是求助于他父亲的灵魂，求他给予力量，但同时也求他给予在需要这力量的时机到来前不将这力量显露出来的本事。

他将不必求父亲给予勇气，他想道。他已经拥有了勇气。

*

他们在她的房里见面时，他母亲告诉他她得加快他的启程安排了。

“很快，”她说道，“一些道路上就会变得不安全了。如今是危险时期。狄诺斯来消息说现在他能保证你的安全。他会在半道上与你碰头，不过他会遣他的一些人走在前面，所以那些人会早一些碰到你。你最好在破晓时出发。我已经挑了最信得过也最有能力的守卫在这旅程的初期保护你。我们不知道这里会出什么事。对叛军来说，正如我曾告诉过你的，你会是一个绝佳的战利品，你父亲唯一的儿子。”

既然他母亲能这样无比轻松地伪装，他心想，那么他也能装。他把注意力集中于他自己声音的每一个抑扬顿挫，以及每一个举动。他做出一副乐意顺从的样子，但也完全参与进对所有细节的考虑，就好像他有着权力，需要仔细掂量这些细节似的。他表现得仿佛他脑子里只有一件事，那就是如何最好地开始他的旅程。

他们一起吃饭时，他聚精会神地听他母亲说话，同时试着不去仔细地看她。当他告诉她说他累了，之前没睡好，并补充说今晚他要早点睡觉时，她说她也要早点睡觉，好能在天亮前起来，看着他上路。

当她准备去花园散步时他与她待在一起。他回避去看等在她门外准备陪她的守卫，同时他也尽量装作漫不经心地说，也许他也要陪她去散步，一旦夜幕降临，这散步将有助于他的睡眠。

因为他已祈求了他父亲的襄助，于是他也设想这将发生的事是出自诸神的命令，并且完全处于他们的掌控之下。

他的母亲采了些花，然后望着天空和太阳，谈起这炎热的天气，发表看法说俄瑞斯忒斯的房间在冬天是顶好的，能蓄热，但在夏天也是最糟的。当她迈向台阶，朝下沉花园走去时，她心里在想等他回来了是不是应该给他换个房间，换个凉爽些的房间。

他们下了三四级台阶时，俄瑞斯忒斯听到其中一个守卫倒抽了一口气。他回头一看，瞧见那守卫已被另外两个制伏。

他母亲也听到了声响，转过身来。他弯腰找刀的时候她几乎面向着他。她一见他捡起刀，当下，就大叫起来，试图从他身边通过并用力想把他推到下边的灌木丛里。但他朝墙逼近，设法将她拉到身旁，往她背后刺了一刀，而后将刀抽出。他使尽全力推她，让她跌入了蔓生的植物丛中。

他找着她时，她正仰面躺在那儿。当试图将刀刺入她的颈项时，他能清楚地看到她的双眼里蕴含着惊恐。她以双臂自卫，紧紧抓着他，直到耗尽所有的力气。现在她能做的只有大声呼救了。他持刀刺入她的胸口和颈项，然后将她压住，直到所有的生命气息离开她的身体。

克吕泰涅斯特拉

终有一天阴影会将我笼罩。我知道这一点。但如今我是清醒的，或者说几乎是清醒的。我记起一些事情——模糊的往事朝我走来，以及那些微弱的人声。萦绕着最多的是一些痕迹，种种人类、幽灵、声音的痕迹。通常我在暗影里行走，但有时某个人的迹象朝我走近，某个我曾知晓其名字的人，抑或他的音容对我来说曾是真实的，也许是我曾爱过的某人。我不能肯定。

然而，有一个人的残迹到来之后就一直留存。那是我母亲在遥远过去的某一时刻；她很无助，被按倒在地上。我能听见呼喊声，她的呼喊声，还有一个身影在尖利地嗥叫，那影在她上方，或者说压在她身上，然后飞走时叫得更加响亮，那影长有喙和翅，那翅以翅之形在空中拍打，我母亲则躺在那儿呜咽着，喘不过气来。但我不知道这意味着什么，也不知道为何这景象朝我走来。

我感觉若是我保持静止，那么将会有更多的东西到来。四处一片寂静的时候，在这样的空间里很难不去闲荡。此处有我期盼遇上的幽灵，那些与我靠近但又没有近到可以触碰或者瞧见的幽灵。我想不起名字，他们的名字。我也还是看不清那些脸，尽管有些时候我一直沉默，也一度丝毫不去回忆，不去集中精神，有些时候一张脸靠近了，那是我认识的某个人的脸，可它在变为我能认出的某人之前便逐渐消失了。

我知道过去曾是有情感的，而这就是现在我所处的世界和我曾生存的那地方之间的区别。曾有一段时间，我知道，我能感受到盛怒与悲伤。可现在我已失去导致我盛怒与悲伤的东西。也许我在这些空间里闲荡的唯一理由与某一其他情感或者这情感的残余有关。也许这情感就是爱。我依然爱着某个人，或是曾经爱过、保护过，但我没法确定。不会有名字来到我的脑海。有一些词来了，但不是我想要的词，我想要的是那些名字。倘若我能说出那些名字，那我就会知道我曾爱的人是谁，我就会找到他们，或者知道如何去见他们。时机成熟时我会引诱他们进入这片阴影。

在他们的世界里没有人知道此处有多么空无。这里极其地空茫、古怪、寂静。几乎无物运动。能听到些回响，好似远处有水在岩石下流动，有时这声音会近一些，但仍然很微弱。如果我太热切地去听，它就会消失。

也许我在那边的时候还有些事没有落局，现在这些事徘徊不去，犹如需要被言说的词语，抑或是已离我而去，而我在这里等着就将到来或可能到来或必到来的词语。这需要些时间。我不知道我有多少时间，以及此处有多少时间。但我知道我必将消逝，我无法以此状态长久存在。消逝会逐渐进行。最终我将一无所知。而我所期待的便是能再一次拥有情感的涌现，能得数个小时甚至就一会儿的时间，重回那个世界，在那里暂时安顿下来，仿佛我还活着一般。

与此同时，还有记忆，这记忆联结，缠附，又撤离。几乎显现出什么了。一个模糊的想法在徘徊着，却从来不见稳定下来。如同一个带翅的身影，朝它一直所是或曾经所是的样子缓缓趋近。我栖身于一个实体世界的内部。我能感觉到有大量迫切的欲望一掠而过。

然而留给我的只有这些灰色的痕迹，这些线索。

阴影一定就是这个样子的，或者说那劫后的余波。一些线条或形状曾经有段时间必定是有意义的，或者可能仍然有意义，但现在看来却像是胡乱为之。要是我能理解它们的意图是什么，或者对造出它们的人低声说些什么就好了。这一欲望的产生是我离纯粹的情感最近的一次，但实际上它离情感还差得远。我会滞留于此地待上我所分配到的数小时或数日或数年。不会比之更长。

不解和困惑取代了对事物的认知和了解，也取代了真实和确凿的事物。我所栖息的这个空间，就像一个提供给我但很快就要收回的悲伤的礼物。

然后我想起了一个词，一个我能够确定的词。这词就是“梦”。它一来，我就知道“梦”是什么，或者曾是什么，并且我可以肯定在这片虚空中，我并不是在做梦，此处正发生的一切都不是梦；而是真实，确切的。

然后其他的词如同暗下来的天空里的星星一般出现。我变得极度渴望将它们一个个都占有，但我没法将它们抓牢。它们在坠落，或闪烁，或渐渐远去。然而，能够见到它们，对它们的力量有所了解并知晓它们中的一些将会回来，如同暗夜里的满月之光一般，成为指引我的阴影中的稳定之物的一部分，这就足够了。

我走入我曾生活过的那宫殿的走廊。我几乎能够记起发生过的一些事了。有某个人的影像，在一个花园里，或是在通向花园的台阶上，死死地盯视，急促地呼吸，但随后什么都没了，唯有花园中的一片沉寂，再然后就连花园也没有了，仅有一个空间。

但我仍然清醒着。我在等待，我知道事情会起变化，它不会一直如此。我意识到，一旦我再一次身处那些走廊，弄出些声响，或是快速移动在空气中造成一些扰动，那么守卫们很容易就会注意到我。随后，慢慢地，我开始懂得我为何在此以及我在寻找何人。他的名字没有来到我的脑海，我也想象不出他的脸，但我感觉到他与我挨近。

我能够想象那个看到或注意到我的存在的守卫，去跟另一个守卫商量，然后他俩再去找他——他就是我在寻找的那个人——抑或他那照顾他的朋友。

我的丈夫已经死了，我的女儿也是。他们已全然变为了暗影。我的另一个女儿在此，但我要找的是我的儿子。

我清醒着；而我所知晓的那些词则沉睡着。有时它们在夜里翻身，或是在它们广阔的梦境中弄出些声响，然后它们也醒了过来。通常，即便只有短短一瞬间，它们也睁开眼睛看我。我迎上它们的目光看向它们，这样它们重新沉入睡眠时或许就能记得我。它们一动不动时我端详着它们。我警觉于它们做出的任何动作。我能听见它们在夜里暗沉的呻吟，断断续续的，衬着它们的呼吸。我能看见它们朝我伸出双臂，要我将它们抱起。

现在我能够分辨出黑夜与白天的不同了。我了解这夜里降临在花园和走廊的寂静，一种只被守卫或猫的轻柔行动所打破的寂静。这是我的领域，我可在此自由地闲逛。当我从花园过来时，我知道守卫们能够感觉到空气中的动静。只要再添上一样东西，就能让他们知道我在他们身边。那就是一个声响。一个掠影。

当那个时刻来临时，我知道我将听到他的名字，我儿子的名字，并足以将之低声唤出，如同有人在哀求。当我需要它的时候，它就会来到我的脑海。

“俄瑞斯忒斯。”那些个夜晚的某一夜里我低语道，然后撤回阴影中。

“俄瑞斯忒斯。”我重复道，让我的声音沿着走廊回荡。

我看到有两个守卫在来回地跑，随后召来了一个人，我儿子的朋友，他大摇大摆地走来走去，检查着门廊和角落。

等到他走开了，我对其中一个守卫低语。

“告诉俄瑞斯忒斯我是他的母亲。他必须独自一人到这走廊里来。他必须得一个人来。”

这守卫似乎要跑，但又停了下来。

“再说一遍。”他轻声说道，低着头。

“告诉俄瑞斯忒斯一个人过来。”我说道。

“现在？”他问道。

“马上。俄瑞斯忒斯必须马上过来。”

“你是想伤害他？”

“不，我并不想伤害他。”

俄瑞斯忒斯

等到消息传来说狄诺斯已被杀死，埃癸斯托斯被俘，他们的军队已经溃败，而利安德带着一支部队在返回宫殿的路上时，厄勒克特拉已经住进了她母亲的房间，并在角落里为伊安忒安置了一张床。有些日子里，俄瑞斯忒斯与她们一起吃饭，他觉得他姐姐在应付仆人上与他母亲同出一辙。厄勒克特拉那嗓音，与她母亲的一样，总是在强调她对事件的掌控，即使她明明一门心思都在其他事情上时也是如此。有时候，她说了些什么似乎并不打紧。

俄瑞斯忒斯发现这几乎也算是令人欣慰的了，因为他自己没什么话说。伊安忒压根儿不说话；她看着不远处，仿佛谈话与她无关，只让人无谓地分神。

他们的母亲被谋杀后厄勒克特拉就没有来过俄瑞斯忒斯的房间。那一天他一回他的房间，就听到她在走廊里大喊。有段时间里他料想他姐姐会来与他说说话，坐到他床边，抚慰他，称赞他，要他把所发生之事的每一细节都与她分享。但她一直都太忙了，忙于确保已出其不意地将她母亲的守卫抓获，勒死或砍杀，然后将拿不准是否对己忠诚的守卫都丢进地牢。

那一晚，俄瑞斯忒斯独自在他屋里吃饭。晚饭后，他睡了一会儿。当醒来步入走廊时，他看到自己的守卫不在那儿。他来回地走，留意到每隔一段距离就站着个守卫，于是生出一股强烈的欲望，想要他们中的一个造访他的房间。他想弄清楚过去埃癸斯托斯是给出了什么样的暗号，才好让某一守卫在夜里随他进入某一房间。就着墙上火盆闪烁不定的光，俄瑞斯忒斯仔细地看他经过的每一个人，但他们表现得都与往常一样，假装自己并没有看见他。

躺在床上时，他想着不久后利安德会如何归来。他想起利安德已失去了所有的家人，除了他妹妹。尽管关于狄诺斯、埃癸斯托斯以及他们军队下场的消息已经传到宫殿，但他并不认为宫殿这边的讯息已传到了那边。因此他心中纳闷利安德是否晓得除伊安忒外他已没有其他家人了，正如他，俄瑞斯忒斯一样，除厄勒克特拉外也再无其他家人。

等他们单独在一起时，他会告诉利安德他是如何发现那些尸体，并如何杀死他的母亲的，正是她下了那些杀戮的命令。他所做的那些事，他想道，将会使他们彼此间更为亲近，如同厄勒克特拉和伊安忒的亲近。这两个女人，实在是变得形影不离了，正如他和利安德在米特罗斯死后的最后数月里，从未离开彼此的身边。他在脑海中设想天黑时他母亲的房间，想象伊安忒浑身带着奇异的美丽，走上前去与他姐姐待在一块儿，如同过去利安德常常在黑暗中走来与他待在一块儿。一念及此，他要再次见到利安德并且夜里要与他待在一块儿的渴望就变得炽烈了，这渴望一直延续到天亮，开始填满他等待朋友归来的日子。

*

一日清晨，他到他姐姐房间时，发现她一副焦虑不安的样子。伊安忒在一旁冷静地看着，厄勒克特拉说利安德送来了个消息，是以军事命令的形式递送给他们的母亲的。利安德说希望能给他空出地方来，让他关押囚犯，同时希望能聚集十二个老者，没有老者们的一致同意什么事都不要干，直到他和他的军队归来。他还说希望有人通知他的家人他很快就要回家了。

“真不知道该说什么才好，”厄勒克特拉宣称道，“我没法给他捎信，让他知道他家人的遭遇，因为他不许前来的信使泄露他的行踪。当然我也没法给他传消息说我母亲已经死了。他的消息里暗示了他手中握有一些权力，但此处宫殿里的权力是握在我们手中的。”

俄瑞斯忒斯想要对她说，她和宫殿里的任何人都没有权力。他们受一些守卫保护，但是因为军队战败的消息已经散布开来，他甚至都不再确定这些守卫是否完全忠诚。

“我是否可以认为，”厄勒克特拉不耐烦道，“你同意我的意见？”

“利安德的军队有多大规模？”俄瑞斯忒斯问道。

“我不知道。”她回道。

“我们的军队有多大规模？”

“我们没有军队。军队的最后一批人都随狄诺斯一道去了。但我们这宫殿有人守卫着，还守卫得不错，那些守卫的人都是忠于我的。”

“忠于你?”

“是忠于我们。我们俩。”

“你确定利安德当真带领着一支军队吗?”

“我是这样被告知的。他带领的那支军队获胜了，抑或是那支军队由多人带领，而他是他们中的生还者。我也被告知他囚禁了埃癸斯托斯。如果埃癸斯托斯来这里的话，我会确保他当即就被处置。”

俄瑞斯忒斯瞥了伊安忒一眼，她正将她的头发自前额处向后拢，看着他们姐弟二人，暗示着她心中的忧虑比她两个同伴的更为紧迫。他意识到她将不得不告诉她的兄长其余家人的遭遇。

*

军队是夜里到的。利安德的第一个行动就是将宫殿包围起来。随后他要求和克吕泰涅斯特拉以及老者们见面。厄勒克特拉一接到这个请求，就把俄瑞斯忒斯召到她的房间。

“我还没有回复他的消息。”她说道。

伊安忒，则待在房间一个角落里，身上覆着一条毯子。

“我建议我们即刻准许利安德进入宫殿。”俄瑞斯忒斯说道。

“凭什么?”厄勒克特拉问道。

“凭他是我的朋友，是伊安忒的兄长。”

“他是一支军队的首领。”厄勒克特拉说道。

“厄勒克特拉，”他说道，“无论我们是否同意他进来，他都会进来的。抵抗他毫无意义。”

“你这是在背弃我吗？”她问道。

俄瑞斯忒斯没有作答。

“他的信使就等在门口，”厄勒克特拉说道。她的声音轻轻的，压着怒火，“如果我们邀他进到这里来，那责任全由你负。”

俄瑞斯忒斯和他的姐姐去到宫殿门口下令将门打开。利安德，则在外边，为部下所环绕。四下里全是呐喊与欢呼，因此当俄瑞斯忒斯说邀请利安德进入宫殿时，没有人听到。

“你必须只身前来。”他说道。

利安德停下来轻柔地触碰他的肩膀，俄瑞斯忒斯看到利安德整个半边脸上划过一条新愈合的伤口。那是曾被剑割开的。

“你必须只身前来。”他提高了声音重复道。

“我要我的守卫随我一起，”利安德说道，“只身前往这个房子的人，没有一个可得平安。”

他从俄瑞斯忒斯身边经过，有五个守卫随行。当利安德快步穿过走廊时，俄瑞斯忒斯试图赶上他的脚步，厄勒克特拉则跟在后头。有好几回俄瑞斯忒斯努力想吸引利安德的注意，但利安德一心要去到克吕泰涅斯特拉的房间，不愿被耽搁，所以都没有留意到他。

当利安德及其守卫闯入房间时，伊安忒站在阴影里，因而起先他没有瞧见她。

“你母亲在哪儿？”利安德问厄勒克特拉，此时她和俄瑞斯忒斯正到他身后。

见厄勒克特拉没有作答，他转向了俄瑞斯忒斯。

“我要求见你的母亲。”

“她死了。”厄勒克特拉说道。

“没人跟我说过这事。”利安德说道。

“没人能够找到你。”厄勒克特拉回道。

那一刻，在俄瑞斯忒斯看来房里的光线似乎起了变化，仿佛墙上燃烧着的灯火生发出了纯粹日光的能量。伊安忒朝她的兄长走去。她光着脚，披散着头发；看起来极度虚弱，几乎跟幽灵一样。

“为什么我妹妹在这里？”利安德问道。

他朝厄勒克特拉看去，后者没有回答他。他又转向俄瑞斯忒斯，放低了嗓音直接求问于俄瑞斯忒斯。

“为什么我妹妹在这里？”

“那房子遭了袭击。”俄瑞斯忒斯说道。

“我家的房子？”他问道，“我们家的房子？”

“是的，”俄瑞斯忒斯轻声说道，迎上利安德的目光看着他，“你的父亲……”

“我父亲在哪儿？”他问道。

“他死了，”俄瑞斯忒斯说着叹了口气，“他们所有人都死了。”

“我母亲？”

“是的。他们所有人。”

“你的妹妹——”厄勒克特拉话刚出口。

“我妹妹怎么了？”利安德就打断道，“我妹妹与你何干？”

“是我们发现她的，”厄勒克特拉说道，“一直是我们在照顾她。”

“谁发现她的？”利安德问道。他脸上的伤疤青紫泛红。

“是我。”俄瑞斯忒斯说道。

利安德把双手挪到脸上，然后两只胳膊开始朝外伸展出去，跟不受他的控制似的。

“那房子遭了袭击？”他问道。

“是的。”俄瑞斯忒斯说道。

“你说，他们所有人都被杀了？”他柔声问道，“现在他们全都死了？”

他向俄瑞斯忒斯走去，面向着俄瑞斯忒斯，然后面向着厄勒克特拉，随后走到了窗边。

“给我一点时间，让我在这时间里不必去相信这事，”他说道，“如果这都是真的，那待会你们再告诉我。”

只沉默了几秒他就再度开口了。

“这都是真的？”他问道。

见没有人回答他，他把问话又重复了一遍，声音里带着冷冷的怒意。

“这都是真的？”

“是真的。”厄勒克特拉低语道。

“包括你的母亲？”他问道，“她怎么死的？”

“我杀的她。”俄瑞斯忒斯说道。

“你杀了你的母亲？”

“是的。”

“是谁说你可以这么做的？”利安德问道。他并不等人回答，只是开始高声喊出这个问题，并将之重复了好几遍，直到厄勒克特拉语带挑衅地回答道：“是我说他可以这么做的。诸神也说了他可以这么做。”

“诸神与我们没有任何关系，”利安德喊道，“没有！从他们那儿我们得不到更多东西了。他们的时代已经结束了。”

“是我母亲下的那些杀戮的命令，”俄瑞斯忒斯说道，“她——”

“我不想听她都干了些什么，”利安德说道，“现在她已经死了。这还不够吗？”

利安德走到伊安忒身边将他的妹妹抱紧，没有说话。俄瑞斯忒斯留意到厄勒克特拉，他能肯定她心中明白，正如他心中明白，她有这一片刻的机会可以试着显示自己的权力，但如果她这么做了，那利安德会把他俩都抓走。利安德正喘着粗气，一双眼睛从房里的一个物件扫到另一个物件上，此时厄勒克特拉则像在吟咏一段祷词。

“我需要你们把厨房打开，”利安德最终说道，“军队有好几天没吃东西了。我需要我曾要求过的那十二个老者到这里集合。现在我还需要地牢里的空位。地牢里的囚室都空着吗？”

他看看厄勒克特拉，又看看俄瑞斯忒斯。

“你们有谁能回答我一下吗？”

“不，囚室不是空着的，”厄勒克特拉镇定地说道，“效忠于我母亲的守卫都被关在那里。”

“确保他们没有武装后，把他们丢进其中一间屋子吧，”利安德说道，“现在我需要你们把厨房打开，把老者们召来。我现在就需要见他们。”

俄瑞斯忒斯看着厄勒克特拉穿过房间对其中一个守卫说话，行动间她阴沉着脸，带着傲慢。

*

随着清晨逐渐来临，这宫殿变得像一个市集，食物被端进厨房，客厅里挤满了或吃或睡或成群结队坐着谈天的士兵，走廊里则充斥着信使、囚犯和寻找丈夫或兄弟或儿子的妇人们的喧闹声。

当老者们集聚在宫殿附近一座闲置不用多年的建筑里时，利安德解释说在如何处置埃癸斯托斯这件事上他需要指引，眼下埃癸斯托斯正被重兵看守关在地牢里。厄勒克特拉发表意见说如何处置他是显而易见的事，一些老者表示赞同。

“这并非显而易见，”利安德说道，“埃癸斯托斯知晓此处曾发生事情的每一个细节。他是唯一一个在世且知晓的人了。甚至可能有一些被绑架的人被关押在偏僻的地方，比如我祖父、米特罗斯和米特罗斯的家人。只有他知道他们在哪儿。要解救他们，我们只能借助于他。”

他正说话的时候，伊安忒朝他走去，一直等到他说完，才附在他耳边低语。他听得专注，点着头，仿佛她在告诉他一些有趣但并不十分重要的事实。随后他转过身去，痛苦地弯下腰来。俄瑞斯忒斯思考片刻，觉得自己应该去他身边安慰他，但利安德跪在那儿，不好接近，身体起伏着，正在啜泣。他们能做的只是默默地看着他。当伊安忒向他伸出手时，利安德找到她的手并将之握住。

*

稍后，利安德和多数老者决定饶埃癸斯托斯一命，但要弄折他的腿，免得他在宫殿里游荡，挑起什么阴谋。利安德下令道，一旦埃癸斯托斯身体恢复，就可带他进入会议室，让他也参与商议，但必须对他小心看管。

当厄勒克特拉表示反对，要求处死他时，人们否决了她的意见。

“杀戮已经够多了，死去的人也够多了。”利安德说道。

俄瑞斯忒斯发现相较于利安德或自己的姐姐，伊安忒才是他更为意气相投的伙伴，那两个人开始忽视他了，在讨论他们敌人的命运的会议上，他们经常假装他并不在场，因此他确保自己坐在伊安忒边上。

伊安忒开始在夜里来到俄瑞斯忒斯的房间，他没有问是不是厄勒克特拉送她来的，以及她怎么跟他姐姐解释她人不在那儿，以及她的兄长是否意识到她正在做的事情。

他们躺在一起时，俄瑞斯忒斯惊讶于自己是多么地渴望她，以及想到夜里将要与她在一起，他白天的日子都好过多了。起初伊安忒与他在一起时还有所犹豫，几乎不敢让他触碰。但很快她就伸出双臂搂住他，也让自己被他搂住，然后彼此挨在一块儿睡去。

现在利安德已经回转，俄瑞斯忒斯察觉到厄勒克特拉身上起了变化。她不再去她父亲的坟墓。她变得干脆利落，几乎可说是机敏了。她白日的时间都花在发布指令，与利安德和老者们商议以及实行权力的控制上面，如今她行动起来果敢而直接，嗓音更为低沉，语气也更为精准、明确。她不提诸神，也不提死者的灵魂，说起的都是一些必须得划入控制范围的遥远地区。她就像一个从梦中被唤醒了的人。

他不知道这里面有多少装样子的成分，也不知道在何等压力之下她的这种姿态可能会崩裂瓦解，如同早些时候她那凭着诸神的光而活的女儿姿态的崩裂瓦解一样。

白天，厄勒克特拉都与利安德一起待在宫殿最大的房间里。需要老者们时，他们就召他们来。有时俄瑞斯忒斯会想，他母亲将会有多么地喜欢这新的制度，这些急报，这些命令的制定，以及分配给与列队在宫殿外等待的那些人见面的时间啊。

他注意到他姐姐和利安德有多么地听从埃癸斯托斯的意见，对于旧时的家族夙怨，或者古老的边界纷争，或者哪块土地最为肥沃，或者哪些人不可信赖，埃癸斯托斯都了解得详尽而准确。他坐在椅子上跟什么都没发生过似的。到了要走动的时候，他的双腿失了力量似乎只是一个小麻烦，或是一个使他变得讨人喜欢的额外品质。

自从埃癸斯托斯住进厄勒克特拉原来住的房间——作为对厄勒克特拉的反对的回应，利安德坚持说把他安置在那里才能最为警惕地看管着他——在夜里他就有了许多访客，以仆人们打头，他们带食物给他，也带了来自厨房的热情问候给他。由于厄勒克特拉反对他与他们一起用餐，日间的事务一结束她就赶他回他自己的住所，因而埃癸斯托斯也利用了这一点。消息传开来说最好的肉块和最新鲜的油酥糕点都送去了他的单人餐桌。食物一吃完，其他的访客就都来了，其中一些直待到黎明才走。

自从走出地牢，埃癸斯托斯就对俄瑞斯忒斯密切关注起来。显然已有人告诉了他是俄瑞斯忒斯杀的克吕泰涅斯特拉，而俄瑞斯忒斯也能看出，这个事儿既使他母亲的前情人觉得困惑，也加深了他对她儿子的兴趣。

有一回，他们和一些老者讨论灌溉计划，而埃癸斯托斯正开口说话的时候，俄瑞斯忒斯与厄勒克特拉目光相遇。她对他阴郁地一笑，他则朝她点点头。那时他能明显看出他的姐姐无意长久忍受埃癸斯托斯的存在。他意识到，不管利安德或老者们怎么想，等到其他一切事情都平静下来的时候埃癸斯托斯都会被悄悄地干掉。俄瑞斯忒斯仍然保留着弑母用过的那把刀。就藏在他的房间里。一旦厄勒克特拉给他发出信号，他就会准备好再度使用它。

*

自从他们回来后，他与利安德一次也没有说起过他们曾被关押的地方，他们的逃亡，那老妇人的房子以及米特罗斯。那段时间里发生的事情如今出现于俄瑞斯忒斯的脑海，是一个个瞬间，一幅幅单独的影像，一段段记忆的闪现，它们因不易联结而显得尤为清晰。他感觉到，当利安德发现他们逃跑的时刻距离被释放已非常接近时，利安德就不愿那些年月再被人议论了。它们将被人完全遗忘，俄瑞斯忒斯想道。尽管他无法与利安德重新讨论这些岁月，但在独处时他可以在想象中这么做。然而这并不够；它们会收缩，枯萎，渐渐淡化，直到有一天，发生过的事可能都不复存在。他将是唯一一个记得的人。

有几次，他遇上那些男孩中的几个，现在都已长大成人，他们曾与他关押一处，他看出自他回来他们一直都避着他。事实上，他想道，唯有现在他才又开始听到他们的名字。当他们随他们的父亲来到宫殿时，他们只是礼貌地朝他点头致意，再无其他。

利安德为自己找了个在宫殿前部的房间，在那里他可监管军队的到来。而哪些守卫去执勤是由他来决定的，由于守卫都直接向他作汇报，所以俄瑞斯忒斯料想他能准确地知道每晚伊安忒都是在什么时候从厄勒克特拉的房间去到俄瑞斯忒斯的房间，并在黎明到来前的那段时间返还。好几回看着伊安忒走到门口，他都很想沿着走廊去看看她的兄长是否醒着，但他又害怕如果突然去造访利安德的住处可能会碰到的事情。

有时他感觉他姐姐和利安德两个是存心离弃他的，因为他会使他们想起他们想要掩盖并遗忘的事情。他们都不愿与他单独待在一块儿。他已不再能激起他们的任何兴趣，正如诸神和灵魂似乎不再令厄勒克特拉感兴趣，以及那些发生于过去的事情不再令利安德感兴趣一样。

俄瑞斯忒斯仍然栖身于某一布满阴影、幽灵出没的区域；过去厄勒克特拉和利安德也都曾栖身于这一区域，但他们已动身前往一个闪耀着美好指望的地方，而他的存在似乎会冲淡这一指望。这对他来说有些古怪，当他依旧待在这宫殿里，利安德却已走出去进入这个世界，当他依旧在他母亲、厄勒克特拉和伊安忒的范围里打转，利安德却已成为一个如同俄瑞斯忒斯自己的父亲那样的战士。愈发地，他的弑母行为对他自己来说几乎像是虚幻的了，没有人提起，就像没发生过这事似的。

*

一天，他走进厄勒克特拉的房间，看到她正在窗边与一个孤影深谈。俄瑞斯忒斯静静地看了他们一阵。那人转过身时，他认出是那个守卫，与他一起营救忒俄多托斯和米特罗斯的那个。从那守卫放松的姿势，以及主动打断他姐姐的话来看，显然他们是平等地或者作为两个互相熟识的人在交谈。

当即，他们就停止了交谈，那守卫离开了，装出要去忙其他事情的样子，厄勒克特拉则忙碌地大步穿过房间。他们就像是被发现了什么勾当似的。

当俄瑞斯忒斯观察他们时，他的注意力被伊安忒打断了，她让他进来坐她旁边。他假装在听她说话，脑子里却仔细回想方才目击到的场景，他姐姐与那守卫间明显的熟稔，以及他们并不想他看到他们在一起的那种情绪。

渐渐地，有时候厄勒克特拉的眼里甚至都没有他了，利安德也继续忽视他，他们和老者们的所有计划都将他排除在外，他越来越觉得自己已被单独拣出抛入了孤独。他们所有人，也许甚至包括伊安忒，都自在地处于一个关于谋划和结盟的复杂网络中，其间的错综复杂只有他们能够了解。这使得他渴望自己能再度变得年幼，生活于那样一段时光，在那时候这些事都与他无关，他只是一个想要让大人们加入模拟斗剑的小男孩。

*

伊安忒白天都待在那个活动最多的房间里。她知道每个信使的名字，注意到他们每个人的离开时间和预期的返回时间。她也记得他们做出了何种决定或者各位老者要求商讨的是何种事宜。通常她不怎么说话。俄瑞斯忒斯注意到，她总是先听着，然后似要开口说话，但一转念，又不说了。她让人感觉她沉浸于自己的想法中，但同时又密切关注着所有事情。

当她告诉俄瑞斯忒斯她怀孕了的时候，他让她等上一段时间再告诉厄勒克特拉和利安德。他希望在这宫殿中有某一东西是独属于他的，某一除他外再无旁人知晓的秘密。

“我已经告诉他们了。”伊安忒说道。

“在告诉我之前?”

“现在我在告诉你啊。”

“为什么你先告诉他们?”

她没有作答。

次日，俄瑞斯忒斯看到利安德假装参与进了与一些老者的深入交谈。最后，俄瑞斯忒斯从围在利安德四周的人的旁边挤了进去。

“我得和你谈谈。”他说道。

“今天我们在派出信使，所以很忙。”

“这是我父亲的宫殿，”俄瑞斯忒斯说道，“没有人会用这种语气跟我讲话。”

“你想干什么?”

利安德明显被惹恼了。一些老者开始凑近了些，好能听到他们的对话。

“我需要时间和你单独相处。”

“也许等白天的差事一做完就可以了。”

“利安德，”俄瑞斯忒斯低语道，“现在我要去我的房间了，我期望你会跟我去那儿。”

在房间里，俄瑞斯忒斯已准备好了要说的话。然而，利安德一出现，他说起话来就开始变来变去，仿佛在边想边说，并且是对着一个习惯于服从命令的人在说。

“你不在的时候这里发生了很多事，”他说道，“我研究了下我们使用的这套制度。比如说，我们如何提高税收，或者如何处理边远的地区。除了埃癸斯托斯之外，我是最清楚这些的人。一些老者也知道一些事情，但最好还是不要信任他们。得盯紧他们。”

利安德倚靠在墙上听着他说。

“当我参与商议的时候，我是真的在留心这些事，”俄瑞斯忒斯继续道，“我觉得这些事务还是限制在一个小一点的团体内更好些。并且我们拿到的一些信息是错误的，做出的一些决定也不对头。我知道这些信息是错的。我也能肯定这些决定不太对头。”

“你是跟谁研究了我们的制度，让你这么肯定？”利安德问道。

“跟我母亲。”

“你想让我们相信她告诉你的话都是真的？”

“我们研究了这些管理制度。”

“然后你谋杀了她？”

“她下令杀掉你的家人。这事是奉她的命令做的。她是杀我父亲的人。”

“我知道这所有的事。”利安德说道。

“利安德，我是站在你这边的。你不在的时候，我做了你让我做的事。”

“我没让你做任何事。”

“你给我传消息让我帮忙解救你的祖父和米特罗斯。”

“我没有给你传消息。那时候我在打仗。我不知道我祖父在哪儿。要不是你去救我祖父的话，说不定现在他就和我们在一块儿呢。”

“那，是谁传的消息，如果不是你的话？”

“我还有别的事情要考虑。”利安德说道。

他们盯着彼此，气氛变得越来越有敌意，利安德向俄瑞斯忒斯招了招手。俄瑞斯忒斯朝他走去，他伸出手摸了摸俄瑞斯忒斯的脸和头发。

“那些老者不希望你参与任何事情，”利安德说道，“他们甚至不希望你待在屋里听我们讲话。你能在那儿只是因为厄勒克特拉和我的坚持。老者们希望能把你送走。”

“为什么？”

“你还能说出一个干过你曾干过的事的人来吗？”

“如果我不杀我母亲的话，你现在就不会站在这儿了。”

“不，我会。”

利安德将俄瑞斯忒斯拉近了些。

“我的妹妹很脆弱，”他说道，“你发现她的时候，她正寻死。我希望你能陪她，与她住在一起。我不希望你离开她的身边。”

“还有些重大的事情……”俄瑞斯忒斯开口道。

“那些事情就由我、你的姐姐以及老者们来处理吧。”

“我是我父亲的儿子。”俄瑞斯忒斯说道。

“也许你应该祈祷将这一重担从你身上卸下。兴许这是诸神能为你达成的最后一个愿望。”

俄瑞斯忒斯浑身颤抖。他开始了啜泣。

“你必须背负着你所做过的事而生活，”利安德说道，“你所做过的事就是你拥有的全部。但现在我的妹妹怀孕了，你将要娶她，照顾她。此外就没其他事了。人们已经决定你将不会参与其他任何事情。”

*

当宣布说俄瑞斯忒斯和伊安忒将要成婚时，伊安忒和她兄长二人都坚持认为婚礼应从简，并在私下里举办。举办地点在离宫殿花园里的大礼堂不远处的一个小些的房间里。交换完誓言，就没有人说话了。俄瑞斯忒斯几乎能感觉到他的姐姐、妻子和利安德在一片寂静中环顾四周，警惕着那些死者的名字，警惕着那些被谋杀的人，空气中弥漫着他们的缺席。

*

用餐的时候，当老者们完成一天的事务离去，且不再有信使到来时，利安德和伊安忒二人就公开地谈起他们的父母、祖父母、外祖父母和表兄弟姐妹们。他们的语气里满是纯粹的悲伤，也满是纯粹的骄傲。有那么一两回，俄瑞斯忒斯发觉自己看向厄勒克特拉，心想他们能否也开始提一提他们的姐姐或是父母，甚至只是说出他们的名字或者回想下他们曾干过的事或说过的话，但看着厄勒克特拉低垂的头，他意识到这是不可能发生的。

有一次，他看到那个与他一起营救忒俄多托斯和米特罗斯的守卫领着一批来自地牢的囚犯——地牢里已经人满为患——去往另一个监禁之所，他想把他拦下来问问是谁告诉他那两人被关押的地方，以及厄勒克特拉是怎么做到如此迅速地得知发生的事情的。他几乎已准备指责这守卫与他的姐姐勾结了，直到他突然想到这守卫会建议他去和厄勒克特拉当面对质。他知道自己不能那样做。有那么一小会，他们四目交汇时，他注意到这守卫面露出内疚的、几乎是羞愧的神色，随后这守卫就和囚犯们继续往前走了。

每一晚，伊安忒都在他的房里睡觉，但在某个时辰她会去厄勒克特拉的住处待上一小会儿，然后带些消息或者厄勒克特拉与她分享的一些新见解回来。俄瑞斯忒斯喜欢抚摸她的肚子，让她猜想孩子的哪个部位在哪个地方，或者这是一个男孩还是女孩。

一晚，当伊安忒告诉他她认为这孩子多久以后会出生时，他表示很惊讶。她朝他挨近，低语道："厄勒克特拉是唯一一个知道这事的人。利安德不知道，你姐姐劝我不要告诉他，她也劝我不要告诉你。"

俄瑞斯忒斯觉得一阵紧张，心中料想也许是助产士来过宫殿了，告诉了伊安忒和厄勒克特拉这孩子有危险，或者可能保不住。

"你一定不能告诉厄勒克特拉我告诉了你，"伊安忒说道，"她让我答应她我只会告诉你这婴孩可能会提早降生。"

"你这是什么意思？"

"你找到我的时候，我就已经怀上这孩子了。"伊安忒低语道。

“你确定？”

“是的，我确定。甚至在那时候，我就感觉我怀上了。我的母亲和祖母曾告诉过我会有什么感觉。刚来宫殿的时候我还拿不准，但很快，很快我就确定了。”

“你是跟谁怀的孩子？”

“他们强迫的我，那些人，他们强迫我的时候其他所有人，包括我的祖父，都看着，然后，当我在一旁看着时，他们杀了其他人，把他们整齐地堆叠起来，就像你当时看到的那样。我以为我会是最后一个被杀的，所以我就等着。但他们把我撇下，没有再回来，于是我就在尸堆下找了个位置。我希望和那些死去的人待在一块儿，埋在他们中间。”

“我不是这孩子的父亲？”俄瑞斯忒斯问道。

“我不认为我们在黑暗里所做的事能让我怀上。要想怀上的话，那要做的事肯定是不一样的。”

俄瑞斯忒斯将她抱住，但并不言语。

“但我没告诉过厄勒克特拉这事，”伊安忒说道，“而且我以后也不会告诉她。”

她叹了口气，伸出双臂将他搂住。

“最开始知道我将要有个孩子的时候，”她继续说道，“我都准备好去外边拿头撞石块，或者去找一把刀了。我准备好那么做了，直到夜里你的姐姐开始给我清洗，并抚摸我，然后你也开始抱我，然后我的哥哥就回来了。但现在我要离开你了。这婚姻就是一场错误。我会请求我母亲住在村庄里的亲人收留我。我会为他们打扫卫生，为他们做我能做的事。我要在那儿把孩子生下来。这孩子已经在动了。我要走去他们的村庄。”

“我不想让你走。”俄瑞斯忒斯说道。

“等有了一个孩子你就不会想要我了。”

“你看到造成这事的那人了吗？”他边问边抚摸着她的肚子，“你看到他的脸了吗？你知道他的名字吗？”

“他们有五个人，”伊安忒说道，“他们全都侵犯了我。不是只有一个。”

“但这孩子是在你的体内，不在他们体内，”俄瑞斯忒斯说道，“他们全都死了。他们全都被杀了。”

“是的，这孩子在我体内。”

“而且这孩子是在这儿我们的房子里成长起来的，它也会在我们的房子里出生。”

“不，它不会在这里出生。我要走了。”

“我姐姐想让你走吗？”

“我还没有告诉她我要走。”

“但我是你的丈夫。我不想让你走。”

“你不会想要这婴孩的。”

“这婴孩是在你身体里成长起来的。它是你的婴孩。”

“但不是你的。”

“我抱着你的时候它在你体内成长。晚上你和我一起待在这里的时候它也在成长。”

“我不能告诉我的哥哥，”伊安忒说道，“我不能告诉他这个事儿。已经有太多的事儿了。”

“你必须告诉厄勒克特拉对我你也什么都没有说。”

“等这婴孩出生的时候，”她说道，“你就会想起那些人的。那就是你将会想起的。”

“我姐姐希望你生下这婴孩并留下来吗？”俄瑞斯忒斯问道。

“是的，但她也希望我不要告诉你过去发生的这些事情。”

“但她希望你留下？”

“是的。”

“那这就是你要做的。无论是谁，都不能再……”

当他试着不让自己哭出来的时候，他感觉自己要透不过气了。

“俄瑞斯忒斯，你说什么？我听不到。”

“无论是谁，我们都不能再失去了。我失去了我的姐姐，我的父亲，还有……”

他犹豫了下，然后将她抱得更紧。

“夜里我的母亲在走廊里走动。”

伊安忒坐起身子环顾她的四周。

“你看到你的母亲了？”她问道，“你看到她了？”

“没有，但她就在那儿。不是每晚都在，也不会待很久，但有些晚上，她的某一部分就在这里，然后再离开。有时候她靠得很近。现在她就靠得很近。”

“她想干什么呢？”

“我不知道。但无论是谁，我都不能再失去了，我们不能再失去。死去的人已经够多了。”

“是啊，”她说道，“死去的人已经够多了。”

*

随后的几周里，他在自己的房间和其他人聚集的那房间之间走动，白天伊安忒也都待在那房间里，那里满是访客和信使，满是利安德大叫着下达命令的声音，利安德脸上的伤疤经常变得通红，在这段时间里俄瑞斯忒斯开始感觉到来自老者们的敌意。此处不需要他，他意识到，正如过去所有地方都不需要他一样，除了厄勒克特拉需要他去做她自己不会去做的事情，或者利安德需要他与他们一起出逃好能保护米特罗斯。

他进入房间时，注意到没有人抬起头看，人们都忽略了他。他可以待在这儿——如果他愿意的话——或者回他自己的房间，听着外边走廊上白日的声响，全然认识到这声响与他毫不相干。他能够猜想到，相较于过去曾发生的事情，这些声响无关紧要，或者也许他才是那个无关紧要的人。他意识到，他自己，就和带着紧急信件来来往往的信使一样，是有着可用之处的。他已向他们证明他愿意做任何事情。

但现在他活于阴影之中，每个白日都消磨在这劫后的一片黯淡余波里。

夜里当他与伊安忒同寝时，他感觉她也疏远他，如同她腹内的孩子与他疏远，他曾以为这孩子出自自己，而现在他将成为这孩子的代养父亲，因为孩子的亲生父亲，无论是谁，都已被弃置尘土。

伊安忒注意到他的百无聊赖，就鼓励他去会议室听厄勒克特拉、利安德、埃癸斯托斯和老者们的讨论时待得久一点。好几次他摆出起身要走的样子，她都示意他与她待在一起继续听。

他们在讨论如何处置过去那些年来他父亲所俘获的奴隶。这些奴隶曾被遣去清理地里的石块并修建灌溉水渠，但现在，自从利安德得胜后，他们就在乡间成群结队地游荡，抢劫住区，袭击民房。

俄瑞斯忒斯听下来，惊讶于没有人提出派兵去围捕这些奴隶，杀掉他们的首领，把他们重新弄回去干活。就在不久前，他还很笃定，这会是埃癸斯托斯以及他母亲的观点，甚至可能他父亲也会这么做，老者们也会一致同意。但现在，埃癸斯托斯提到有一块领土，那里有充足的泉水，但没有灌溉水渠，那片土地上还有大量的活要干。

当埃癸斯托斯描述着那块土地时，利安德提议说这地不但可以给那些奴隶，还可以给那些派去与他们一起的人，以及那些没有家人的人。应该把土地划分成一小块一小块的，这样每个人都将拥有属于自己的东西。然后厄勒克特拉说起种子，可以分发下去的器具，以及可能能种的庄稼。其中一个老者提醒他们说，有一些奴隶其实就关在那儿附近，或许可以将他们释放，随后埃癸斯托斯便插话道，这些奴隶有的很危险，只能三三两两地释放，并且得经过仔细审查之后才行。而且他认为，必须得把这些游荡着的奴隶强制性地迁去那片新领土，因为他们是不会甘愿去那儿的。

他们中一些人，他说道，甚至还希望自己会被送回本国，但这是不可能的，因为那些在战争中与他们打仗的士兵已经在他们的土地上重新定居下来了。

最终，当利安德以散漫的语气问俄瑞斯忒斯是否有什么要说时，俄瑞斯忒斯摇了摇头。但在他摇头前，他就看到老者们已扭头看向了别处，厄勒克特拉和埃癸斯托斯已参与进了其他事情。他寻思利安德引起人们对他的注意是否只是在嘲弄他。

但有一次与他们一起待在这房间里时，他发现由于他听得认真，也从不一门心思想着自己接下去该说什么，因此他可以准确地记得先前的一次争论或者一种解决方法，而他们早已将之忽略。当碰上一次复杂的讨论，或者一些细节上的证据与其他证据相矛盾时，俄瑞斯忒斯就能记起其他人已经遗忘或者只依稀记得的东西。在某些场合，他已准备好纠正他们，确切地告诉他们曾说过或者曾商定了哪些事情。但他见他们对他可能要说的东西没什么兴趣，他也就不插话了。

他并不仅仅注意他们以及他们所使用的言词，当他的目光挨个扫过他们时，他感觉屋内还有着其他的存在，那是过去以不同的方式处理这些相同事务的人们。他感觉他父亲的灵魂在徘徊，忒俄多托斯和米特罗斯的灵魂也在，还有另外一些他不知道名字的灵魂。

但最重要的是，他在屋里看到了他的母亲，而且在厄勒克特拉身上看到了她。当他看向他姐姐或者听姐姐说话时，他就能看到他母亲的脸，听到他母亲的声音。随后他会觉察到一个模糊不清的幽灵或者光线的一点变化，他就会意识到那是他的母亲。他会抓住伊安忒的手，让她待在近旁，如此，这扰动就会逐渐弱去，气氛也会重归平静。

*

一晚，当伊安忒依旧与厄勒克特拉待在一起时，利安德独自来到了俄瑞斯忒斯的房间，对此俄瑞斯忒斯并不觉得惊讶。他几乎一直在等候着这一时刻。在昏暗的光线里，他察觉到利安德的伤疤边缘泛着白色，看上去几乎像一片唇一样裂开。

“守卫们在晚上听到走廊里有个声音，”利安德说道，“一开始，他们说，只是空气里的一点扰动。然而，昨晚，他们跑到我的房间，因为有个女人的声音在说话。”

“她说了什么？”

“她说了你的名字。那守卫听到她说你的名字，然后他惊恐地跑到我的房间。当我出来的时候，我就感觉走廊里冷飕飕的。其他倒没有什么。”

“所以那里什么都没有？”

“俄瑞斯忒斯，那守卫看到你母亲了。那是你的母亲。他认识她的，也完全认出她来了。他听到她的声音，他还问她是不是想伤害你。”

“那她怎么说的？”

“她说她没打算伤害你，但你必须独自一人进到走廊里。我已经安排守卫今晚不要守在他们的岗位上。夜里的数个小时，这坚固处所的走廊里将一个人都没有。”

“我姐姐知道这事吗？”

“只有那些听到你母亲声音的守卫知道，还有我知道。”

“你会待在附近吗？”

“我会待在我的屋里。”

“我要怎么跟伊安忒说？”

“让她和你姐姐待一块儿。她就要分娩了，所以也许她需要和你姐姐在一起。我会告诉厄勒克特拉助产士传消息来说伊安忒最好待在厄勒克特拉的房里。你将会是独自一人。”

“你确定我要这么做吗？”俄瑞斯忒斯问道，“你确定这不是埃癸斯托斯或者我们的某个敌人设下的圈套？”

“我对你起誓，以我对我所爱的祖父的追思起誓，我相信你的母亲曾在走廊间行走。”

*

他们和厄勒克特拉、伊安忒一起用餐，像是并没有出什么异常事儿似的。晚餐一结束，俄瑞斯忒斯和利安德就撤了。经过走廊里的守卫时，俄瑞斯忒斯注意到他们看起来是多么地紧张。在他房间的门口，利安德给了他一个热情、亲昵而令人宽慰的拥抱，然后利安德将他放开，沿着走廊朝他自己的房间走去。俄瑞斯忒斯独自等着，时不时地去检查那些守卫是否还在他们的岗位上。

当看到他们都离开了，他就在走廊里等，他不确定自己是该站在那儿不动呢，还是来回地走，看她是否会出现。

他返回去在自己房门口徘徊的时候，并没有看到什么东西。没有声响，空气中也没有什么变化。他移动了几步，然后又退回来。现在朝他而来的，正如他独自一人的夜里有时会出现的，是牲畜在惊恐中咆哮的遥远声响，然后是来自母犊的更加尖利的痛苦嚎叫，再然后是从献祭之所升起的血液、恐惧和生的动物内脏的气息。然后是他身着白衣的姐姐，以及来自她和他母亲的呼喊声。

现在这些声响朝他而来，他环顾自己的四周。他已走入走廊的中部，而她就在那儿，他的母亲。她在说着些什么，他听不清。他对她低语，说他是俄瑞斯忒斯，说他在等着她。突然，有两只手牢牢地抓住他的腰，使他猛地转了过来。然后那双手放开了他。他知道自己务必只能低语，不可高声叫唤，以免让厄勒克特拉或伊安忒注意到这事。

“我在这里。”他低语道。

他母亲再度出现时，穿着一身白，打扮得就像要去参加婚礼或者赶赴一场宴席似的。她比他记忆中要年轻些。她离开他时，他跟了上去，然后当她停下时他也停下。

“我是俄瑞斯忒斯。”他低语道。

“俄瑞斯忒斯。”她低语道。

现在他可以清楚地看到她。她的脸甚至更年轻了。

“这里没有人。”她低语道。

“有，”他说道，“我在这里。是我。”

“没有人。”她重复道。

她又说了两遍“没有人”，然后，她的影像开始逐渐淡去，她身周的阴影逐渐变深，在他看来，她似乎激烈而又突然地记起了过去之事，她曾是如何死去。她先是惊讶继而痛苦地盯着他，然后在极度的痛楚中她倒抽了一口气，消失了。

当觉出走廊里一股冷飕飕的风时，他知道她不会回来了。

*

在一片寂静中他独自等了一阵子，当确定不再有她的痕迹后，他去到了利安德的房间。他发现房里没人。然后他跑完一整条走廊去找他的姐姐和伊安忒，但他找不着她们。再次回到走廊，他去了埃癸斯托斯的房间，发现他正与那守卫同寝，就是曾带了消息来找俄瑞斯忒斯，并声称消息是来自利安德的那个人。当俄瑞斯忒斯问利安德在哪里时，埃癸斯托斯说早些时候利安德在走廊里大喊俄瑞斯忒斯的名字，他应该去问问走廊里的守卫利安德往哪儿去了。

“走廊里没有守卫。”俄瑞斯忒斯说道。

在惊慌之中埃癸斯托斯似乎准备朝门扑去，但他没有这么做，而是示意那守卫去看看。

“他们还是待在他们的老地方。”那守卫往走廊里盯着看了看，说道。

俄瑞斯忒斯经过那守卫时，将他从头到脚看了个分明，直到确信自己已让他明白，到了适当的时候，他将会以某种方式被处置。

当他自己站到走廊里的时候，即刻就有两个守卫朝他走近。

“利安德一直在找你，”他们中的一个说道，“他已派出守卫去找你。”

“他不在他的屋里。”俄瑞斯忒斯说道。

“他和他的妹妹在一起。她正在分娩。”这守卫说道。

“她在哪儿？”

“在新的屋子里。”

守卫陪他去了新的屋子，那屋子已为伊安忒和她的孩子装点布置完毕。伊安忒正躺在床上。厄勒克特拉握着她的手在安慰她。利安德则站在她们近旁。

“我们找不到你。”利安德说道。

“我刚才就在走廊里。”俄瑞斯忒斯答道。

“我们刚才全都在走廊里。”利安德说道，“没人能找到你。今晚本来是很平静的，直到她开始阵痛。你不在你的房里，也不在其他任何地方，所以我们派了一些守卫去找你，还派了另一些守卫去请助产士。”

伊安忒大叫起来。她没法控制她的呼吸。厄勒克特拉将她的头发从额头处向后拢，用凉水沾湿的海绵擦拭她的脸，说着话来抚慰她。

“现在过不了多久，”厄勒克特拉说道，“过不了多久助产士就会到了。”

利安德朝俄瑞斯忒斯做了个手势表示他们应当离开了。俄瑞斯忒斯心下觉得真是不可思议啊，就在几分钟前他还拼命想要找到利安德并告诉对方自己所看到的，但现在，他们向宫殿的台阶走去等待着守卫和助产士的到来，晨光已经出现，在石上洒下一片金红，过去所发生的事情似乎已逐渐逝去，正如黑暗本身已逐渐逝去一样。

他走在利安德的身边，一只手搭在利安德的背上，一言不发。即便是看到守卫们到了，急忙忙地，那助产士走在守卫们中间，他俩也没有说话。然而，她一走上最高的那级台阶时，利安德就让守卫们在宫殿门口等着，由他和俄瑞斯忒斯陪同这妇人去到伊安忒和厄勒克特拉等候着的地方。

“她很及时，”利安德对俄瑞斯忒斯低语道，“她到这里到得很及时。”

他们引助产士进屋后，就站在门口紧张地看着彼此，此时伊安忒又痛苦地大叫起来。助产士给她做了下检查，然后严厉地叫男人们到外边去。

现在他们能做的只有等待了，他们听到人们为这一天做准备的喧杂声，然后是里头厄勒克特拉与助产士安抚伊安忒的声音，他们一起走在走廊上时能清楚地听到伊安忒的呻吟声。

他们朝外走去，站在台阶上，一眼望尽那黎明的晨光，现在已更为光亮，也更为完满，无论这世间有谁来了又去，有谁新投生于此，又有何事被遗忘或记起，每当白日来临，这晨光都会永远如此光亮、完满。总有一天，一旦他们自己作古，步入黑暗，步入永久的阴影之中，那么发生过的事将不会再萦绕人们的心头，也不再属于任何人。

俄瑞斯忒斯向利安德提议说，他们还是回房间外面等吧。利安德点点头，触了触俄瑞斯忒斯的肩膀。几乎畏惧于彼此对视，这两人回到了走廊，一同站在那儿不发一语，聆听着每一个声响。

跋：我如何重写古希腊悲剧

科尔姆·托宾

一九八六年九月，我坐在北爱尔兰阿马郡贝斯布鲁克村的公园长椅上，正在积攒勇气去敲阿兰·布拉克的家门。他是一九七六年一月发生的那起金斯米尔屠杀中唯一幸存的新教徒。当时我在写一本关于边境的书。我从德里一路东行徒步而来，为最后一章搜集素材。

来开门的女子告诉我，她丈夫出门去了，可能稍晚回来，这让我松了口气。我还有另一家地址，于是去村子那头敲另一扇门。

金斯米尔屠杀事发时，那十二人（包括十一个新教徒和一个天主教徒）正搭乘小巴车下班回家，一群持枪者将他们拦下，让其中那位天主教徒出来。他和同事都以为单独出来的人会被杀，所以没人想说出他是谁。但最终他站出来，持枪者却让他赶紧跑，他一跑，他们就向另外十一人开枪，杀死了十人。

一九九五年，谢默斯·希尼在诺贝尔文学奖领奖演讲中提起此事。他将其形容为“北爱尔兰悲恸史上最令人痛心的时刻之一”。他这样描写那起事件，那名天主教徒“在电光石火的一转念间，在冬季昏暗夜色的掩盖下……感觉到旁边的新教徒握住他的手捏了一把，示意他别动，我们不会背叛你，没人知道你是何信仰，是何党派”。

屠杀事件十年之后，两名幸存者还住在贝斯布鲁克。那位新教徒逃过大难纯属侥幸，而天主教徒理查德·休斯是被放跑的，很快我找到了他家门口。三十多年后，我仍清楚记得，当我告诉他关于那场屠杀我想采访他时，他震惊而苍白的脸上流露出悲伤。

“我从没说过这件事。”他低声说。

我点点头，说我理解。

“被杀的那些人都是我的朋友。”他又说。

我转身离开前，问他是否认为他们当时要杀的人是他而非其他人。

“换你会怎么想？”他一字一字地问。

然后他关上了门。

我返回阿兰·布拉克家，找到了他，他说他也无法谈论此事。他刚要关门，又迟疑着说已经拍了部纪念屠杀十周年的纪录片，我或许应该看看。他自己没看过，也不想看，但他可以在自家客厅给我放纪录片，如此我便能了解我需要知道的一切。

然而放录像时，他还是留在客厅，和我一起默默地看着。放到那段他说“我知道那些小伙子死了，我知道他们死了”时，屋里的气氛令人几乎无法承受。

一个孤零零的身影活在一堆尸体中的画面，在我脑海中萦绕三十年后，终于成为《名门》尾声中的一幕，这是我二〇一六年完成的长篇小说。

对学习北爱尔兰动乱史的人来说，没有一件事是孤立的。任一起谋杀或连环谋杀似乎都受了之前谋杀的影响，每一次暴行似乎都为了报复不久前的事。金斯米尔屠杀前六个月，双方都有过教派谋杀事件。

虽然如今我们知道金斯米尔屠杀是爱尔兰共和军的人干的，我们并不知凶手的姓名。然而一定有人了解内情。当年的杀人者现今应该六七十岁，可能还住在当地。其中许多人一直默默无闻，远离公众目光。也许他们觉得当年犯下的事已经距离他们很遥远了。

当我看到新芬党老一代的领导人时，我意识到他们就是当年那些坚持已见，准备走到聚光灯下的人。但让我感兴趣的是另一些人。他们生活在暗处，乐于杀戮却不参与政治。他们看起来温和、顺从、可靠，但心里藏着事。

我写《名门》时又开始琢磨这些人。此书将暴力戏剧化为一个螺旋，寄宿于灵魂隐秘之处。小说也将阿伽门农、克吕泰涅斯特拉及其子女的故事用作部分题材。

此事令我们无法忘怀，因为暴力以某种形式孕育了更多的暴力。当我开始重读并想象这个故事——克吕泰涅斯特拉遭到阿伽门农的欺骗，阿伽门农告诉她，他们的女儿伊菲革涅亚要出嫁了，但其实她是要被献祭——并不难想见她的愤怒。我也能体会阿伽门农的需求，他的软弱，和他的决心。于是我就能构想克吕泰涅斯特拉如何决定在时机成熟时谋杀丈夫，也能构想他们的另一个女儿厄勒克特拉对母亲及其情人的一腔怒火，她如何决心也要杀了他俩。

毕竟我写作之时，正处于一个伊斯兰国在中东大肆破坏的时代。在这个时代中，暴力与仇恨的画面似乎已很平常，或至少司空见惯，对暴行的渴求成为每日新闻，而这正是北爱尔兰在动荡年代所经历的。

在我的书中，我觉得我应该为克吕泰涅斯特拉找到一种坚定不移的语调，一种格杀勿论、绝不姑息的语调，一种无情而残暴的语调。我要为承受了失去和耻辱的人找到一种声音，此人已准备大肆报复，并打算享受复仇的成果。

当我开始研读欧里庇得斯的一部晚期戏剧《伊菲革涅亚在奥利斯》时，却发现这里克吕泰涅斯特拉的形象更为复杂，她受伤的声音更为困顿且不坚定。

另一方面，我重读了埃斯库罗斯、索福克勒斯和欧里庇得斯笔下厄勒克特拉的故事，发现自己极为清晰地听到了她的声音。她比她母亲更容易被解读。她的形象似乎有种异乎寻常的确切感。她就是需求、欲望和愤怒。

克吕泰涅斯特拉是领导者，也是制定规则者。假如她活在现代世界，就会宣布没有社会这种东西，或者坐在转角办公室里签发粗暴的备忘录。她会开启战争，煽动仇恨，但也会有强烈的孤独感和不确定感。性格中这两部分的冲突将会成为她的弱点，也会使她凶猛无情。

在阴影中仿佛等待被关注的，是她的儿子俄瑞斯忒斯。在剧中，他先去了别处，回来后就在姐姐的怂恿下杀了自己的母亲，后来被复仇女神追杀。然而我明白，如果我将他写成只是性格高调、英勇坚毅、挥舞着匕首的小恶魔，我就会失去他了。

我读了其他一些小说和剧本，也回顾了自身经历和记忆，想为俄瑞斯忒斯找到一种形态。我研究了亨利·詹姆斯《卡萨玛西玛公主》中的海辛瑟斯·罗宾孙，一个被动且模糊的形象，也想到了约瑟夫·康拉德《间谍》中的阿道夫·维洛克，甚至还有哈姆雷特、伊阿古，以及谋杀邓肯后的麦克白。

我要把俄瑞斯忒斯写成一个在世上活得惴惴不安的人，他容易听人摆布，在很多事上举棋不定，心中常怀失落，在压力下能做出任何事来。

在我写这部书时，叙利亚和伊拉克的战事愈演愈烈。当时波士顿有个案子正在庭审，我也关注了。那是乔卡·沙尼耶夫的审判。二〇一三年四月，此人和他哥哥一起引爆炸弹，造成波士顿马拉松赛终点的流血事件。我感兴趣的是，这个年轻人周围的人对他是如此不了解，他外表是如此平凡，他离开爆炸现场后还能若无其事地和朋友们玩在一起。

沙尼耶夫也是弟弟，他与俄瑞斯忒斯一样，都被兄姊所操控。庭审中，他无精打采，游离于现实世界之外，而且因此显得更不稳定，更危险了。

为了使俄瑞斯忒斯呈现这种轮廓，我觉得我应该把他的童年戏剧化。我需要让他有许多沉默的事，并让有领导潜能的人能够信任他。于是我给了他一个有人格魅力的朋友利安德，他追随利安德，服从利安德，仿佛利安德是个有决断力的大哥，如同后来厄勒克特拉成为他有决断力的姐姐。

俄瑞斯忒斯在书中不能拥有母亲那样的第一人称的声音。他不能在书页上直接发言。他得退让，隐忍。他的事大多发生在纤敏的意识中。他是那个观察、留意、渴盼，并奉命行事的人。他长大成人后，性情中还有一部分像孩子。他将会使用第三人称，而不是他母亲的第一人称，相关行文也更为平缓、冷静。

他会像个小男孩那样随身携剑，因为他父亲就是这样，但他也像婴儿一样需要母亲的抚慰。他能为了震慑伙伴而杀人，他也会谋杀母亲，只要姐姐有足够的说服力，他会不假思索地去做。

但他会有深深的孤绝感，仿佛并不完全属于这个世界。复仇女神加诸他身上的惩罚，更加深了这种孤独，使他意识到自己身处此间的困苦。

接下来的问题就是如何让一部当代小说的读者信服这样一个世界——母亲、母亲的情人、女儿、儿子，都是偏执狂，他们生活在一个类似家庭空间的地方，而不是在古希腊剧院的舞台上，也不是在翻译过来的古希腊文本中。这个故事必须能独立存在，即便我写作时发生了与之相呼应的真实事件，即便书中许多人物脱胎于古希腊戏剧。

我想起来，我在二〇一一年《时尚》杂志上读过一篇文章，关于巴沙尔·阿萨德与他妻子阿斯玛在叙利亚内战前的家庭生活。此文值得注意，它不仅让我们了解这对夫妇希望世人如何看待他们，也让我们了解他们在白日梦里是如何看待自己的。

此文文笔优美，内容丰富，还配有一张精彩照片，照片中阿萨德正与自己可爱的孩子一起玩耍。

关于阿萨德家庭生活的某些描写则令人捧腹。第一夫人被形容为有“杀手的智商”，不知该让读者怎么想，只能觉得她一定用得上，而且现在可能还是如此。

据此文所述，第一夫人的任务是鼓励六百万十八岁以下的叙利亚人成为“积极公民”。她告诉《时尚》：“国家发展，人人有责，公民社会，享有权利。我们都是这个国家的一分子，国家会成为我们塑造而成的样子。”

她丈夫巴沙尔也出场了。他衣着休闲，穿了条牛仔裤，平易近人。“他说他对眼部手术很着迷。”文章直接引用了他的话，“因为眼部手术非常精准，一般不会有急诊，出血量也很少。”

我对这篇文章颇感兴趣，因为它将谋杀描述为一种可控的、隐在幕后的东西，如同用餐时间一般，也许只需要在恰当时机出现。此文突出展示了人们每日一大早是如何制造幻象的，昨天做过什么，明天有何计划，与他们为自己设定的某些模糊形象相比，不值一提。

《名门》中的克吕泰涅斯特拉有一种对谋杀的饥渴，她参与到令人发指的罪行中去，同时又深爱她的儿子俄瑞斯忒斯，想与他共度美好时光，正如她也想与厄勒克特拉在花园中散步，尽管厄勒克特拉对她十分憎恶。俄瑞斯忒斯回来后，他的母亲为他打理舒适的房间，尽己所能让他开心。她总是欲念迭起，心血来潮，大部分时间并没有丝毫负罪感，而是总觉得日子不如意。她抱怨天热，她和情人、儿女坐在一起用餐，闲话家常。

那些由她下令，或她亲手执行的谋杀，只是一些发生过的事而已。

这并非庸常的邪恶，它来来去去，自有规律，它忽而现形，忽而隐去，令人不适，它就像心跳，像血压一般存于体内。

然而，当邪恶在小说中浓度渐增时，它就像食物，而餐桌上的人对之虎视眈眈。第二天他们还会回来要更多。

“诗人的任务，”罗伯特·邓肯曾说，“不是反对邪恶，而是想象邪恶。”也许应该记住，邪恶有多种伪装。它制造惊天动地的爆炸声，也时常彬彬有礼地等候一旁。它会面带微笑。阿伽门农和他妻子克吕泰涅斯特拉、女儿厄勒克特拉制造了《名门》中所有的声响，但最危险的那位俄瑞斯忒斯一直隐在暗处，无法说清自己的感觉，无法确定自己的愤怒有何意味。他安静沉稳，举止有度，或至少表面如此，直到你给他一把匕首。我写作的任务，就是进入他破碎的灵魂，从他犹如鬼魅的双眼观察世界。

（柏栎　译）

致 谢

这小说的相当一部分内容是基于想象的结果，并非源于任一文本。事实上，《名门》中的一些角色和许多事件在这个故事的更早几个版本中并不存在。但其中的主要人物——克吕泰涅斯特拉、阿伽门农、伊菲革涅亚、厄勒克特拉和俄瑞斯忒斯——和叙事框架取自埃斯库罗斯的《俄瑞斯忒斯三部曲》，索福克勒斯的《厄勒克特拉》和欧里庇得斯的《厄勒克特拉》、《俄瑞斯忒斯》与《伊菲革涅亚在奥利斯》。

我要感谢这些戏剧的众多译者，尤其是戴维·格勒内，里士满·拉织摩尔，罗伯特·法格利，W. B. 斯坦福，安妮·卡森，W. S. 默温，珍妮特·伦布克，戴维·科瓦奇，菲力普·韦拉科特，乔治·汤姆森和罗伯特·W. 科里根。

我也要感谢我的经纪人彼得·斯特劳斯；感谢卡特里奥纳·克罗，鲁滨逊·墨菲和埃德·马尔霍尔，他们在我创作这本书时阅读了该书；感谢纳塔莉·艾纳和伊迪丝·哈勒；感谢英国企鹅出版社的玛莉·芒特；我也要一如既往地感谢安杰拉·罗恩；感谢纽约斯克里伯纳出版社的南·格富厄姆和丹尼尔·勒德尔。

Colm Tóibín

House of Names

本书出版获得 Literature Ireland 资助,特此鸣谢。

图字:09-2020-585 号

图书在版编目(CIP)数据

名门/(爱尔兰)科尔姆·托宾(Colm Toibin)著;
王晓雄译.—上海:上海译文出版社,2020.7
书名原文:House of Names
ISBN 978-7-5327-8354-0

Ⅰ.①名… Ⅱ.①科… ②王… Ⅲ.①长篇小说-爱
尔兰-现代 Ⅳ.①I562.45

中国版本图书馆 CIP 数据核字(2020)第 111970 号

名门

[爱尔兰]科尔姆·托宾 著 王晓雄 译
特约策划/彭伦 责任编辑/徐珏 封面设计/好谢翔 封面插图/大大黑

上海译文出版社有限公司出版、发行
网址:www.yiwen.com.cn
200001 上海福建中路 193 号
上海市崇明县裕安印刷厂印刷

开本 890×1240 1/32 印张 9.75 插页 2 字数 144,000
2020 年 9 月第 1 版 2020 年 9 月第 1 次印刷
印数:0,001—8,000 册

ISBN 978-7-5327-8354-0/ I·5120
定价:59.00 元

如有质量问题,请与承印厂质量科联系。T:021-59404766